Het kauwgomkind

Het oeuvre van Doeschka Meijsing

Annie Romeinprijs 1997

De hanen en andere verhalen (1974)
Robinson (roman, 1976)
De kat achterna (roman, 1977)
Tijger, tijger! (roman, 1980) Multatuliprijs 1981
Utopia of De geschiedenissen van Thomas (1982)
Ik ben niet in Haarlem geboren (verhaal, 1985)
Paard Heer Mantel (gedichten, 1986)
Beer en Jager (1987)
Hoe verliefd is de toeschouwer? (lezingen, 1988)
De beproeving (roman, 1990)
Vuur en zijde (roman, 1992)
Beste vriend (verhalen, 1994)
De weg naar Caviano (roman, 1996)
De tweede man (roman, 2000)
100% chemie (roman, 2002)
Moord & Doodslag (roman, 2005) met Geerten Meijsing
De eerste jaren (novelle, 2007)
Over de liefde (roman, 2008) AKO Literatuurprijs,
F. Bordewijkprijs, Opzij Literatuurprijs
Het kauwgomkind (verhalen, 2012)

Doeschka Meijsing

Het kauwgomkind

De verhalen

Amsterdam · Antwerpen
Em. Querido's Uitgeverij BV
2012

＊

Omslag Anneke Germers
Omslagbeeld Mohamad Itani, Trevillion Images
Foto auteur Leo van der Noort

ISBN 978 90 214 4168 9 / NUR 301
www.querido.nl

Inhoud

I've got a bird that whistles,
I've got a bird that sings

Mijn grootmoeder, die in Würzburg woont en vijftien jaar nadat ze Auschwitz overleefd had een hersenbloeding met als gevolg verlamming kreeg op een van haar reizen door het goede oude Europa, heeft in haar huis een verrukkelijke speeldoos.

Die had ze gekregen van een nogal vooraanstaande figuur in de Duitse diplomatie.

Natuurlijk was dat lang voordat die geweldige haatgolf over Duitsland joeg, toen ze nog jong was en gevierd en elke avond Nietzsche las om haar geest te scherpen.

De speeldoos was een juweeltje.

Rood gelakt, ter grootte van een sigarenkistje van Willem II, met op het deksel een schildering van een vogeltje in paars en groen, zo rank, zo levensecht dat je bang was dat het weg zou vliegen als je het aanraakte. Waarschijnlijk had het nog toebehoord aan Frederik van Pruisen.

Wij kleinkinderen mochten er altijd eerst aan ruiken. Als we dan goed ingewijd waren in een geur van heiligheid en mysterie, deed de beringde hand van mijn grootmoeder het deksel open en openbaarde het vogeltje zijn geheim.

Niemand kan me nu nog verwijten dat ik in al dan niet gelakte vogeltjes geloof, laat staan in hun geheimen.

Ik bedoel, wat wij nodig hebben is – enzovoort. Dus

ben ik maar eens teruggegaan naar Würzburg.

O jee, o jee. De stad was nog steeds hetzelfde, hoewel welvarender natuurlijk en een voorbeeld van de veerkracht van het land. De buren en bezitters van een van de grootste automobielfabrieken van de Bondsrepubliek zouden nooit klein te krijgen zijn en lieten hun Afghaanse windhonden uit.

Ze had alles overleefd. Ze had de crisis doorstaan en Auschwitz op de koop toe genomen, al haar zonen verloren en na de oorlog met haar dochter ruziegemaakt, vijftien jaar lang gedacht dat Europa van haar was ondanks alles en toen was het afgelopen. Frederik van Pruisen woonde nog steeds in de kamers en bewonderde nog steeds haar portret boven het bureautje maar er hing een geur van medicijnen en een kwaadwillende verpleegster.

Ze was niet ouder geworden. Alleen haar haar was grijs, maar nog steeds gevlochten in dezelfde vlecht om haar hoofd.

Toen ik binnenkwam zat ze in een rolstoel met een geruite plaid over haar benen en keek uit over de stad die in het dal lag.

De verpleegster legde me uit dat ze voortreffelijk vooruitging, nu goed kon eten en zelfs haar armen kon bewegen zoals ze het wilde.

Ze zou nooit meer kunnen praten.

Herinner je, herinner je dan haar uitmuntende conversatie, haar spitsheid, haar stem om je hoofd tegenaan te leggen, haar belezenheid en wijsheid en aanstellerij.

Het enige wat ze nog voort kon brengen was een serie klanken in de trant van dieie-de-diejiedie-de-de-dieie-die-die.

Ze begon te huilen en te lachen toen ze me herkende,

omhelsde me, hield me op een afstand, die-diejiejie-de-die, omhelsde me weer, liet me los om met haar handen te beschrijven dat ze me mooi vond, die-diejeie.

De verpleegster vertelde me dat ze samen al zo ver gevorderd waren dat ze de eerste zinnen van het Weesgegroet kon bidden. Ik vroeg me af of ze het Weesgegroet ooit gekend had en weigerde een demonstratie, o jee, o jee.

Ze gebaarde me te komen zitten, vlak naast haar, zodat ze me aan kon raken; ze beduidde me dat ik koek moest eten, pruimen, druiven, appelwijn moest drinken, die-de-de-die-diejiejie-die, ja ja ik was groot geworden, ja ja ze was blij dat ze me zag. Ik knikte, ik glimlachte, ik at.

Samen keken we uit over Würzburg in de avondzon. Net als vroeger was de klok van de Augustinerkirche op tijd. Op tijd voor wat? die-de-die, ik nam meer koek en meer pruimen en meer appelwijn.

Ik vroeg of ze de speeldoos van Frederik nog had.

Ze knikte opgewonden en probeerde me iets duidelijk te maken.

Ik beaamde het maar ze begon opnieuw te gebaren en die-je-de-die te zeggen. Ze haalde me naar zich toe en herhaalde de klankenreeks vlak bij mijn oor, sloeg haar handen in elkaar en huilde omdat ik het niet begreep.

De verpleegster kwam met de speeldoos aanzetten.

Het was de eerste keer dat ik de speeldoos zelf in handen mocht houden. Hij was veel minder mooi dan ik gedacht had, hoe kon het anders.

Op het lak zaten krasjes, ik speurde vergeefs naar de lelijke halen van een hakenkruis. Het vogeltje had wat veren verloren.

Met glanzende ogen beduidde mijn grootmoeder dat ik het open mocht maken. Zij veronderstelde wellicht nog het kind.

Zelfs het melodietje was gebarsten.

Hoe had het Frederik van Pruisen kunnen overleven en Bismarck en de republiek van Weimar en zelfs een Hitler zonder gebarsten te raken? Waarschijnlijk had het al zo geklonken toen ik het als kind hoorde zonder dat ik het hoorde.

O hoor. O hoor.

Ze had het doosje van me overgenomen en hield het tussen haar handen. Stralend keek ze me aan. Ik straalde terug.

Ze bewoog haar hoofd op de langzame maat van het wijsje en gebaarde hoe mooi het was, zuiverder dan de Berliner Philharmoniker, beter dan Bach.

Met een zucht deed ze uiteindelijk het doosje weer dicht.

Die-die-de-diejie-die-die-die-de-diejiejie.

Haar klanken klonken vogelachtig.

De hanen

Hanen zijn merkwaardige dieren. Zij missen de gemoedsrust van kippen.

Ik sta ze graag te bekijken als ik thuis ben en bij Maarten langs ga. De kippen gedragen zich belachelijk. Ze schrapen met hun poten de bosgrond opzij, doen twee waggelende stappen achteruit en turen of er iets te vreten valt. Soms zijn ze ook stiekem in de weer in de struiken. Of ze beginnen aan een ondoorgrondelijke sprint. Maar de hanen houden zich met zulke zaken niet bezig. Maarten heeft er drie bij de kippen rondstappen. De kammen fier omhoog zijn ze voortdurend waakzaam: wat banaliteiten? Waar schuilt het kwaad? Wie is de schuldige? Om dan de hals te rekken en het kwaad in de wereld te bejubelen.

Je kunt natuurlijk ook een andere mening over hanen hebben. De grote neukers, de heren der hoenderschepping, de promotors van potentie. Ik zie niets in dergelijke interpretaties.

Wel heb ik Maarten zojuist de grap laten horen die mijn docent exegese mij verteld heeft. Als ik bij de hemel aankwam, ried deze mij, dan moest ik een haan onder mijn jasje verborgen houden. Als Petrus dan aarzelde of hij mij wel binnen kon laten, toonde ik de haan en vroeg: ken je díé nog. Een grap uit de roomse hoek, maar niet onaardig.

Maarten heeft wel even geglimlacht maar zijn aandacht is er niet bij. Ook niet bij zijn gebroed dat hem voor de voeten loopt. Nee, zoals altijd zijn zijn ogen op het grote huis gericht waar je van hier uit, dankzij de symmetrische opening in de rododendronhaag, een goed zicht op hebt. Al toen ik als kind bij hem kwam bedelen om nieuw gesneden pijlen voor mijn boog, dwaalden zijn ogen onder het slijpen steeds naar het huis.

Het is een zonderling, deze Maarten, die ik ken zolang ik mij herinner. Hij lijkt te mager en te weinig gespierd voor een echte boswachter. Hij heeft altijd nog meer weg van de geniale wiskundestudent die hij geweest moet zijn. Bovendien is hij ongeschikt voor zijn werk. Het bos vervalt meer en meer. De bomenstand wordt niet bijgehouden. De door de storm van een jaar geleden gevelde bomen liggen er nog net zo en de gegraven gaten voor de aanplant van jonge beuken staan vol water en rottende bladeren. In mijn jeugd mocht ik herhaaldelijk getuige zijn van grimmige ruzies tussen Maarten en mijn stiefvader. Deze laatste, hoog en breed te paard, beet Maarten orders toe over de afwatering van de sloot of de hoogte van de hindernissen voor zijn dressuur. Maarten zoog op een strootje en luisterde niet, somber broedend op een rekensom met als uitkomst een nét onoverkomelijke hoogte van de hindernissen.

Maarten is trouwens de enige geweest die me niet aan mijn kop gezanikt heeft over mijn studie theologie. Waarschijnlijk deelt hij de mening van mijn stiefvader dat een vent op een paard hoort te zitten en geen verhalen vanaf de kansel moet vertellen. Niet dat Maarten bescheidenheid zou kennen ten aanzien van andermans keuzen. Maar hij heeft iets anders aan zijn hoofd en in dat hoofd past maar één ding tegelijk, degelijk afgemeten als de driehoeken uit zijn schoolboeken van vroeger.

Ik rits mijn jack dicht, want het begint koud te worden in de vochtige schemering. Bovendien zie ik de auto van mijn moeder nu op de oprijlaan van het huis en ze zal me onmiddellijk op willen eisen, de weinige keren dat ik thuiskom.

Ik groet Maarten en sla rechts het bospad in dat naar huis leidt. Vroeger heb ik me er altijd over verbaasd dat het pad eerst weer terug het bos in leidde, slingerend, zodat je geen begrip van richting meer had, totdat het huis plotseling groot en zeer dichtbij voor je stond. De ondoorgrondelijke wegen van God. Maar die had het pad niet laten aanleggen. Dat had een van die vroegere Willems gedaan, wie weet wel naar een blauwdruk van zijn God, die alle daden van alle Willems altijd heeft goedgekeurd. We hebben geen landerijen met bijbehorende boeren meer en de enigen waarover de laatste Willem, mijn stiefvader, nog een schrikbewind kan uitoefenen zijn de steeds wisselende staljongens en de dorre bladeren in het bos. En vroeger over mij.

In de gang van het huis komt mijn moeder mij tegemoet. In het schemerdonker kus ik haar driemaal op de wang zoals ze dat graag heeft. Ik ruik het vertrouwde parfum. Ook deze keer weer is de herinnering aan mijn jeugd heel hevig.

Ze troont me mee naar de tuinkamer. Ze is gelukkig, mijn moeder, dat ze me nog even voor zich alleen heeft, voordat we aan tafel gaan. Ik doe wat licht aan, maar de gordijnen moet ik open laten. Uit de mist van de weilanden rijst de hoge kerk van Vogelenzang. Om de toren scheren de kraaien.

Mijn moeder vraagt naar mijn studie en naar de vrienden en vriendinnen die ik niet heb. De illusie van tenminste een normaal leven voor haar zoon geeft ze nooit op. Ik geef inlichtingen, maar verzwijg haar het gesprek met mijn mentor naar aanleiding van een van de laatste zinnen van mijn scriptie over het predikantenambt.

Het was uiterst onaangenaam dat die zin in mijn betoog terechtgekomen was en het is mij een raadsel hoe ik hem over het hoofd heb kunnen zien. Een onnauwkeurigheid in ieder geval die mij voor verdere versprekingen gewaarschuwd heeft. Nadat ik in vele gesprekken blijk gegeven had van mijn goede trouw is de verbeterde versie geworden: 'Men moet het luiden der klokken niet overlaten aan armen, die slechts het gewicht van melk en honing kennen.' Een zeer zwakke echo van de oorspronkelijke tekst, maar eenvoudiger binnen de leer te verdedigen.

Mijn moeder klaagt. Ze is nog mooi, maar de reumatiek heeft haar in zijn greep. Het kan ook niet anders in dit grote huis, waarvan niet elk vertrek verwarmd kan worden. Ik streel haar even over de wang. Een elektrische deken doet wonderen, vertel ik en ik bezweer het gevaar dat volgens haar knetterend en vonkend van zo'n deken af springt.

Aan tafel laat mijn stiefvader het wijn schenken aan mij over. Naast hem ligt de krant, ongelezen dit keer, want net op tijd realiseert hij zich mijn aanwezigheid. Hij spreekt tot mij afgebeten zinnen over de dagjesmensen die hij op zijn landgoed moet toelaten om de kosten te drukken en die buiten de paden lopen. Ik ken het probleem van a tot z, want het is het enige onderwerp dat hij de laatste jaren tegen mij heeft aangeroerd. Maar ik geef de gepaste antwoorden. Alles aan mij moet die boerse man irriteren. Ik weet dat en kijk hem eerlijk in de ogen. Geen mens zo onschuldig als ik. Want is het mijn schuld dat ik op zijn broer, mijn vader, lijk? Op Mourits, de jongere, de vrolijke, de geniale, de geliefde?

Vroeger was alles anders. Toen was ik bang voor alles. Voor deze laatste, brede Willem, die te paard door zijn kleine bos joeg, om wandelaars of Maarten op hun fouten te betrappen, om mij op te jagen als ik verdroomd tussen dor kreupelhout zat. Voor Maarten, die met een stokje vierkanten en cirkels in het zand trok – is dat wiskunde, Maarten? – en zelden antwoord gaf op mijn vragen – wat is er bij het huis, Maarten, dat je daar aldoor naar kijkt? – . En mijn moeder was mooier dan andere moeders, maar nooit zo vrolijk of gewoon en ze aaide me te veel. Niet in het huis, niet in het bos. Waar zou je zeggen dat ik blijven moest?

Mijn moeder vertelde me te weinig; in het dorp kletste men te veel; het heeft te lang geduurd voor ik de ware toedracht door kon hebben.

In feite is het gebeurde slechts in geringe mate tragisch. Gebeurtenissen kunnen dat nauwelijks zijn. Er heerste een opvatting dat mensen tragisch zijn. Ik deel die mening niet.

Meer dan vijfentwintig jaar geleden fietste een groepje scholieren dag in dag uit over de Vogelenzangse weg naar het Christelijk Lyceum in Haarlem. In de zomer fietste Willem, die een jaar ouder was dan de rest, nors voorop. Dan kwamen Mourits, die bochtjes reed en naar de takken boven zijn hoofd sloeg, en Maarten, de boerenzoon, die Mourits vóór school nog zijn huiswerk zou laten overschrijven. Mia sloot de rij, met een hand aan haar rokken, telkens lachend als Mourits haar voor de wielen reed. In de winter reed Willem nog steeds nors voorop en sloot Maarten de rij, omdat ze anders door Mia's toedoen te laat op school zouden komen. Een bekend troepje, zwaaiend begroet door de inwoners van Vogelenzang.

Toen Willem in de voorlaatste klas van de hbs bleef zitten sprong Mourits vrolijk het leerjaar bij zijn broer binnen, voornamelijk op de resultaten van Maartens sommen. De leerkrachten krabden zich eens achter het oor toen ze de twee zonen van de jonkheer van Vogelenzang zagen, vermoedden een weinig wetenschappelijke list van de Heer der schepping om zoiets tegenstrijdigs binnen één ark te zetten en begonnen er om beurten mee de drukke Mourits het klaslokaal uit te zetten.

Hun vader kwam het te weten. Niet omdat Mourits onder het deemoedig beloven van beterschap de directeur niet zover had weten te krijgen de zaak nog eens aan te zien, maar omdat Willem zijn mond voorbij praatte. Mourits kreeg twee weken na vieren huisarrest. Mourits nam Willem niets kwalijk maar nam wraak door zijn charme wijd en heerlijk over de leraren uit te strooien. Tegen de herfstvakantie tekende hij kaarten op het bord voor de aardrijkskundeleraar, construeerde hij Maartens briljante sommen na voor de klas en was hij aanvoerder van het handbalteam. Op de meeste vragen wist hij niet de juiste antwoorden, maar wel die waarmee hij leraren en lachers op zijn hand kreeg. Willem zat breed achter in de klas en zweeg.

In het eindexamenjaar werden de tegenstellingen binnen het kleine peloton nog sterker.

Lang broedend en stijfhoofdig als een goede boerenzoon was Maarten de onbeduidende verklikkerij van Willem niet vergeten.

Trager in het begrijpen van het gemak van $2\pi r$ dan van de strenge wil van zijn vader klopte Willem een keer bij Maarten aan om hulp bij de wiskunde. Het resultaat van dat korte gesprek was dat Willem die lange hete zomer zonder begrip maar grimmig op de wiskunde zat te turen, terwijl de jongere Mourits (gesteund, geholpen, gestuurd door een zeer didactische Maarten) door de weiden van Vogelenzang dartelde. Niet alleen koppige wrok speelde bij Maarten een rol. Inmiddels vergrijsde boerenzoons hebben Maarten en Mourits verschillende malen betrapt in de schaduw van de iepen. Maar boerenzoons zien meer in de natuur: koeien bespringen koeien op klaarlichte dag en bij de kikkers in de sloot is het geslacht niet eens te onderscheiden. Bovendien is wat de zonen van de heren doen met de zonen van de boeren welgedaan.

Maar niet alleen Maarten was verliefd op de lenige gestalte van zijn vriend. Laten we Mia niet vergeten, die, elke zomer achter Mourits aan fietsend, dat donkere hoofd kon bekijken en die op schoolbals als vaste partner van Mourits wervelende dansen in zijn armen draaide.

En Mourits? We kunnen het ergste veronderstellen: elk verhaal over hem vertoont hetzelfde patroon; elke foto van hem bevestigt dat. Mourits hield van niemand, niet eens van zichzelf. Hij had charme en gebruikte die. Hij had geniale invallen en uitte die om de kring van mensen om hem heen steeds dichter naar zich toe te halen. Toen hij klein was wilde hij nooit buschauffeur worden. Hij wilde de republiek van zijn charme vestigen. Hij wilde heerser zijn over het keizerrijk dat hij met zijn persoonlijkheid om zich heen strooide. Hij maakte daar brokken mee en wist dat. Maar goed of kwaad waren niet te onderscheiden begrippen voor hem. Je gehaat maken is hetzelfde als je geliefd maken. Het enige dat telt is macht, subtiel uitgespeeld, nooit als zodanig herkend door de anderen, de macht van het middelpunt te zijn.

De verliefde Maarten, de verliefde Mia, waren er betere adjudanten denkbaar?

Onder een strakblauwe hemel, die nergens naar regen uitzag, zagen de boeren de jongste zoon van de jonkheer ditmaal met Mia onder de iepen. De Heer zendt geen regen want de Heer ziet het kwaad op aarde. Augustus bleef droog.

De kink in de kabel kwam toen ik mij aankondigde. Mourits was wanhopig; Mia gelukkig en bang; de jonkheer principieel: trouwen en op het huis komen wonen. Nog voor alle formaliteiten en verdoezelingen hadden kunnen plaatsvinden, wist Mourits het te presteren om op een regenachtige namiddag in oktober een dode tak tussen de spaken van zijn fietswiel te krijgen en onder de wielen van een in de schemering te laat remmende auto te komen.

Weer dicteerde de God van de Willems wat er gebeuren moest: Willem junior zou Mia trouwen en op het huis komen wonen. Te versuft door de intellectuele inspanningen en oefeningen voor het herexamen goniometrie, wist Willem junior te weinig argumenten aan te voeren om de vaderlijke wensen ongedaan te maken. Mia koos van twee kwaden niet de rol van ongehuwde moeder.

Verbijsterd maakte Maarten zijn eerste studiejaar wiskunde af. Daarna vertrok hij uit Vogelenzang en trok drie jaar de wereld door. Toen hij terugkwam, wist hij wat zijn taak was. Hij bedelde Willem om de baan van boswachter. Het was een verleiding voor Willem om te weigeren, maar boswachters waren zeer schaars. Maarten betrok het kleine huisje.

Op mijn derde jaar werd ik door mijn moeder in het wagentje langs het huisje gereden. Mijn verrukking betrof vooral de prachtige hanen vlak bij mijn vingers, maar toch moet ik toen al een beeld hebben opgevangen van Maarten, die, de armen over elkaar, mijn moeders groet niet beantwoordde. Heel lang heb ik rondgelopen in een vreemde wereld, waarin alleen mijn moeder van me hield, en ik de enige was die om haar gaf. Voor drie mannen was ik een fataal kind. Het is om mij dat de twee overgebleven mannen mijn moeder haten. Maarten kijkt. Mijn stiefvader leest de krant. En ik ben het evenbeeld van Mourits. Alleen is mijn wereld wat anders dan die van Mourits. Ik maal niet om mijn charme, ik maal niet om macht. Ik ben een dienaar van een hogere macht.

Binnen afzienbare tijd rond ik mijn studie af. Ik hoop dat ik als predikant in een klein Fries dorp terechtkom, te midden van de boeren. Vanaf de kansel zal ik niet nalaten de eeuwige goedheid van de Heer te bezingen. Ik zal hen wijzen op het goede om ons heen, vele voorbeelden van naastenliefde en godsvrees er met de haren bij slepen. Een bijna onmogelijke taak, want de meesten zullen me geloven.

Maar misschien zit er één keer in de vijf jaar een jongetje tussen de boeren dat mij zal haten om de leugens die ik verkoop. Dat jongetje zal mijn ware leerling zijn. Hij zal begrijpen dat het Goede niet bestaat. Hij zal niet zien dat ik de eeuwige goedheid predik om de ongeloofwaardigheid ervan aan te tonen, om haar uit de wereld te helpen. Maar dat is voor het doel van geen belang. Zo zal ik het bestaan van mijn moeder en mij rechtvaardigen. Mijn stiefvader en Maarten zijn botter. Zij denken dat ze het kwaad betrapt hebben in mijn moeder, zij zijn waakzaam over dagjesmensen en de groeiende natuur. Ik denk dat ze vergeefs wachten om hun vinger op het verraad van het Goede te mogen leggen. Want de haat, de afkeer, de stank van emoties, de rottende bladeren, de kleinheid van denken, de macht, de tranen, de slimheid, de charme, de wiskunde en de dorre takken zijn allemaal facetten van een systeem dat zo immens en geniaal is, dat het nooit op die manier te betrappen is.

Nee, het Goede, het Mooie prediken, dat is de benadering. De boeren de niet-bestaande paradijstuin voor ogen toveren, taartjes van leugens voorzetten. Slechts weinigen zullen me begrijpen. Maar op de spitse toren van mijn kerkje, de toren die naar de hemel wijst, zal een blinkende haan staan, meedraaiend met de wind.

Temporis acti

Jan beweert dat ik graag de baas ben en dat dat onbetwist de reden is van mijn vriendschap met Elsa. Elsa
zelf krijgt van hem de kwalificatie 'dertig jaar denkloos-
heid' mee. Hij doet dat soort uitspraken bij voorkeur op
het moment dat hij het bedlampje uittrekt, zodat ik me
een lange en rusteloze nacht bezig kan houden met het
hoe en waarom van mijn daden.

Omdat de slaapkamer aan de tuin grenst, die weer in
een eindig aantal andere tuinen overgaat, is de nacht bij
ons donker en vol geritsel. Het gevoel onderworpen te
zijn aan de tijd, die in het donker bijna stolt, wordt nog
versterkt door het rustige ademen van Jan naast me. Ik
heb geen keus: ik kan niet slapen en denk aan onze eerste ontmoeting, aan mijn geboorte, aan het zingen van
mevrouw Gelijnsen op het balkon van de buren, aan de
manier waarop Elsa tegen de zon in kijkt, aan de maand
waarin ik jarig ben, aan mijn tennisschoenen.

Jan heeft een baan op het scheikundig laboratorium
van de universiteit. Je moet een hele tijd zakken in de
hiërarchie van de alma mater om mij aan te treffen op
de bibliotheek van een ander instituut. Daar ben ik aan-
gesteld om een stukje van de chaos van het heelal te bedwingen in kaartenbakken. Mijn belangrijkste hulpmid-
del daarbij is het alfabet en daar de aard van mijn werk
niet zodanig is dat ik mijn salaris rusteloos en voortdu-

rend moet verantwoorden, heb ik alle tijd om me te verwonderen over de eenvoud en kracht van deze uitvinding. De stille schaduwen van de studenten in de bibliotheek storen me nauwelijks in mijn overpeinzingen.

Elsa van Hamelen moet al vele malen langs mijn kaartenbak gekomen zijn voordat ik haar opmerkte. Misschien zou ze na verloop van tijd de bibliotheek uit gewandeld zijn en nooit meer teruggekeerd zijn, terwijl ik haar geen blik waardig gekeurd zou hebben. Maar het toeval van een dichtslaande deur stoort in dezelfde fractie van een seconde onze uiteenlopende gedachtegang en brengt ons ertoe het hoofd op te heffen en de bibliotheek in te kijken, waar het zonlicht juist besloten heeft in Elsa's ogen te vallen. Ik ben bezig met een fiche van een boek van de Argentijn Jorge Luis Borges, getiteld *El aleph* en probeer te bedenken of ik weet wat de aleph betekent, als ik opkijk en Elsa's ogen ontmoet. Haar naam weet ik nog niet, maar een zoeken in de kaartenbak levert die op, plus een pasfoto waar ze niet op lijkt.

In ieder geval slepen haar zeer lichte ogen waar juist de zon in valt mij onmiddellijk dertien jaar terug in de tijd, toen ik mijn eerste verschrikkelijke verliefdheid beleefde en dat was op een vrouw en die vrouw was gymnastieklerares op het lyceum van de Heilige Maagd Maria, waar het lot mij in de eerste klas had gezet. Nu lijkt het of dat jaar in de eerste klas uit één seizoen bestond, de zomer, die het een herfst en winter uithield. Maar misschien is elk seizoen van de eerste verliefdheid de zomer.

Alles was groen, de weiden waren sappig en op werkdagen voeren er langzaam zware boten over de rivier als wij over het smalle weggetje langs het water naar het sportveld fietsten. De spanning van dat weggetje, van het wit met groen geverfde hek waar we door laveerden zonder af te stappen, bereikte zijn hoogtepunt als ik het voorwiel van mijn fiets in de klem duwde en nog niet wilde kijken naar het raam waarachter zij in een van haar talloze boekjes met sportcijfers zat te goochelen. Ik herinner me alles heel precies: haar smalle hand met de trouwring van een mij onbekende man; het blonde haar dat ze kalm achter een oor streek als het lastig werd; de arm die ons het speerwerpen leerde, die arm die de speer richtte en hem losliet zodat hij een boog in de blauwe lucht beschreef, mijn ongedefinieerde verlangens meenemend om trillend in heel de schacht in het gras tot stilstand te komen. Daarna richtte ze haar zeer lichte ogen op ons en bracht me in verwarring, zodat ik de laatste was die een speer te pakken kon krijgen in de kluwen graaiende armen. Maar ik wierp mijn speer geweldig de lucht in en voelde het zingen van de schacht ook in mijn maag en herhaalde bij mezelf dat ik van haar hield, dat ik met mijn speer het einde van de wereld zou bereiken als zij dat van me verlangde en dat ik haar nooit vergeten wilde, nee dat dat niet kon, dat dat onmogelijk was.

Overigens vertoonden de schooljaren op het lyceum de merkwaardige cadans van een Heilige Mis in september en een sportdag op het einde van het jaar. Zo boette ik, knielend achter het object van mijn liefde, alvast bij voorbaat voor de zonden die ik dat komende jaar in gedachten zou begaan door van een vrouw te houden die niet Maria heette en in juli liep ik onder het geschetter van de luidsprekers over het sportveld afscheid te nemen van de populieren, de hekken, de kleedkamers en de voortdurende aanwezigheid van haar blonde hoofd in de zon. Tussen die twee polen in boog ik me in hete klaslokalen over Plato en Augustinus en werd ik heen en weer geslingerd tussen de angst van school gestuurd te worden als iemand erachter zou komen van wie ik hield en de verachting voor een stelsel dat het zingen van Marialiederen in vochtige donkere kerken stelde boven de spierkracht van de aardse liefde.

Plato en Augustinus: op de laatste sportdag na het eindexamen legde ik voor de eerste en laatste keer mijn hand op haar schouder om te vragen waar de kastieballen opgeborgen moesten worden. Maar op weg naar huis, langs de warme rivier had ik voor Augustinus gekozen, waar hij in het tiende boek van de *Belijdenissen* schrijft over de velden en ruime paleizen van het geheugen, waar de schatkamers zijn met de talloze beelden van al de dingen, die door de zinnen daar ingebracht zijn, behalve die dingen die men vergeten is. Ik zou haar niet vergeten. Ik borg het allemaal op.

Eigenlijk wilde ik het over de tijd hebben. Jan, die al de jaren dat ik hem ken een hoge score heeft behaald in het gelijk krijgen, Jan beweert dat de tijd maar een uitvinding van ons mensen is om de mateloze verwarring van de chaos te ordenen. Dat het net zo goed mogelijk is dat alles op hetzelfde moment ís, maar dat de enige mogelijkheid waardoor wij iets kunnen begrijpen onze constructie van de tijd ís, het na elkaar gebeuren van de dingen. Tijd is interpretatie, zegt Jan en als ik vaardig met een 'maar' kom aanzetten mompelt hij iets over Schopenhauer, die naar ik meen ook iets over vrouwen te zeggen had. Ik moet me niet kwaad maken en roep dat ik boodschappen ga doen.

Tijd is dus interpretatie. Als je dat al kunt dénken is er een mogelijkheid dat het waar is, dat geef ik toe. Maar kan ik tijdvríj denken? Dat is een vraag die me lang bezighoudt.

Ik probeer de tijd terzijde te schuiven op de uren dat ik op de bibliotheek werk, zodat ik nog steeds bezig ben met de titelbeschrijving van *De aleph* van de Argentijn Jorge Luis Borges.

Elsa van Hamelen heeft dezelfde zeer lichte ogen als mijn eerste liefde, wier herinnering diep opgeslagen ligt in mijn geheugen, maar van wie ik vrees stukje bij beetje en haartje voor haartje te vergeten. Twee dikke delen van de *Encyclopedie van de wereldliteratuur* liggen op Elsa's tafeltje. Haar elleboog rust op het eerste deel, zodat ik wel naar haar toe moet om te vragen of ik het even mag inzien op zoek naar informatie over *De aleph*. Alles is een wonder en vooral dat waar de betekenis van verborgen blijft. De aleph is onvindbaar en Jan is er niet om me te vertellen dat ik dan maar het verhaal van de Argentijn Borges moet lezen om erachter te komen. De aleph zweeft door mijn hoofd en krijgt de betekenis van eindeloze tijd, wat hetzelfde is als tijdloosheid en toch denk ik nog aan vroeger en nu en aan alle kronkels daartussen en aan nog meer tegenstellingen en schijntegenstellingen.

Elsa van Hamelen glimlacht als ik haar het deel terugbreng en een schuchter begin maak met de moeizame verovering van de vriendschap.

De vriendschap tussen Elsa en mij duurt al anderhalf jaar en soms, als ik haar door de stad zie lopen zonder dat ze mij ziet, is ze mij heel dierbaar. Eén keer in de twee, drie weken komt ze bij Jan en mij over de vloer om de recentste ontwikkelingen in haar verhouding met een zekere Leo uit de doeken te doen, waar Jan noch ik iets van begrijpen. Haar leven is een warrige aaneenschakeling van knullige problemen over het onderscheid tussen wat mensen tegen haar gezegd hebben en wat ze daarmee bedoeld hebben. Ze heeft er geen flauw benul van wat ik bedoel met mijn aandacht voor haar, maar wantrouwt me om voor haar zelf onverklaarbare redenen. Daar heeft ze reden genoeg voor, want het enige waarnaar ik bij haar op zoek ben is die bepaalde lichtval in haar ogen, die me misschien kan doen denken dat er geen tijd bestaat, dat wat vroeger gebeurd is ook nu nog plaats heeft en dat dit huis waar ik met Jan leef een prettige droom is waaruit ik zal ontwaken om terug te vinden, waarvan ik vrees dat ik bezig ben het te verliezen.

Lieve lichte Elsa zelf zal hier helemaal nooit iets van begrijpen. Een keer, op een late regenachtige avond, heb ik eens iets in die trant tegenover haar losgelaten. Toen deed ze een stap terug alsof ze bang voor me was. Op datzelfde moment echter had ik de deur al opengezwaaid om haar uit te laten. Die deur is open blijven staan en voortdurend wandelt ze daar doorheen weg. En ik zie haar rug en weet dat alles nutteloos is, dat er geen tijd bestaat die je terug kunt halen, dat Borges meer gelijk heeft dan Augustinus, als de eerste spreekt van de erosie der jaren en dat tijd en vergetelheid twee grootheden zijn die ons onbegrip dekken.

De gemeenschap der heiligen

Mijn moeder hield vol dat de aarde een afspiegeling is van de hemel, dat wat er zich op aarde zoal zondig en mistroostig afspeelt, in de hemel prachtig maar voor ons onvoorstelbaar herhaald wordt. Pater Asturion bevestigde dat, terwijl hij de laatste bonen opat, die eerder die middag voor mij bestemd geweest waren. Ik hurkte in de deuropening en wikte en woog tussen het wereldbeeld van mijn moeder en de volslagen verwarring en chaos die ik meende waar te nemen om mij heen, waar niets beantwoordde aan de harmonie die toch ergens moest bestaan naar mijn gevoel. Vliegen nestelden zich op mijn blote knieën en mijn maag rammelde van de honger. Mijn dozijn halfzusjes huilden en krijsten in de schaduw van een hoge stapel autobanden.

Toen ik een paar jaar later doodmoe door een kameraad afgezet werd aan de rand van een stad die Haarlem heette en die ik op de kaart met een rood potlood omcirkeld had, was ik dankbaar genoeg om aan te nemen dat mijn moeder ongelijk had gehad en ik zelf trouwens ook. Vanaf het moment dat ik in Antwerpen afgemonsterd had en in een aan elkaar geplakte Volkswagen van een vriend van een vriend naar het noorden gehobbeld was, had ik mij afgesloten van alles wat er om mij heen te zien was geweest. De taal die mijn reisgenoot sprak verstond ik niet, mijn oogleden waren loodzwaar door een tekort aan slaap en een landschap dat vlak en druilerig leek schoof nauwelijks opgemerkt aan mij voorbij. Wat was er voor verschil tussen de grauwe zee van de laatste weken en de vlakte buiten de Volkswagen? Ik wilde het niet weten en doezelde weg. Toen ik ten slotte de vriend van een vriend met een joviale handgroet zag wegknallen, vond ik mezelf terug onder een blauwe hemel waar witte wolken langsjoegen, in een lange bomenrijke laan met aan weerszijden huizen, fris geverfd, ordelijk geplaatst, nieuw, met kleine stukjes grond erbij, rozen langs de deurposten, zo ver als ik keek: nieuwe huizen en bloemen, Jezus Maria wat prachtig. Op het schip waarmee ik overgestoken was, zat er altijd roest aan mijn handen en een geur van olie in mijn neus. De manschappen rookten stinkende tabak en verwisselden één keer per maand hun kleren. Niet dat dat me iets deed, want het land van Gods hand dat ik de rug had toegekeerd, kon de kampioen onder de smerige landen genoemd worden. Maar jezelf aantreffen in een straat waar de zomer koel op je nek en schouders valt, dat is geen kleinigheid. En het was geen decor: achter die laan kwamen meer zulke lanen, die weer op dergelijke lanen uitkwamen. Ik bracht de middag in een park door, kijkend naar de moeders met hun blonde kinderen, naar de glanzende levendige honden die achter waaiend gras aan zaten en naar een stel sigaretten rokende jongemannen aan de voet van een standbeeld. 's Avonds nam ik mijn intrek in een hotel aan een groot plein waar klokken luidden en mensen zacht pratend op terrassen zaten. Ik sliep in met het besef dat ik óf verliefd was op wat ik gezien had, óf in het paradijs terecht was gekomen. De volgende dag zou ik aan het laatste deel van mijn speurtocht beginnen. Dat het paradijs op aarde bereikbaar zou blijken, stond voor mij vast.

Intussen ben ik er wel achter gekomen dat als de hemel van goud is de aarde een modderige poel is, maar ook dat dat omgekeerd het geval zal zijn. Wat erger is, is niet te zeggen. Want nu is het een koude januari en Jonathan is nu veertien maanden weg en had beloofd in september terug te zijn. Mijn atelier is weer op orde. Sinds een klein halfjaar ben ik weer aan het werk en de voorbereidingen voor een tentoonstelling in het voorjaar beginnen meer tijd op te eisen. Barbara, die mijn werk in Amsterdam geïntroduceerd heeft en daar de vrijheid aan lijkt te ontlenen om de verkeerde dingen tegen me te zeggen, praat over mijn periode voor Jonathan en mijn periode na Jonathan alsof ze het over de tijd voor en na Christus heeft. De regen van dit kneuterland slaat tegen de ramen van mijn atelier en onder mijn handen ontstaan de doeken die zoveel opzien baren. Ik schilder als een god, maar het zweet staat op mijn voorhoofd als ik eraan denk hoe ik Jonathan mis. God heeft hemel en aarde geschapen en als je behoort tot de gemeenschap der heiligen, heb je het uitzicht op het zondig leven van de wachtenden, maar vanuit de rotzooi kun je je bezighouden met het wonderlijke, onkenbare panorama waar mijn moeder de kracht uit putte om te baren en te vloeken en pater Asturion te eten te geven. Mijn reis van Brazilië naar Nederland, mijn voortdurende reis van aarde naar hemel en retour, blijkt niets anders te zijn dan de eindeloze doortocht door een labyrint, dat ik als jongen al dacht te herkennen in het patroon in het rode stof onder mijn voeten, in de geborduurde ranken op het kazuifel van pater Asturion, in de aderen op mijn moeders hand.

Hoe argeloos was ik nog in het begin, toen ik bij aankomst in Haarlem verliefd werd op de koelte van de zomer, op de ordelijke lijn van de lanen, de zachte stemmen van de mensen, de bloei van de rozen en de blanke charme van de Koedooders, met wie ik eindelijk het voorrecht kon delen hun naam te dragen.

Sommigen van de Koedooders zijn verdwenen in de plantages op het zuidelijk halfrond van Amerika. Anderen zijn roemvol gestorven in de hiërarchie van de rooms-katholieke Kerk. Op de vergeelde foto's staan de twee zusjes Koedooder die elkaar zelfs in het gekkenhuis niet uit het oog verloren. Maar dat alleen kan niet genoeg zijn om een zo krachtig geslacht ten onder te laten gaan. Zo snel kan niemand plezier beleven aan zijn vijanden. De meeste Koedooders immers hadden tot aan hun dood succes gehad, posities bekleed, macht uitgeoefend. Alleen die ene verre overgrootvader die op de ladder naar de hemel was blijven steken in het vak van machinist op grote lijnen, zwart als de duivel en rechtlijnig denkend als de rails voor zijn ogen, werd doodgezwegen. Al als klein jongetje heb ik geweten dat ik eens de kans moest waarnemen om te profiteren van het feit dat ik de naam Koedooder droeg, of om dat feit te wreken. De man, van wie mijn moeder mij verzekerde dat hij mijn vader was, leefde op het grote witte huis van de plantage als een wereldvreemde zure man, die zichzelf zijn enige creatieve daad, het mij verwekken in zijn eerste en laatste opwelling van hartstocht, tot aan zijn dood toe kwalijk nam. Hij heeft mij nooit willen erkennen en als ik op zijn erf speelde tussen de daar opgeslagen vaten en balen liet hij mij door zijn opzichter wegjagen. Pas toen hij eenzaam en rancuneus gestorven was, liet hij mij bij testament weten dat ik zijn zoon was. Maar de plantage was een failliete boel en het weinige geld dat overbleef na afbetaling van de schulden die zich in de loop van jaren opgestapeld hadden, moest ik onder dreiging van hel en verdoemenis van de kant van pater Asturion afstaan aan mijn moeder, die er onmiddellijk de meest onwaarschijnlijke en nutteloze zaken voor mijn dozijn krijsende halfzusjes voor kocht. Ik had het verder wel gezien en nam de wijk naar São Paulo. In een zeemanskroeg stal ik het boek *The American seaman* van een Duitse varensgast, verkocht het voor drieduizend cruzeiro's aan een Amerikaanse toerist en leefde daarvan, tot ik de kans kreeg aan te monsteren op een boot die Antwerpen aan zou doen. Want dat was de enige erfenis die ik uit de papieren van mijn vader wist te bemachtigen, de wetenschap dat er ergens op de wijde wereld, in een plaats die Haarlem heette, nog een jongere broer moest leven, die niet in de kerk was ingetreden en zelfs goddomme een fortuinlijk leven leidde. Daarheen ging mijn weg. Ze zouden hun tol moeten betalen aan hun naam.

Zo stond ik dan op een zomeravond tegenover een ouderwets wit huis met een tuin eromheen, aan de rand van Haarlem. Lamplicht scheen vredig uit de ramen beneden en uit een venstertje in het dak. Binnen in het huis liepen mensen rond, bezig met dingen waar ik geen vermoeden van had. Tegen de muur van het huis leunden fietsen en tennisrackets, een grassproeier spoot gestadig water over het grasveld en iemand in huis speelde op een piano. Vier avonden stond ik voor het huis. Toen had ik genoeg verlangen en durf opgedaan. De bel tinkelde als van goud door het huis. De Koedooders plantten me op een stoel en hoorden mijn relaas aan, dat ik doorspekte met liefde voor mijn moeder en respect voor mijn vader, waar in feite slechts van verachting, respectievelijk haat sprake was geweest. Het geweten wil ook wat.

Het was onmogelijk voor ze om me na mijn verhaal de deur uit te zetten. Ik kreeg een kamer toegewezen en een eigen kast voor de kleren die ik nog niet bezat. Aan de binnenkant van de kastdeur hing een levensgrote spiegel, waarin ik elke dag kon zien dat ik niet blond was als de andere Koedooders. Om die kamer te behouden haalde ik alle charme en tact waar ik over beschikte van stal. Ik zweeg aan tafel, probeerde Nederlands te leren, zorgde dat ik niet te veel gezien werd, vertelde soms een sterk verhaal over een slachthuis in Brazilië, over scheurbuik op de boot, over matrozen en vechtpartijen. Alles deed ik om in de buurt te kunnen blijven van de mensen op wie mijn eerste verliefdheid gericht was: de blonde Koedooders, gevierd, sportief en bekwaam in alles wat ze ter hand namen. Niets is zo definitief als de eerste liefde die wordt afgewezen. Niet precies aantoonbaar, maar overduidelijk als men eenmaal kleine dingen met elkaar in verband had gebracht, wezen ze mij terug naar de plaats die ik altijd ingenomen had: erbij te horen, maar niet erkend te worden. Hun grappen in een taal die ik niet volledig beheerste waren te snel voor mij; hun service bij het tennisspel dodelijk; het wenkbrauwenspel van moeder Koedooder begeleidde sceptisch al mijn doen en laten. Mijn taal hield een accent, mijn manieren hoorden bij de matrozen, mijn haar had luis gekend. Ik had wel mijn omstandigheden veranderd, maar niet mijn lot.

Eén uitzondering moet gemaakt worden. Op de

avond dat ik aanbelde bij de Koedooders en binnengelaten werd in de kring van het lamplicht, stond boven aan de trap een blond jongetje in pyjama, dat met grote ogen naar mij keek. Alleen op de jongste Koedooder, uit zijn dromen over zeerovers en matrozen gehaald, heb ik indruk gemaakt.

Ik kon niet blijven teren op het geld en de sociale positie van mensen die met lede ogen ook mij hun naam zagen dragen. Maar wat kon ik? Mijn opvoeding was gedegen katholiek geweest, maar mijn opleiding was onvoldoende. Ik had kunnen lossen en laden, maar het enige wat er door mijn oom Koedooder gelost werd, was soms een gewichtig papier in de prullenbak en mijn tante loosde slechts zo nu en dan een zucht bij de thee. De patronen en labyrinten van mijn jeugd bleven terugkomen in mijn dromen en steeds meer herkende ik ze ook overdag in de val van de gordijnen, in de snorharen van mijn oom, in de vorm van de oren van de jongste Koedooder. Ik begon te tekenen en te schilderen. Het huis zouden ze me niet uit krijgen. Iets waren ze verplicht aan hun naam.

Na jaren ten slotte liep ik tegen een galeriehoudster in Amsterdam op, die iets zag in de vorm van mijn ogen en de kleur van mijn huid en dus in mijn schilderijen. Tijdens de twee maanden afwezigheid van alle Koedooders, die naar een huis aan het Lago Maggiore vluchtten om een tijdje van mij verlost te zijn, had ik een kortstondige verhouding met haar, verziekt door hevige jaloezieen en fantasieën van haar kant. Het liep erop uit dat ik haar brullend van ellende het huis uit zette. Maar mijn roem had zich aangekondigd. De Koedooders, die zelf hoogstens de plaatselijke krant haalden, zwegen de recensies van mijn eerste tentoonstelling dood. Alleen bij de uitreiking van de prijs van Amsterdam, een jaar later ongeveer, kwamen ze opdagen om deel te hebben aan de aanwezigheid van de belangrijke personen die onvermijdelijk bij een dergelijke gelegenheid aanwezig zijn.

Soms denk je dat het labyrint een middelpunt heeft, waar het zoeken ophoudt en het antwoord gevonden wordt.

Drie van de vier kinderen Koedooder togen huiswaarts in de oude auto van de middelste zoon. Hoe het ongeluk precies in zijn werk is gegaan is onduidelijk. Misschien hadden ze iets te overvloedig gedronken van de sherry die geschonken werd, wie weet heeft er iets gehaperd aan de auto, midden op een niet met slagbomen bewaakte overweg. Of is het zo dat de doodgezwegen grootvader, rondzwervend totdat zijn bestaan erkend zou worden, probeerde zijn rust op te eisen? Vast staat dat de locomotief van de stipte trein de drie kinderen Koedooder op slag doodde.

Op de één of andere manier legde mijn tante de schuld bij mij. Ze kon niets aantonen, maar dat was voor haar geen belemmering om te geloven dat haar intuïtieve zekerheid van het begin, dat ik een slechte invloed had op haar kinderen en niet bij de Koedooders hoorde, bewezen was. Ze weigerde nog langer te geloven dat ik recht had op de familienaam en zette me het huis uit. Ik stond op straat. Zíj laat zich nu elke dag door een taxi naar de kathedrale basiliek van Haarlem brengen om daar kaarsen op te steken en te bidden tot de gemeenschap der heiligen, dat ook zij eens in hun midden zal worden opgenomen. Alleen de jongste zoon Koedooder, die boven aan de trap had gestaan bij mijn aankomst, trok definitief mijn partij. Toen Jonathan zijn eindexamen had gedaan, trok hij bij mij in en begon hij aan zijn studie van de klassieken. We leefden in een lichte woning aan de rand van Amsterdam. We waren gelukkig.

Er is geen enkele reden om aan te nemen dat ik goed werk lever als ik ongelukkig ben of omgekeerd. Het enige feit ligt op tafel dat ik de twee jaren dat Jonathan bij mij was niet geschilderd heb. Ik had geen tijd om me bezig te houden met de patronen om mij heen. Er was alleen Jonathan met zijn platte buik, zijn stalen brilletje, zijn adonisfiguur gebogen over de boeken, zijn slordigheid.

Natuurlijk zijn wij allemaal zondig. Maar waarom zou je het liefste wat je bezit af moeten staan om later te kunnen delen in de heerlijkheid van de hemel? Toen ik nog nooit toegekomen was aan enig plezier of rijkdom voorspelde pater Asturion mij de hemel. Toen ik afgewezen werd in mijn liefde voor alle Koedooders tegelijk, kon ik toekomen aan het schilderen van mijn labyrinten. Nu Jonathan vertrokken is naar Zuid-Amerika juichen de kranten over de vernieuwing in mijn werk. Jonathan was niet tegen te houden. Al zijn verlangen en mijn centen werden in die reis gestoken. Hij is nu vier maanden te laat terug. Ik koester geen hoop hem ooit weer te zien. Er bestaan geen hier en hiernamaals die elkaars afspiegeling zijn. Of het moest zijn dat Jonathan in het paradijs zit en ik mijn reis naar de overzijde, toen ik mijn moeder verliet, in omgekeerde volgorde over moet maken. Maar ik zal nooit ergens aankomen. Want er bestaat geen dualiteit waar je het een moet laten om het ander te bereiken. Heel ons leven is toch meer de oppervlakkige chaos van een labyrint, waar Jonathan een ingang is binnengelopen en ik een andere, waar ik een korte tijd ben tegengekomen wat eeuwig had moeten zijn, en waarvan ik weet dat de kans afwezig is dat iets je er twee keer toevalt.

Königshof

De wereld is eerst groter geworden, toen verkleind tot de proporties van de keukens en provisiekamers die ik zo goed ken. En ik heb niets kunnen tegenhouden.

Nog steeds worden de eieren op tijd gebakken, de bedden opgemaakt en de lichten na enen gedoofd. Het personeel draaft nog tien uur per dag en weet nog wat ik wil. De gasten blijven elk jaar komen en vragen naar me. Maar ik ken ze niet meer en laat hen niet toe tot de keuken. Ik ken hun speurende blik die het verval ziet, ook daar waar het niet is. Laat hen maar boven blijven en de bergen in trekken met hun kinderen. Zonlicht genoeg voor hen, groene bossen genoeg. Ik heb een scepter te zwaaien. Ik moet kritiek hebben op vuile schorten, op niet gewreven borden, op te volle juskommen.

Maar de vraag is hoe lang ik het nog kan volhouden voordat ze merken dat ik niet meer zie waar de lepels liggen, of dat er geknoeid wordt op de servetten of dat er appelschillen liggen op de keukenvloer.

En boven loopt Jürgen rond. Een beetje verlaten sinds hij de drank heeft afgezworen, een beetje verlegen om mij. Veel zie ik hem niet hier beneden. Wat zoekt hij ook hier. Laat hij zich om de rekeningen bekommeren. Dan doet hij tenminste ook eindelijk iets om de zaak drijvend te houden.

Vroeger deed ik de rekeningen zelf. Maar vroeger liep

ik ook nog trappen en toen was de verf boven nog licht van kleur. Ik durf geen schilder te laten komen, want ik kan de kleur niet meer uitzoeken. Als ik de jaren tel, moet de witte verf die erop gekomen is toen Hans het huis uit ging, nu wel die groezelige bruine kleur hebben die je bij slechte hotels aantreft. Ze vertellen het me niet, want ze weten niet dat ik het niet meer zie. Maar ik zie alles nog, ook wat er gebeurd is.

Toen ik klein was en Riemersdorf nog even klein was als ik, wees mijn moeder tijdens een wandeling met een lange arm naar het dal beneden. Daar stond een rood bakstenen huis met een dak van alleen maar houten spanten. Op het dak waaide een vlag en het geklop van de hamers drong door tot waar wij stonden.

Dat was Königshof, zei mijn moeder met een knik naar beneden en ze ratelde door over wie de eigenaar was en wie de bouwer en hoeveel geld erin gestoken was en dat er stromend water was. Al die dingen hoorde ik niet, want ik luisterde naar het geklop van de hamers en keek naar de mannen die daar zo vrolijk rondliepen en een vlag op het dak hadden geplaatst. Een paar maanden later was het feest in het dorp omdat Königshof openging. Bij de bakker kon je gratis kaneelstokken krijgen en 's avonds gingen mijn vader en moeder met de buren naar beneden om vrij te drinken in het rood bakstenen huis. De volgende dag stond er een groep kermisklanten op de wei buiten het dorp, te laat aangetrokken door het feestgedruis van de vorige dag. Het was zondag en het hele dorp lag plat van de avond daarvoor. Niettemin werden er pamfletten uitgedeeld in de dorpsstraat, met de mededeling dat er die middag een verloting van een ponypaardje plaats zou vinden, komt allen, komt allen.

Van mijn moeder, die met een zwaar hoofd door het huis liep, kreeg ik het geld voor een lot los. Ik zal een uur of twee over het hek van de wei buiten het dorp geleund hebben, kijkend naar het geschuifel van de kermisklanten. Het ponypaardje draafde speciaal voor mij met dansende manen heen en weer. Naast mij leunde een oude man over het hek die ik niet kende. Verder kwam er niemand opdagen. Het lot in mijn hand werd vochtig.

Om vier uur, toen ik wist dat het ponypaardje van mij was, werd tegen de man naast mij gezegd dat de verloting niet doorging wegens gebrek aan belangstelling. Toen ik uitgehuild was en mijn natte gezicht ophief uit het gras, keek ik naar Königshof beneden. Er hield juist een rijtuig stil en een elegante dame met een grote hoed werd geholpen bij het uitstappen. Ze keek eerst naar Königshof en boog zich toen sierlijk wat achterover om naar boven, naar het dorp te kijken. Ze kan me niet gezien hebben, maar ik zag háár wel, ik zag Königshof wel.

Toen ik met Jürgen trouwde was de nieuwe weg in aanbouw. De eerste gasten liepen de modder binnen over de vloerkleden en strooiden zand in de bedden. De weinige uren dat we sliepen werden we uit de slaap gehouden door het geronk van de machines die ook 's nachts bleven draaien. De vader van Jürgen deelde mijn mening, de goede tijd voor Königshof zou nog komen. Het was alleen Jürgen die heimwee had naar de rijtuigen en weinige auto's over de vroegere keienweg. Maar wat kon mij die keienweg schelen? De nieuwe weg strekte zich links en rechts kaarsrecht uit en ik plantte een vlag voor het hotel en liet boven in het dorp kaneelstokken uitdelen en ontving de eerste gasten met bloemen en gratis wijn aan tafel. Wat een wijn we daar nog gedronken hebben! Misschien drinken ze nu andere wijn in mooiere flessen. Ik weet het niet meer want sinds '46 heb ik geen druppel alcohol meer aangeraakt. Maar de wijn die ik toen schonk zat in eenvoudige flessen en kwam uit de wijnbergen die je vanuit de eetzaal kunt zien en wat voor fratsen ze tegenwoordig met die flessen uithalen weet ik niet en misschien hebben ze zelfs de wijnbergen met de grond gelijk gemaakt. Maar wat we toen schonken, dat was voor kenners en wat hebben we niet een vrolijke avonden boven meegemaakt, Jürgen en ik. Zelfs toen Anton en Annemarie al geboren waren zaten we nog tot 's avonds laat bij de gasten. En een verhalen dat je daar hoorde! Soms was het me alsof niet alleen ik, maar heel ons land op zijn kop stond. Om zoiets hoef je tegenwoordig niet meer te komen.

De tijd daarna was minder vrolijk. Jürgen ging voor een tijd weg en ik zat met twee kinderen en een hotel zonder gasten. Het personeel moest ik ontslaan. De kinderen bouwden tenten op de onbeslapen bedden. Ik hield alles schoon, geen spinnenweb in de hoeken ontging mijn oog. De weinige gasten bood ik een comfort als aan koningen. Soms kwamen er hele groepen soldaten. Die wees ik de deur want een vrouw alleen kan niet voor alles opdraaien.

Jürgens thuiskomst was een mislukking. Voor de derde maal wapperde er een vlag op Königshof om een nieuw tijdperk in te luiden. De zon scheen op de bergen en op het dorp boven. De weg waarover Jürgen thuis zou komen lag recht en glad. Zo nu en dan denderde er een wagen met soldaten langs die niet terugzwaaiden naar Anton en Annemarie. Ten slotte hield er een halve seconde een wagen voor ons stil en Jürgen tuimelde zonder bagage naar buiten. Hij stonk naar urine en drank. Die avond stond het dorp voor de deur om hem te verwelkomen en gratis te drinken. De hele voorraad die ik de oorlog door behoed had werd onder mijn ogen uit de kelders gesleept. Er werd om kaneelstokken geroepen. Jürgen ging rond en lachte, lachte de hele avond zonder ophouden, alsof het hem in zijn hoofd geslagen was. Hij nodigde het hele dorp uit om blijvend zijn intrek te nemen in het hotel. Minstens de helft gaf gehoor aan zijn uitnodiging en de volgende morgen moest ik een half dozijn dorpelingen het hotel uit kwakken en de zwijnerij die ze gemaakt hadden opruimen. Jürgen lag in zijn bed met een kater en kwam om vier uur beneden om de laatste fles leeg te drinken.

Ach ja, Jürgen. Ik heb het niet bijgehouden hoeveel hij dronk, maar wel heb ik talloze malen aan zijn bed staan smeken om ermee op te houden. Alsof je een kind spinazie voert: doe het voor mij, Jürgen, doe het voor mammie. En intussen begonnen de gasten weer te komen en moest ik kamermeisjes aannemen en kamermeisjes ontslaan en met mijn vinger over de vensterbank strijken om te weten of er gestoft was. Bij die kamermeisjes waren van die krengen die dachten dat ze achter mijn rug meewarige gezichten moesten trekken en we hadden kerels die dachten dat ze mij een grote bek moesten geven, omdat ze wisten dat de baas dronken was.

Maar toen ik na een halfjaar doorhad dat ik met een lapzwans getrouwd was, heb ik er hard aan getrokken om ze eronder te krijgen. Je kunt toch niet bij de pakken neer gaan zitten. Je kunt toch niet over je laten lopen, dan maken ze binnen de kortste keren van Königshof een zwijnenstal. Ik weet hoe het gaat. Het begint met

41

gegiechel van kamermeisjes op de gangen en het eindigt met familiaar doen tegen de gasten.

Bovendien, Anton en Annemarie gingen naar school en maakten reisjes en moesten op sportverenigingen en kregen muzieklessen. Niet dat die opvoeding wat geholpen heeft, want van een bedrijf runnen hebben ze geen kaas gegeten. Maar al die dingen moesten toch maar bekostigd worden en dat kwam toch allemaal mooi op mijn schouders neer.

Er waren weken dat ik drie uur per nacht sliep. Dan moest Jürgen me niet nog eens lastig komen vallen. Ik richtte een kamer voor hem in aan het eind van de gang, waarvan de ramen uitkeken op de wijnbergen en niet op de weg. Daar kon hij drinken voor mijn part, en dat deed hij ook. Als hij niet dronk, had hij zo'n verschrikkelijk berouw dat hij mij zo zag draven dat hij uit pure ellende maar weer begon. Een geluk was nog dat hij een vrolijke dronk had, want huilbuien hadden bij mij de emmer doen overlopen.

Langzamerhand lukte het me. Het personeel wist wie de baas was en wat het te doen had; leveranciers kwamen op tijd; rancunes en jaloezieën werden achter gesloten deuren afgehandeld en de gasten aten hun biefstuk zonder te weten dat de tranen van het keukenmeisje in de saus gedrupt waren.

Ik had geen tijd voor tranen. Huilen is zelfmedelijden wat nog geen mens uit de problemen heeft gehaald. Als je er alleen voor staat zoals ik en er is geen schouder om op te rusten, ga je wel door, ben je wel gezond en sterk. Wie zou Königshof klein krijgen? Königshof draaide. De gasten bleven komen en prezen het hotel om zijn ligging, om zijn bedden, om zijn rust. Weten zij er ook maar iets van hoeveel gezwollen voeten en pijnlijke ruggen hun rust kost?

Soms worden er mensen geboren die speciaal aan de wereld geleverd worden om geteisterd te worden. We hebben hier een meisje gehad dat in verwachting raakte, aan de kant gezet werd, abortus pleegde en daarvoor in de gevangenis terechtkwam. Het arme kind kwam totaal verbijsterd hier weer terug om drie dagen lang alle borden uit haar handen te laten vallen, voordat ik haar ontsloeg.

Ik was op alle soorten rampen voorbereid die over het hotel zouden kunnen komen. Maar ik was niet bedacht op mijn zwakte, mijn liefde, en toen ik ontdekte in verwachting te zijn, dacht ik dat ik alles maar moest opgeven. Het personeel begon opnieuw te gniffelen, in het dorp boven maakte men grappen over kaneelstokken en in ernstiger kringen sprak men er schande van. Ik was te oud. Jürgen te dronken. De dokter, die zijn graad nooit had mogen krijgen, schreef me volstrekte rust voor. Jawel, rust in het hoogseizoen. Ik had net zo goed de boel meteen kunnen verpatsen aan een regeringsstichting. Dan hadden er nu bejaarden in gezeten en ik er middenin, mummelend op een stoel.

Nee, ik moest doorwerken en dat kind in me trap op trap af zeulen en mocht m'n rug niet voelen. De enige manier om geen miskraam te krijgen was tegen het kind te praten. Het zou een mooi kind worden, recht van lijf en leden en sterk. Zo sterk dat hij vanaf zijn vroegste jaren op zou staan om zijn moeder te beschermen, de koppen van het personeel en de dorpelingen tegen mekaar te kwakken en zijn vader te haten. Naast zijn moeder, samen met zijn moeder die voor hem zwoegde. Het

43

wás een prachtkind. De dokter wilde maar niet begrijpen waarom ik geen mismaakt ventje ter wereld had gebracht en geloofde bijna in zwarte kunst. Jürgen was twee dagen nuchter en stond alsmaar boven de wieg berouw te hebben, totdat ik hem ten slotte de kamer uit moest zetten. Het personeel bracht een hulde met het schaamrood op de kaken.

Mijn lichaamsgewicht nam na zijn geboorte nauwelijks af. Het leek wel alsof ik hem nog altijd in me droeg. Mijn benen werden twee dikke pijnlijke boomstammen en die dokter maar niet weten wat er aan de hand was. Maar Hans was een wonder. Hij veroverde beneden het personeel en boven de gasten. Hij liep met zijn dikke kontje trap op trap af, zonder pijn. Toen hij wat groter was geworden liet ik hem met een gerust hart alleen boven. Daar was altijd wel iemand die zich over hem ontfermde. Ik liep niet graag de trap meer op. Van beneden kon ik alles het beste regelen. Alleen 's avonds hees ik me de trap op om Hans onder te stoppen en zelf te gaan slapen.

Nu Hans weg is en mijn ene oog niets meer ziet, heeft het geen zin meer om naar boven te gaan. Ik heb mijn bed naar beneden laten halen en blijf ook liever hier op mijn stoel, in de keuken zitten. Want ik moet luisteren. Uit wat ik hoor kan ik afleiden wat er gebeurt. Alles draait nog. Ik hoor de cadans van het hotel dat leeft boven mijn hoofd.

Hans had ik lief. Hij groeide zo sterk en mooi op. Hij wreef 's avonds mijn pijnlijke benen en stelde me gerust over mijn ogen. Maar vanaf zijn kleuterjaren was hij liever boven dan beneden. Geen wonder, dáár is het uitzicht op de bergen en de weg, boven is het licht en hij heeft nooit gehouden van de geur van de keuken en de provisiekamers, waar het eigenlijke hotel op drijft en die ik ruiken moet om nog te weten dat het hotel draait. Mij storen de tl-buizen niet.

Hans heeft zich nooit aan zijn belofte om zijn vader te haten gehouden. Vaak genoeg heb ik Jürgen betrapt als hij Hans voorlas, of boten voor hem bouwde, of zijn oren schoonmaakte. En nooit heeft Hans één smalend woord laten horen over Jürgens dronkenschap. Integendeel, zelfs het personeel vergat langzamerhand erop te reageren. Toen Hans vijftien was, dronk Jürgen zich nog maar één keer in de maand laveloos. En nu is hij er helemaal vanaf.

Je begrijpt alleen niet waarom zo'n jongen is weggegaan. Ook Anton en Annemarie wonen in flats waar geen muis in past, dat weet ik wel. Maar had Hans hier niet een hele hofhouding om hem op zijn wenken te bedienen? Waren het personeel en de gasten niet dol op hem? Wat zoekt hij toch elders? De boel was juist geverfd en de nieuwe verf rook naar een nieuw begin toen hij wegtrok. Zelfs die geur kon hem niet tegenhouden.

Ik ben beneden gebleven nu Hans weg is. Jürgen loopt boven verlegen en nuchter rond. Ik hoor de aankomende en vertrekkende gasten boven mijn hoofd en tel hun aantal. Ik ruik de menu's, het zweet van de koks, de crème van de schoensmeer, de kurken van de wijn. Niets wijst erop dat het minder goed gaat boven, al moet de verf die erop kwam toen Hans wegging nu wel verkleurd zijn.

Maar ik ruik ook iets anders. Ik kan niet precies zeggen wat het is, al hangt het vierentwintig uur van de dag om me heen. Misschien is het de geur van mijn groot zwaar lichaam, dat hier in het zwart gehuld in de stoel zit en nauwelijks nog verplaatst kan worden naar het bed. Zo'n groot zwaar lichaam, daar moet een wereld in huizen, dat bestaat niet voor niets. Daar krioelt een wereld in met herinneringen en beelden en geluiden en geuren.

Dat is het wat voortdurend om me heen hangt, die geur die van het hotel is en van dit lichaam, een beetje zoet, een beetje rot, alsof de ontbinding niet lang meer op zich laat wachten.

Het zal niet zo erg lang meer duren, dat kan iedereen zien. Maar nu draait alles nog boven mijn hoofd. Iedereen doet nog wat ik wil en weet niet dat ik nauwelijks nog zie, maar des te sterker ruik. De vuren van de ovens in de keuken proberen de geur te verdrijven. Maar als ik hem binnenkort niet meer ruik dan zal ook Königshof verdwenen zijn van de wereld en dan zal niemand nog kunnen bedenken hoe iemand eens dacht een rood bakstenen gebouw te zien liggen in een dal beneden, met die vlag op het dak.

Het denken cadeau

Juist in tegenstelling tot wat Rodin beweert is het denken niet iets dat alleen door fysiek zéér krachtige mannen, ongemakkelijk gezeten op een knoestige boomstronk, verricht kan worden, maar is het een luchtige bijna speelse handeling, die maar twee omstandigheden behoeft: betrekkelijke eenzaamheid en comfort.

Zo hebben de stoelen in huis zich langzamerhand aangepast aan mijn stijgende graad van luxe. Sinds enige tijd bevindt zich onder de verzameling een exemplaar dat zich zo perfect aan de stemmingen van mijn lichaam aanpast dat ik denk dat er in armleuningen, rug en zitvlak een man gekluisterd zit, wiens enige taak het is mij op zijn schoot te koesteren. Dat is natuurlijk een metafoor voor de complimenten die ik de ontwerpers wil toezwaaien, even grote kenners van het menselijk lichaam als Rodin, maar gezegend met minder wijde aspiraties.

In deze dierbare stoel speelt zich een groot deel van mijn leven af: de krant lezen in deze stoel is anders dan telefoneren in deze stoel; een discussie verliezen anders dan een discussie winnen, koffiedrinken in deze stoel niet te vergelijken met lamlendig neerliggen in deze stoel. Ook dat lukt je allemaal overigens niet op een boomstronk.

Een jaar geleden kwam Jacobus mij en mijn stoel laat op de avond gezelschap houden om me, na wat inleidende gesprekken, verwijten te maken over de mate waarin ik me terugtrok uit wat hij noemde het openbare leven. Na enig doorzeuren bleken die verwijten afgeleid te zijn van een opmerking van Frank, die bij Jacobus geklaagd had dat hij me nooit meer zag. Nu is dat meer te wijten aan Frank dan aan mij, want die leidt een springerig soort leven, waar zelfs een vlo vermoeid van zou raken.

Maar Frank is iemand die op mijn stoel zou mogen zitten als hij langskwam. We hebben samen om vier uur in de ochtend langs het IJ gelopen om de zon te zien opgaan over de schepen; we hebben mijn telefoon illegaal verplaatst naar een ander gedeelte van het huis toen ik verhuisde; ik heb hem koffie gebracht toen hij als nachtportier werkte in het tehuis voor ongehuwde moeders bij mij in de buurt en we hebben samen *La notte* gezien van Michelangelo Antonioni. Daarom besloot ik na het vertrek van Jacobus die ouwe Frank maar eens op te bellen en naar zijn reilen en zeilen te informeren. Hij was vrij dronken toen ik hem aan de lijn kreeg en dus uiterst beminnelijk en in de kamer achter hem waren mensen waarschijnlijk bezig met het vernielen van het servies. Boven het lawaai uit wist hij me toch nog duidelijk te maken dat hij het allemaal niet meer zag zitten, of het juist allemaal weer wel zag zitten en daarom voor een tijd naar Amerika vertrok. Hij had nog langs willen komen, of zou nog langskomen, of was al langs geweest en wat kreeg hij voor afscheidscadeau van me? Ik moest maar bedenken wat hij wilde hebben.

'Alle Kuifjesboeken,' zei ik.

'Ja,' zei hij, 'goed. En wat nog meer?'

'Een vuurrode schrijfmachine,' zei ik.

En wat nog meer?

'Een avond dronkenschap zonder kater,' zei ik.

En wat nog meer?

'Alle delen van *À la recherche du temps perdu* in leer gebonden,' zei ik, 'de twee delen van Van Dales woordenboek,' zei ik, 'een woning met balkon op de Place des Vosges te Parijs,' zei ik, 'een dag uit je middelbareschooltijd,' zei ik, 'een onvervulbare liefde,' zei ik, 'een krukje van hout,' zei ik, 'twaalf lambswoolen truien met bijpassende sokken,' zei ik...

'Dat is tien,' zei Frank en hij werd zeer ernstig.

Een paar weken later reed ik hem in een geleende auto naar Schiphol en toen ik hem slordig bepakt tussen de mensen zag verdwijnen, besefte ik dat hij me voorlopig nooit meer op het eindpunt van lijn 3 zou zetten.

Sindsdien is er al meer dan een jaar verstreken en gisteren zakte ik, smerig vermoeid van een dag werken, in mijn stoel om de post door te kijken. Er was een luchtpostbrief van Frank bij, de 22ste verstuurd uit Haileybury, Northern Ontario, Canada. Ik geef hem hier in zijn geheel weer:

Lieve D., eindelijk dan ben ik in staat je te schrijven hoe het met me gaat, en wat ik allemaal doe. Je zult wel verbaasd zijn dat ik niet meer in de States zit. Tot voor een maand ben ik daar inderdaad geweest, maar, lieve zuster Ursula, dat was ook niet alles. Ik ben kriskras door dat enorme land van vriend naar vijand gereisd en heb heus zinnig werk verzet, tot het verlossende besef kwam dat dat waanzinnig is en dat ik mijn tijd beter kan gebruiken. De waarheid achter dit alles, m'n beste Watson, is dat ik moe ben, erg moe. Ik heb een huisje gevonden hier in Haileybury, waar de sneeuw al zo hoog gevallen is dat ik al vele uren bezig geweest ben met sneeuwruimen. Maar ze beloven hier dat de korte zomers warm en droog zijn. Het stadje ligt aan het Lake Tamiskaming, dat over een paar dagen geheel bevroren zal zijn, zodat ik lopend over zou kunnen steken naar Quebec. Een paar dagen geleden trok ik het land door met een paar vrienden en ik hoorde voor het eerst van m'n leven het eenzame gehuil van een pak wolven, wat me zeer ontroerde. We dragen hier bontjassen en -laarzen en binnenshuis heb ik de truien en sokken die je me cadeau gaf hard nodig.

Gisteren besefte ik dat je jarig was en ik heb dat hier in m'n eentje gevierd met een aanzienlijke hoeveelheid bourbon, die je hier overigens alleen maar in regeringszaken kunt kopen. Gelukkig ben ik vandaag, nu ik je schrijf, weer fit, want vanavond moet ik naar een van die talloze en uitbundige party's, waar ze hier zo'n hartstocht voor hebben.

Regende het de 21ste bij jullie? Zolang ik me herinner worden je verjaardagen gekenmerkt door de druilerigheid van het weer. In mijn onderhoud voorzie ik door artikeltjes te schrijven voor een encyclopedie voor de visserij; dat is zeer eenvoudig, want de informatie die ik nodig heb staat in elk boek dat ik in de boekwinkels van Ottawa kan kopen. Een vriendinnetje heeft op mijn voor haar onverklaarbaar verzoek de schrijfmachine met haar nagellak vuurrood geverfd. Ik hoop dat dat je plezier doet. Voor de rest doe ik niets dat me inspanning kost. Hier in de buurt wonen een paar Nederlandse immigranten, die voortdurend contact met me zoeken. De man heeft me zijn Van Dale uit 1947 cadeau gedaan, omdat hij er naar zijn zeggen toch niets meer aan had. Ik lees nu Nederlandse woordjes.

Maar goed. Met al dit geschrijf wil ik je eigenlijk iets zeggen over gisteravond. Het was erg koud in huis en ik zat op een krukje voor de open haard in het vuur te staren. Naast mij stond de fles bourbon en ik had eigenlijk niets te wensen over. Maar je zult zien dat op dat soort momenten een verlangen opkomt naar minder rooskleurige toestanden. Ik moest aan kapitein Haddock denken, je herinnert het je wel, die in *De krab met de gulden scharen* in de Sahara loopt terwijl zijn laatste fles whisky verdwenen is en die alsmaar ontroostbaar herhaalt: 'Het land van de dorst, het land van de eeuwigdurende eindeloze dorst.' Ik voelde me het tegenovergestelde van die man, mij blijft niets meer te wensen over. Of moet ik nu weer verder van mezelf? Waar naartoe? Naar Japan? Naar Zuid-Amerika? En ik ben al zo moe. Waarom ben ik weer niet tevreden?

Er kwam een grote wanhoop over me en een zeer sterk heimwee naar Europa. Misschien allemaal onder invloed van de drank, maar Europa kreeg een magische betekenis voor me: de smoezeligheid van haar pleinen, haar bibliotheken, de transpiratie van het verstopte verkeer, haar markten, de cadans van haar talen, de grensovergangen, de fonteinen, de stoffige musea, de carillons, de klokken. De oudste steen in dit land is honderd jaar geleden gemetseld.

Lieve lieve D., toen ik naar dit land trok, had ik me voorgenomen nooit terug te kijken naar wat achter me lag. Dat was me aardig gelukt, maar gisteren, drijvend op mijn heimwee, kwam alles in een grote golfstroom over me heen: ikzelf achter op de fiets bij mijn vader;

onze tuin met de indianenpaal, mijn oude radio in Amsterdam, de eerste films van de nouvelle vague waar we op onze collegekaarten goedkoop in konden, het denken aan die oorlog die we net niet bewust meegemaakt hadden, maar waar we later overal de sporen van terugvonden; en weet je nog die sportdag van school in 1963, toen ik was blijven zitten? Ik stond nors op het veld en wilde nergens aan meedoen, toen jij op me afkwam, verend lopend op witte gymnastiekschoenen en je magere bruine benen hielden voor mij stil, toen je me meedeelde dat ik nu bij jou in de klas kwam. Misschien hield ik toen al zoveel van je als ik nu doe, maar de tijd en de afstand hebben het me moeten leren en daarmee zijn zoveel jaren verknoeid.

Mijn lief, mijn lief, over een week is deze brief bij je. Word er maar niet al te treurig van, want misschien is dan alles al onwaar. Nu is het waar en gisteravond, maar helemaal zeker weet je nooit of het niet een gevoel is wat je denkt, en dat in werkelijkheid niet aanwezig is. Is het voldoende als ik zeg dat ik je liefheb, voor altijd liefheb, hoe lang dat altijd ook zal mogen duren? Frank.

Ik steek een sigaret op en denk in de nu snel vallende avond aan Frank, die ver weg op een krukje voor een open haard aan zijn liefde heeft zitten denken. Buiten begint het te regenen op de bruine herfstbladeren. Tijd en afstand hebben Frank geleerd dat de jaren verknoeid zijn. En ik weet het ook: missen is heviger dan hebben.

Maar godallemachtig, is het niet om te huilen dat dit maar dénken is, onbetááld denken, een jaar geleden als spelletje door mij begonnen en braaf en netjes door Frank ingevuld? Dat we de godganselijke dag bezig zijn met dat luchthartige en virtuoze spel, ons overgeven aan de lucide genoegens van het denken? Zonder het te hebben, je een dag uit het verleden denken, een paar truien, een liefde? Dat we soms zelfs denken dat we een gemis hebben op te vullen dat er wie weet niet eens is? Denken in betrekkelijke eenzaamheid en comfort, denken aan iets, over iets, aan iemand, voor iemand, over iemand, dag in dag uit jezelf besodemieteren. Is het niet om razend van te worden?

Joey Santa's dood

Aan mijn hoeden meet ik mijn succes. Als kind droeg ik geen hoeden. Pas toen ik Freddy leerde kennen ben ik ze gaan dragen. Ik heb nooit geweten wat een grilligheid er bestaat in de vormen van hoeden. Elk nieuw model verandert mijn stemming maar bouwt toch voort op de weg die ik ben ingeslagen.

Ik koop ze bij Holkema. Die is verrukt over zijn hoeden op mij. Voor hem ben ik een wandelende reclame. Alle hoofdsteden van Europa richten zich naar mij, als ik hem geloven moet. Bescheidenheid is niet zijn sterkste kant. Want het zijn natuurlijk niet alleen mijn hoeden die het hem doen. Een belangrijke reden voor het feit dat ik mezelf herhaaldelijk tegenkom in bladen als *Paris Match* en *Corriere della Sera* is dat ik een rijke vrouw ben, gemeten naar de maatstaven van Nederland dan nog altijd. Zeker niet minder belangrijk is het dat ik zo nu en dan – en dat steeds veelvuldiger – aan de zijde van Joey Santa gesignaleerd word. En dat is dan wel een van de rijkste mannen van de wereld, die bovendien altijd zo provocerend optreedt dat hij van een blauwe plek nog wereldnieuws weet te maken. Mijn enige echte bijdrage tot het aantrekken van de pers is de zorgvuldigheid waarmee ik mijn accessoires uitkies: de geraffineerde combinatie van een groen leren hoed met groen leren koffers; de durf van een fluwelen baret met fluwelen lieslaarzen over een wit zijden broek. Freddy had me zo eens moeten zien.

Dat ik weer aandacht voor dit soort zaken heb, stemt me tot tevredenheid. In de belangstelling voor kleine zaken toont zich de vitaliteit. De tijd dat ik in een verduisterde kamer lag is definitief voorbij. Ik moet zeggen dat iedereen erg zijn best heeft gedaan. Ze hebben Freddy's foto's weggehaald en de kasten leeggeruimd. In de hal stonden de koffers met zijn kleren en in de slaapkamer lag ik in het donker te wachten totdat ze weg zouden gaan met die koffers. Praten deed ik nauwelijks. Mijn armen en benen leken verlamd; slapen was onmogelijk; mijn hoofd was zo zwaar alsof ík begraven was en droomde dat ik wakker moest blijven. Maar ik leefde en sliep niet meer en dat was de omgekeerde verschrikkelijke werkelijkheid. Een depressie, constateerde de dokter, die met zijn diagnoses het hele heelal plat trachtte te krijgen. Dat was dan heel juist geconstateerd maar intussen lag ik in de totale verfrommeling in het donker en kon geen kant meer op. Er zijn dan altijd mensen die zo nodig op de rand van je bed de positieve kanten van het leven moeten aanstippen. Ik was toch jong en mooi en rijk en had het hele leven toch nog voor me. Dat is me inmiddels ook allemaal duidelijk geworden, maar toen hoorde ik niet eens wat ze zeiden. Het enige waar ik me mee bezig kon houden was het beeld van mezelf in de branding die over het strand rolde, tot aan de plaats waar een man lag die op Joey Santa leek. Alsof een depressie alleen nog niet genoeg was. Voor de rest kon ik alleen maar denken aan de vergeefsheid van het bestaan van het lelijke kind dat ik was en de mooie vrouw die eruit gegroeid is.

Dat laatste is geen koketterie van me. Ik was heel onaantrekkelijk. Freddy noemde me altijd het lelijke jonge eendje als hij vroegere foto's van me bekeek. Daar stond ik bijvoorbeeld tussen al die blonde engeltjes die op ballet de pasjes van de juffrouw nadeden en stapte met brilletje en beugel voor mijn tanden heel verbaasd precies de andere kant op. Het was een lijdensweg en heel vaak heb ik stilletjes gewenst dat ik dood was. Maar de zaken gaan nooit zo eenvoudig als je zou willen. Nu ben ik mooi en bevallig en draag mijn hoeden als een koningin, zoals Freddy me noemde. Vergeefse moeite eigenlijk.

Freddy's onooglijkheid heeft hem zelf nooit gestoord. Ik heb hem leren kennen op de middelbare school, op het moment dat ik langzaam maar zeker mijn vleugels begon uit te slaan. Prompt de eerste keer dat hij mij zag werd hij verliefd op me – en hij was kansloos. Hij was vrolijk en vechtlustig en wist het te presteren in elke klas wel een keer te blijven zitten. Ook dat deerde hem niet. Zijn enige ambitie was een beroemd bokser te worden, eenmaal met de grootste in de ring te mogen staan, terwijl ik – zijn vrouw – buiten de touwen toekeek. Aan die twee projecten besteedde hij al zijn tijd en zakgeld. Uiteindelijk heeft hij het allebei bereikt. Intelligent en volhardend bokste hij zich de ladder op. De kranten prezen hem niet om zijn kracht maar om zijn tactiek en noemden hem de schaker onder de boksers. Na elke overwinning rustte hij in mijn armen uit en noemde mij zijn belangrijkste stuk in het spel, zijn koningin.

Intussen zit ik met de brokken. Alleen de witte koningin en de zwarte koning zijn nog in het veld. Van zo'n schaakspel heeft nog niemand ooit gehoord. Godzijdank weet ik niets van schaken, zodat de sprongen die ik op het bord maak geen enkele rechtvaardiging van regels nodig hebben. Het is eenvoudiger dan men denkt om de vrijblijvende kleinheid van het spel, buiten de rand van het bord, om te zetten in daden. Als men maar weet dat men niets te verliezen heeft. Het kopen van een breedgerande hoed bij Holkema na mijn depressie was de openingszet. Heel lang hoefde ik niet te wachten op het antwoord van de tegenpartij. Joey Santa stuurde me bloemen uit alle delen van de wereld. Rozen en anjelieren, omwonden met zijden linten en – dat is het enige belangrijke – telkens ondertekend met zijn naam.

Het is alleen zo moeilijk om te rechtvaardigen waarom ik de partij speel. Waarom leef ik niet rustig met mezelf in een kleine stad bij de zee? Waarom ben ik met een bokser getrouwd? Omdat het Freddy was? Omdat ik zo hield van de manier waarop hij zijn pudding at, in bad lag, vrolijk en volhardend mij liefhad? Waarschijnlijk zijn dat geen redenen. Niemand houdt van iemand omdat hij van hem houdt. Freddy was een plaatsvervanger. Hij vocht – en dat bedoel ik letterlijk – tegen het verlies van het bewustzijn en daarmee van de wereld. Ik leefde daardoor in de luwte. Maar iedereen blijkt sterfelijk. Ik ben de partij die ik nu speel niet begonnen omdat Freddy wegviel, maar omdat ik na zijn nederlaag in een depressie terechtkwam. En deze keer was het niet maar stiletjes dat ik wenste dood te zijn. Om die wens tot overgave te vermijden moet ik vechten en denken, zoals Freddy altijd gedaan heeft, waarmee hij mij mijn onbezorgdheid liet. Die tijd is nu voorgoed voorbij.

Toch leek alles nog zo goed, niet eens zo heel lang geleden.

Freddy was in vorm en vol vertrouwen. Het ging hem er niet om te winnen. Hij had Joey Santa uitgedaagd om een overwinning op zichzelf te behalen, het enige motief waarom Freddy ooit de ring in ging. Twaalf rondes stand te houden tegen de grootste. In twaalf rondes niet knock-out te gaan. Nooit knock-out te gaan. Op punten zou hij verliezen, dat was zeker. Maar wat waren punten nu? De banale vertaling van een superieur gevecht tegen jezelf. Door te zetten tegen de pijn en vermoeidheid in. Willen toegeven aan dat geruststellende zwarte niets dat je elk moment omhullen kan, contra de angst om daar ooit in terecht te komen. Dat was dan de uiteindelijke overwinning na zoveel rondes: dat hij het weer gehaald had, dat hij uiteindelijk toch sterk genoeg was om weerstand te bieden aan de verlokking van het bewustzijnsverlies, dat hij er macht over had. Het geld was een plezierige bijkomstigheid. Daar kon hij mij mee verrassen, zijn mooie vrouw, die, een bontjas over de schouders, glimlacht naar de opdringerige fotografen.

Freddy was een paar weken eerder naar Djakarta gegaan om te wennen aan het klimaat. Hij was opgewekt toen ik hem weer zag, een klein halfuurtje voor de grote wedstrijd. Míj overviel de hitte als een klamme spons, maar hij had er nauwelijks last van. De negende ronde was kritiek, vertelde hij me op weg naar de grote sporthal. Was hij daar doorheen dan was er niets meer te vrezen. Bij onze aankomst plukte een buigende official mij van Freddy af en geleidde me onder het flitslicht van de pers naar mijn plaats, vlak bij de touwen. Er hing een vette walm van zweet en oude nasigerechten in de hal. Opgewonden, dicht opeengepakt zat de massa achter mijn rug en de deinende beweging van hun emotie duwde me bijna de ring in. De televisiespots verhoogden de temperatuur aanzienlijk. Het zweet liep al in straaltjes van mijn rug toen Freddy en Joey Santa de ring in kwamen. Geen groter verschil dan tussen die twee mannen. Freddy, een hoofd kleiner dan Santa, klom ernstig naar boven, zijn met blond dons overdekte schouders opgetrokken, al was er nog geen sprake van een gevecht. Joey Santa's prachtige lijf was gekleed in een zwart broekje, dat niet te onderscheiden was van zijn donker glanzende huid. Hij hief zijn legendarische vuisten in roze bokshandschoenen boven zijn hoofd en grijnsde breed tegen de hem toejuichende menigte, alsof de overwinning al beklonken was. Toen hij mij zag zitten, boog hij zich ver over de touwen en drukte zijn mond op zijn polsen, die hij daarna in een quasi-gebaar mij aanbood. Ik werd misselijk en stak een kauwgum in mijn mond. De bel voor de eerste ronde luidde. Joey Santa ging onmiddellijk tekeer als een duivel. Hij sprong om Freddy heen, haalde soms naar hem uit en danste als een prima ballerina in het rond. Freddy draaide log om zijn eigen as en hield zijn handen beschermend tegen zijn slapen. Soms viel ook hij aan, maar Joey Santa's hoofd was meestal te ver weg voor zijn armen. Een enkele keer pakte Joey Santa Freddy beet en sloeg hij onder en boven op zijn hoofd, in een razend tempo, als een dolgedraaide tijger. Achter mij zwoegde en deinde de menigte. Het was een roofdierkooi. Na zes rondes waren Freddy's ogen dichtgeslagen. Hij danste log en blind in de ring, maar ging niet knock-out. Gedurende de negende ronde was de stinkende menigte haast niet te houden. Santa had Freddy er in zes, zeven rondes onder moeten krijgen. Dit zou een nederlaag worden, ook al won de grote Santa dan op punten. De televisielampen straalden gloeiend licht uit; de commentatoren riepen hun boodschappen in verschillende talen in de microfoons. Ik keek, geobsedeerd door Joey's bewegen, de negende ronde uit. Freddy haalde de negende ronde.

Toen gebeurde dat vreemde, dat niemand begreep.

De bel voor de tiende ronde luidde. Joey en Freddy kregen hun gebitsbeschermers weer in, kauwden even tot die goed zaten en stonden langzaam op. Santa spuwde op de grond en begon weer te dansen, al was het hem aan te zien dat hij vermoeid raakte. Freddy stond midden in de ring, doodstil. Hij zag niets meer en draaide zijn gebogen hoofd in de richting van zijn tegenstander. Toen hief hij plotseling het hoofd op van zijn schouders en schudde in heel zijn lichaam. Hij deed een stap op Joey toe, omklemde diens slapen met zijn handen en liet zijn hoofd zinken op Joey's borst. Het was een bijna teder gebaar, dat hier niet paste. Het gegil van de menigte snerpte tegen de nok van de hal. Joey Santa danste niet meer, maar stond doodstil, zijn armen slap langs zijn lichaam. Even maar. Toen opende hij zijn mond wagenwijd, schreeuwde en beukte als een razende met die roze klauwen van hem op Freddy's onbeschermde slapen. De scheidsrechter moest hem wegtrekken, want hij beukte door, terwijl Freddy allang machteloos was en van hem af begon te glijden, langs dat zwart glanzende lichaam van Joey naar de grond.

Freddy kwam niet meer tot bewustzijn. Ook niet na het tellen, dat een oneindigheid leek te duren. Ook niet in de ziekenauto, die met ons door het hete Djakarta joeg. Alles aan Freddy probeerde wel terug te komen: hij schokte en trilde als iemand die een epileptische aanval heeft. Hij vocht als een razende tegen dat donkere, hij ging tekeer in zijn lichaam en wilde terug van dat moment van nooit meer terug kunnen. Maar toen we de oprijlaan van het ziekenhuis op reden lag hij al stil en had hij al verloren. Hij leefde nog tien uur. Zijn hart en longen functioneerden nog. Ik kon niets doen om hem te helpen.

Op de een of andere manier bevalt het huis waar ik met Freddy gewoond heb mij niet meer. De kamers staan vol met herinneringen die geen emoties meer in me opwekken. Het bed is te groot voor mij alleen. Elk klein detail herinnert mij eraan dat ik hier niet meer thuishoor. Dat ik een vreemdeling ben in de streken waar ik in de luwte tot bloei ben gekomen. Tegenwoordig voel ik me beter thuis in hotelsuites, in de exclusieve eetgelegenheden van Parijs en Helsinki, waar alles ondanks de gevarieerdheid hetzelfde smaakt. Daar is de wereld tenminste ronduit vreemd en houdt zij geen enkele illusie op van veiligheid en herkenning. Daar moet je jezelf elke keer opnieuw waarmaken met onwaarschijnlijke kunstgrepen in je kleding of gedrag. De mensen om je heen zijn schimmen van werkelijkheid. Elk gesprek met hen draait uit op een beschrijving van het leven in hotels. De eenzaamheid in hotels is groot, maar ook duidelijk. Ik voel me er verlaten en gemotiveerd.

Joey Santa, die me kushandjes toewierp vlak voordat hij mijn Freddy in mekaar sloeg, Joey Santa stuurt me telegrammen en vliegtuigtickets; treedt me tegemoet in het schemerlicht van hotellounges. Onder het mom van vergiffenis vragen neemt hij me mee uit naar vrienden van een onwaarschijnlijk kaliber. Met mondjesmaat geef ik gehoor aan zijn uitnodigingen. Langzamerhand raak ik gewend aan zijn zwarte hand op mijn hand, aan de geur van zijn glimmende huid, aan zijn soepele manier van bewegen. En dat niet alleen. Het is waar dat er een speciale bekoring van deze man uitgaat, een schijn van onoverwinnelijkheid, die even vanzelfsprekend bij hem hoort als zijn wil mij aan zijn zijde te hebben. Wat de man bezielt om zo achter mij aan te zitten is me niet helemaal duidelijk. Misschien vindt hij het een uitdaging om de weduwe van zijn slachtoffer te veroveren. Wie weet valt hij op blanke vrouwen. Een primitief instinct voor dat soort overwegingen zal hem niet vreemd zijn. Niet voor niets heb ik hem bezig gezien in de ring.

Ik doe alsof ik langzaam maar zeker aan hem toegeef. Stap voor stap heb ik Freddy vooruit zien komen in zijn carrière, naar dat punt waarop hij Joey Santa uitdaagde en ik voor de bijl ging in een maanden durende depressie. Joey Santa, de mooiste man die ik ooit gezien heb en onbetwist de grootste bokser die mij wil hebben.

Maar het zal anders gaan dan hij denkt. Eerst zal ik hem langzaam naar mij toe halen. Hoe zal ik hem dan doden?

Hij zal langer moeten vechten tegen de dreiging van de knock-out dan Freddy, omdat hij zelf zo zwart is en zijn tol moet betalen. Ik zal geen wapen gebruiken, zelfs geen langzaam werkend intelligent vergif. Misschien geef ik hem eerst mijn liefde als verdoving. Om dan in de loop van de jaren – want zo lang kan het duren – te zien hoe hij trager wordt in de ring, hoe hij kleiner wordt, hoe zijn huid minder gaat glanzen. Hoe de koning ten slotte weggeslagen zal worden door een nieuwe koning. Dan zal ik me langzaam van hem terugtrekken, maar ik zal wel blijven kijken hoe hij vecht tegen dat zwarte, dat uiteindelijk nog zwarter is dan hij. Waar zelfs Joey Santa van verliest.

De zaak Judith Reiss

De verwarring die er bij ons heerst is vervelend.

Herhaaldelijk krijg ik brieven die ik niet wil lezen en belangrijke zaken lopen in het honderd. Soms krijg ik binnen het kwartier twee koppen koffie, een andere keer word ik overgeslagen. Dat is allebei vervelend, want de koffie is erbarmelijk maar onontbeerlijk. Secretaresses en rondlopend personeel vertonen de eigenschap om alles zo te draaien als je het niet wilt hebben. Zo krijg ik, als ik klaag over de twee koppen koffie, de volgende dag dríe bekers chocolademelk uit de kantine-automaat, een opeenhoping die mij ergert, vooral vanwege de uitgesproken zoetheid van de chocola. Telefoongesprekken die ik aanvraag, leveren de verkeerde stemmen aan de andere kant van de lijn op. Mijn behandeling van de zaak Nussbaumer is op die manier een fiasco geworden, dat drie moorden telde voordat de rechercheafdeling van Bonn het mysterie ophelderde. Geen goede beurt voor Holzberger.

Het is natuurlijk mijn taak om een algemene vergadering te vragen, waar de zaak uit de doeken gedaan kan worden. Maar ik heb mijn redenen om daar nog even mee te wachten. Laat mijn superieuren nog maar even denken dat Holzberger de zaken door elkaar haalt.

De ware schuldige is de nieuwe man op de afdeling Verkeer. Of nee, in mijn vak moet je objectief kunnen denken: hij is evenmin als ik schuldig aan de verwarring die er ontstaan is. Ik heb zijn naam vorige maand op de lijst van nieuwe benoemingen ontdekt. Hij schijnt vanuit Aschaffenburg gepromoveerd te zijn en de mensen bij wie ik voorzichtig naar hem geïnformeerd heb, noemen hem bekwaam, vriendelijk en zeer inspirerend. Ik heb hem nog niet persoonlijk ontmoet, maar zijn naam sprong als een oud zeer uit de lijst omhoog. Franz-Josef Bergenkreuz. Dat zijn voornaam hetzelfde is als de mijne heeft me al in 1932 doen besluiten mijn naam te veranderen in Josef, ondanks het al te katholieke van die naam voor een man als ik die nooit zijn andere wang zal toekeren.

In ons vak is emotie een factor die buitenspel gezet dient te worden. Haat of medelijden mag geen drijfveer zijn van onze daden. Integendeel. Wij reduceren de haat van anderen, die hen ertoe brengt iemand de hersens in te slaan, tot een objectief patroon van tijd, plaats en handeling. De afstanden tussen die drie gegevens proberen we te overbruggen met telefoongesprekken en razendsnel uitgewerkte rapporten. Het is altijd een wedloop tegen de tijd, een andere en rekbaardere tijd dan die van het misdrijf. Want soms duurt het jaren voor een probleem is opgelost. Een van de eigenschappen die je in dit vak dan ook moet hebben of kweken is een ijzersterk geheugen. Een tot nu toe onopgehelderd probleem is bijvoorbeeld de zaak van de moord op de callgirl M.D. We weten alles: wat ze gegeten en gedronken heeft, wie er zwijggeld hebben gekregen, de hoogte van de verdieping waar ze uit het raam is geduwd, de afspraken die ze vóór en ná de fatale afspraak had, de namen van regeringsambtenaren die erbij betrokken zijn, het merk parfum dat ze op had, haar miserabel en loederig karakter. Alleen niet van wie de handen zijn, die haar de zo begrijpelijke duw in de rug gegeven hebben. Alle gegevens zitten in een dossier in brandvrije kasten. Maar ze zitten ook in mijn hoofd. Daar ligt de puzzel op zijn laatste stukje te wachten. Eén gedachteloze zet van de sympathieke moordenaar en het stukje valt op zijn plaats. Zover zijn we nog niet, maar mijn geheugen is geduldig.

Een mislukking als met Nussbaumer is me dan ook nog nooit overkomen. En ik ben niet onredelijk als ik zeg dat Franz-Josef Bergenkreuz er de aanleiding toe is geweest. De man zal ook mijn naam wel kennen en het moet toch bij hem opgekomen zijn dat de vele vergissingen te wijten zijn aan de stupiditeit van de werknemers hier, die F.-J. Holzberger en F.-J. Bergenkreuz in een primitief christelijke synthese vatten om daar verwarring, inefficiëntie en zoetigheid mee rond te strooien, de drie pijlers van het christendom.

Maar ik zal me niet laten verleiden tot het koesteren van haatgevoelens tegenover Franz-Josef Bergenkreuz en het dossier van mijn geheugen zo objectief als ons vak vereist op schrift stellen:

De hoofdpersoon in het drama dat zich in het voorjaar van 1932 heeft afgespeeld is Judith Reiss, geboren in de winter van 1920. In 1932 woonde Judith Reiss nog altijd in de Adelbertstrasse in Frankfurt a/M, een hoge en donkere straat. De elektrische tram reed door die straat. Aan het eind ervan lag de Wilhelmplatz. Daar scheen altijd de zon. Er liepen meestal duiven om de fontein, die in grote groepen dooreen krioelden als er voer gestrooid werd. Aan de tram waren de duiven gewend, maar niet

aan de honden die met onstuimig geblaf hun rust ver-
stoorden, noch aan de kinderen. Overdag lag de Wilhelmplatz stil in de zon. De drukke Adelbertstrasse liep
in een boog om het plein en hield de verkeersstroom
weg. Op de banken van het plein hielden oude mannen
elkaar gezelschap en moeders met volle boodschappen-
tassen wisselden ervaringen over de prijzen uit.

Maar 's middags na vieren stopte de tram op halte
Wilhelmplatz en sprongen de kinderen van de buurt van
de treden, elkaar duwend en tikkend, de schooltassen op
de rug, de schoolpetten op het hoofd, om hun doelloze
ren tussen de duiven te beginnen.

Een van die kinderen was Judith Reiss, met haar blauwe schoolovergooier en donkere dansende vlechten in
bijna niets te onderscheiden van Hanna Tasch, of Elvi-
ra Franken of Lisa van de tweede verdieping. Misschien
was ze iets vindingrijker en overmoediger dan de anderen en ging alles wat ze deed met wat meer lawaai gepaard, maar dat kwam ook omdat ze ijzeren stukjes onder haar schoenen had, tegen de slijtage.

's Morgens sprong ze met Hanna Tasch en Franz-Josef I op de tram naar school. 's Middags kwam ze wel
eens te laat thuis omdat ze met Hanna Tasch en Franz-
Josef I in de paternosterliften van het warenhuis de por-
tier getreiterd hadden, of omdat ze distels geplukt had
op het stuk land achter de school, om die stiekem tussen
de lakens van Lisa van de tweede verdieping te schuiven,
die tuberculose had en in volkomen aanbidding aan Judith Reiss was overgeleverd.

In de klas van Judith Reiss, Hanna Tasch en Franz-Josef I zat ook Franz-Josef II, die niet in de Adelbertstrasse
woonde en wiens aanwezigheid nogal eens verwarring

veroorzaakte bij beurten en cijfers. Tussen Judith Reiss en Franz-Josef II was iets aan de gang dat niemand precies begreep, zij zelf wel het allerminst. Misschien had het te maken met een eerste liefde, die alleen nog maar als verwarring gevoeld werd en die wie weet die zomer herkend en begrepen zou worden. Het was begonnen de dag dat de zeppelin boven Frankfurt te zien was en in de algemene opwinding in de drukke straat Judiths kleinere broertje Dieter onder de voet gelopen dreigde te worden. Toen was daar Franz-Josef II opgedoken die de kleine jongen tegen zich aan gedrukt had, zijn hoofdje beschermend tegen zijn buik gehouden had en verlegen glimlachend in Judiths wijde blauwe ogen gekeken had.

Sinds die tijd gebeurde het soms dat Judith Reiss in haar wilde ren op de binnenplaats van de school plotseling stilhield en een trage blik over haar schouder wierp naar Franz-Josef II, die tegen de muur van de school geleund naar haar stond te kijken. Natuurlijk werd zij op dat moment dan getikt en terwijl ze haar kniekousen optrok verloren haar blauwe ogen die nadenkende uitdrukking om weer overmoedig en vrolijk te worden en ze te richten op Franz-Josef I, die ze achterna begon te zitten.

In de klas bloosden ze nooit als ze toevallig iets tegen elkaar zeiden, Judith Reiss en Franz-Josef II, en er heerste tussen hen een volwassen ernst die de rest van de klas buitensloot.

Maar Franz-Josef I was haar beste vriend. Hij was dat geweest vanaf het moment dat Judith Reiss leerde lopen en het nog helemaal niet te voorzien was dat ze later op haar schoenen met ijzers iedereen de baas zou zijn met hardlopen. Hij was haar trouwe helper en adjudant, hij begeleidde haar op al haar avonturen, luisterde naar haar fantastische en overdreven verhalen en deelde alle geheimen van stille steegjes en onvindbare bergplaatsen met haar.

Gaat het te ver om te veronderstellen dat Franz-Josef I en Franz-Josef II een hekel aan elkaar hadden?

De grootste daad van Judith Reiss was het stelen van het handje uit de winkel van meneer Immergrün geweest. Een stokje met een handje aan het uiteinde om mee op je rug te krabben in de badkuip. Een lang gekoesterde wens van haar, maar met geen enkele kans op verwezenlijking. Toen had Franz-Josef I met meneer Immergrün gepraat over de Latijnse namen op de bruine stopflessen en Judith Reiss had kalm een handje uit de bak op de toonbank gepakt en het in haar overgooier laten glijden. Toen ze trillend van angst en trots naar buiten liepen, stond Franz-Josef II in de deuropening, die dit keer niet naar haar keek maar naar Franz-Josef I, die waarschijnlijk met een even lege blik terugkeek.

Het volgende is, evenals gedeeltes van het voorafgaande, een reconstructie van de gebeurtenissen, waarin veel gissingen en onduidelijkheden voorkomen. Deze reconstructie is het resultaat van creatief denkwerk, om de weinige feiten die bekend zijn tot een sluitend geheel te maken. Want alles is al zo lang voorbij en er is zoveel verdriet bij gekomen dat de een of andere toedracht slechts op deze manier te achterhalen is.

Judith Reiss en Franz-Josef I bewaarden het handje waarschijnlijk op een plank in de kelder van het huis in de Adelbertstrasse, opdat niemand het te weten zou komen. Die kelder had blauw geverfde ramen met tralies aan de buitenkant. Het huis was het laatste in de rij van de Adelbertstrasse en als de ramen niet blauw geverfd waren zou je je op ooghoogte bevinden met de duiven op de Wilhelmplatz. Judith Reiss had haar moeder gevraagd waarom de ramen blauw geverfd waren. Het waren schuilkelders geweest in de oorlog en in de klas had Judith Reiss moeten vertellen wanneer die oorlog geweest was en hoeveel dappere Duitsers er gesneuveld waren.

De kelder was de vaste speelplaats van haar en Franz-Josef I. Maar omdat zíj tenslotte het handje gestolen had en het eerst geweten had waarom de ramen blauw geverfd waren, was zij de baas in de kelder. Franz-Josef I zal zich daarbij neergelegd moeten hebben.

Na hun dagelijkse ren over de Wilhelmplatz was hun eerste gang naar de kelder. Behalve op dagen dat Judith Reiss naar Lisa op de tweede verdieping moest, waar ze een hekel aan had.

In de kelder draaide de tijd terug naar de vernederende oorlog die ze niet meegemaakt hadden. Judith Reiss krabde met het handje langs de muren en dan riepen ze: 'Eruit, laat me eruit.'

Of: 'We stikken hier, God sta ons bij.'

Totdat het begon te vervelen.

Het was Franz-Josef I die de vondst deed die hem evenveel recht op de kelder gaf als Judith Reiss. Op school vertelde hij het haar al en Franz-Josef II, die het hoorde, zei dat je met dat spul op moest passen. En Judith Reiss' ogen veranderden binnen de minuut een paar keer van vrolijk blauw naar wijd blauw en ze streek met een hand wel honderd keer een losgeraakte krul achter haar oor. En toen vroeg Franz-Josef II, in het bijzijn van Franz-Josef I, of Judith Reiss zin had om na school met hem te gaan wandelen. Dat was bijna een te moeilijke keus tussen de vondst van Franz-Josef i waar ze brandend nieuwsgierig naar was, en de ernst van Franz-Josef ii die nieuw en onbegrijpelijk was. Ze wiebelde van het ene op het andere been en keek naar de lucht en naar haar schoenen en zei ten slotte tegen Franz-Josef ii met een glimlach die alles inhield wat er al heel gauw tussen hen kon beginnen, dat ze déze middag met Franz-Josef i zou meegaan, maar dat ze mórgen met hém zou gaan wandelen. En toen rende ze weg in een luidruchtig getik van ijzer op steen, en de vlechten en haar schooltas dansten op haar rug.

Die middag werd de oorlog in de kelder veel echter want Judith mocht de helm van de vader van Franz-Josef i op, en Franz-Josef i had de revolver, waartegen het handje van Judith een belachelijk wapen was. Zo verloor ze de strijd en moest met haar handen omhoog en haar gezicht naar de blauwe ramen gaan staan. Het handje op het stokje in haar hand stak dwaas in de lucht.

'Ik sterf voor mijn liefde,' sprak Judith Reiss, een fatale zin die ze in een boek gelezen had, en ze gaf de helm die over haar ogen gezakt was een duwtje.

'Handen omhoog, zei ik,' riep Franz-Josef i wanhopig en haalde de trekker over.

De kogel maakte een rond gaatje in de helm.

Judith Reiss zal gedacht hebben dat de liefde blauw was, en de pijn, en de wereld, en de verbazing ten slotte die het laatste kwam, terwijl ze viel, heel langzaam, naar de blauwe ramen toe, die op haar afkwamen. Het handje was door de schok uit haar hand geslingerd en tikte tegen het blauwe glas. Buiten op de Wilhelmplatz zullen de duiven voor de tralies even opgevlogen zijn uit hun domme argeloze loop om iets verderop weer neer te strijken. Zo zou het gebeurd kunnen zijn.

Ik koester geen haat tegen de moordenaar van Nussbaumer, die mij driemaal te slim af was. Tussen een slimme moordenaar en mij bestaat zelfs een zekere relatie. Ik probeer me hem voor te stellen als iemand die ik goed ken, die mijn vriend zou kunnen zijn. Ik probeer erachter te komen wat hij denkt, wat zijn motieven zijn, wat hij zou moeten doen om aan mij te ontkomen. Het is een wedloop tussen zijn denken en het mijne. De eenvoudige reden waarom ik meestal win, is dat ik geduldig ben en hij niet, dat ik geen emoties over het gebeurde heb en hij wel.

Maar mijn dromen kan ik niet regelen. De vele eenzame morgens dat ik wakker word en mijn lichaam zwaar is van wanhoop, alsof het nooit meer van het bed kan opstaan, omdat ik Judith Reiss gezien heb in mijn droom, geluidloos dansend over een verlaten binnenplaats, of voor mij uit lopend met een schooltas die te zwaar is voor haar smalle schouders en waaronder ze kleiner en kleiner wordt en ten slotte bezwijkt.

En erger nog zijn de momenten waarop ik haar meen te herkennen op straat, in een donkerharig meisje dat uitgelaten rond een haltepaal zwiert aan één arm en tegen mij lacht, of in een meisje dat ik voor een stoplicht wachtend naast mij in de tram ontwaar en dat mij in mijn auto aanstaart met een verdrietige en toch verwarde blik uit haar blauwe ogen, alsof ze mij herkent zolang het licht op rood staat. En heel soms passeert mij een vrouw op straat die wijd opkijkt vanwege mijn starende blik en daarna haar blauwe ogen overmoedig laat

71

stralen, omdat ze denkt dat het om haar gaat. Maar alles is tevergeefs, want ik kan Judith Reiss nooit meer bereiken.

En nu is op de afdeling Verkeer Franz-Josef Bergenkreuz gekomen. Ik ben hem nog niet tegengekomen, maar hij moet weten dat op de afdeling Moordzaken Franz-Josef Holzberger zit. Men haalt onze namen door elkaar en dat is lastig. Maar wat is dat ongemak, vergeleken bij het geluk dat ik voel dat de puzzel eindelijk in elkaar zal passen?

De man bij wie Judith Reiss eigenlijk hoorde, de man die er uiteindelijk verantwoordelijk voor is dat ik Judith Reiss niet elke nacht in mijn armen koester, is binnen mijn bereik. Hij zal hetzelfde denken als ik. Hij kan mij dezelfde verwijten maken, hij zal misschien dezelfde haat koesteren. Maar ik ben geduldiger dan hij. Want ten slotte is mijn dromen en herkennen van Judith Reiss de laatste emotie die ik nog heb. En ik zal pas heel langzaam ertoe overgaan deze laatste droom te verwijderen, door de man te vernietigen die mijn vijand is, mijn meerdere, mijn vriend ten slotte, ja mijn vriend met wie ik een jeugddroom gedeeld heb.

De doedelzakspeler

Men zegt dat er in vervlogen jaren Italiaanse doedelzakspelers trokken over de stoffige wegen bij Heerlen, Schaesberg en Waubach. Toen woedde de Frans-Duitse oorlog. Het was alles wat Nederland van die oorlog meemaakte, een jankend geluid op de hei bij de Heksenberg, tegen de zuidelijkste grenzen. Op warme zomeravonden moet die haveloze troep voorbijgekomen zijn, Italianen uit het verre zuiden, vrolijke armoedzaaiers met wanhopige muziek, in het niet verdwijnend als de avond viel.

De meester op de lagere school vertelde ons dat verhaal. Op die manier vergaten wij nooit meer de Frans-Duitse oorlog. Op die manier voelden we ook hoe warm het was bij ons in het zuiden, hoe geheimzinnig maar warm. In onze ogen was de meester stokoud. Gesinus en ik kenden veel van die oude mannen uit het dorp, die lastig waren omdat ze over vroeger wilden vertellen en de boel maar ophielden. Wilde je buiten gaan voetballen, dan begonnen ze opnieuw met hetzelfde verhaal, eindeloos inhakend op wat er in hun oude kop opkwam. En toch bleven die dingen ons bij. Toch staken we er iets van op.

Gesinus en ik waren onafscheidelijk. We zaten op school naast elkaar, we brachten onze vrije tijd samen door en hielden van dezelfde dingen. Waar Gesinus was was Anselm, waar Anselm was kon men Gesinus verwachten, wisten ze bij ons. Alleen 's morgens in alle vroegte om zes uur kon men mij door de lege straten horen klepperen op mijn klompen om de vroegmis te gaan dienen. Dat was het enige wat ik niet met hem deed. Tijdens het Confiteor boog ik mij dieper dan enige andere misdienaar naar de grond om te bidden voor de bekering van Gesinus. Gesinus en zijn ouders kwamen namelijk niet bij ons vandaan. Ze kwamen ook niet uit Brabant, want dan zouden ze in ons dorp geen leven hebben gehad. Nee, merkwaardig genoeg stamden ze uit het hoge noorden, uit het plaatsje Zoutkamp, dat zelfs aan de zee lag, dus zo ver weg dat wij er niets meer mee te maken konden hebben. Waarom zijn ouders hierheen getrokken waren kon niemand bedenken. Waarschijnlijk gevlucht voor de zee. Het waren bange en sombere mensen die een geïsoleerd bestaan tussen ons leidden. Maar Gesinus deed dat niet. Al op de eerste dag dat wij elkaar in het vizier kregen, was onze vriendschap voor het leven beklonken. En omdat ze mij, Anselm, graag mochten en liefhadden, werd ook Gesinus liefgehad. Ik werd gefascineerd door die magere, veel te lange jongen met zijn donkere haar en schuin wegkijkende ogen. Op school kon hij niet zo goed mee als ik. Maar dankzij onze gezamenlijke inspanningen hield hij mij lange tijd bij.

Toen de meester het verhaal vertelde merkte ik dat Gesinus meer dan anders onder de indruk was. Maar na school wilde hij niets zeggen. Maanden later werd ik aan dat verhaal weer herinnerd toen hij mij op een woensdagmiddag meenam naar een plaats op de hei. Hij droeg een geheimzinnig koffertje bij zich, steels, alsof hij op zijn hoede was. Toen we verdekt opgesteld tegen een zandhellinkje zaten opende hij het. Wat ik zag liggen was een geruite rok en een stel tafelpoten, maar voor Gesinus zagen de dingen er anders uit. Hij draaide wat en schroefde wat, hij blies wat en toen ik de eerste klanken over de hei hoorde rollen begreep ik dat dat nou een doedelzak was. Hij speelde een wijsje dat nu nog vaak door mijn hoofd speelt. Zijn anders zo schichtige ogen schitterden opgewonden. Van die dag af speelde hij iedere woensdagmiddag en ik lag naast hem op de warme geurige grond en hoorde de klanken slaan over de hei. Dat is het ene beeld dat ik nooit vergeten kan. Het andere beeld is erger, maar ook van veel recenter datum.

Nooit heeft hij me verteld waar hij de doedelzak vandaan had. De enige plaats waar hij ooit speelde was de hei, en elke keer opnieuw vroeg hij mij het toch geheim te houden.

Algauw na de eerste woensdagmiddag dat ik hem spelen hoorde, kreeg zijn vader een beroerte. Toen hij gestorven was gingen Gesinus' schoolprestaties zienderogen achteruit. Hij bleef nog drie jaar bij ons wonen. In die tijd ging ik naar de hbs in de stad. Hij bezocht een naburige ambachtsschool. Onze vriendschap verminderde in frequentie, maar niet in hevigheid. Op woensdagmiddag vergezelde ik hem naar de hei, waar hij oude Italianen tevoorschijn toverde met zijn muziek. Ik lag met mijn handen achter mijn hoofd gevouwen en staarde naar de blauwe lucht waar witte wolken langs dreven. Nadat hij drie jaar op de ambachtsschool doorgeworsteld had, pakte zijn moeder de boel in en verdween terug naar het noorden. Mét Gesinus. In de auto van Govert Janssen werden ze naar de trein in de stad gebracht. Ik haastte me na de lessen naar het station en schudde Gesinus de hand voordat hij instapte. Hij zat onwennig in zijn zondagse pak gesnoerd. We namen afscheid als mannen. De trein zette zich in beweging naar het noorden, dat naar mijn mening iets met Gesinus te maken had.

Hem miste ik wel een beetje. Natuurlijk. Ik ging nog wel op mijn eentje naar de hei, maar de aardigheid was eraf. Ik kreeg nieuwe vrienden die beter bij mij pasten en met wie ik sprak over de meest uiteenlopende en zwaarwichtige onderwerpen. Wij praatten het heelal in mekaar, maar er was niemand bij die de doedelzak speelde.

Zo verlies je je jeugdvriend uit het oog. Ernstig is dat niet. Dood ga je er niet aan. Maar in mijn geval is de tijd niet dromerig verdergegaan. In mijn geval was het lot niet tevreden met dit geringe verdriet.

Lang ben ik Gesinus uit het oog verloren, maar een paar jaar geleden hoorde ik weer van hem op die vreemde manier, die te maken scheen te hebben met alles wat hij deed. Op een ochtend lag er op mijn mat een briefkaart met de uitnodiging naar Sauwerd te komen. Ik kende niemand in Sauwerd, ik wist niet eens waar Sauwerd lag. Maar op de andere kant stond zijn naam: Gesinus. Simpel. Weekenden ben ik meestal thuis. Er is veel voor nodig om mij bij vrienden te laten logeren. Maar aan deze getypte oproep moest ik wel gevolg geven. Ik reisde naar Sauwerd en trof een volwassen Gesinus aan, in het bezit van een Ford Taunus, een doorzonwoning en een stevige noordelijke vrouw. En een zoontje. Een jongetje van een jaar of negen, zó precies zijn vader vroeger dat het me niets verbaasd zou hebben als gebleken was dat ikzelf in korte broek in Sauwerd had aangebeld. Maar zo lagen de zaken niet. Ik was een volwassen man, vrijgezel in Utrecht, waar ik belangrijk werk deed als stadsarchivaris. Ik had weinig te zoeken bij deze vriend uit mijn jeugd die hier in Sauwerd koffiedronk uit een gebarsten kopje en daarbij slurpte. Hij was braaf, hij was oppassend, hij sliep tegen de wereld aan. We hadden elkaar niets te bieden.

Toch bleef ik daar verschillende keren terugkomen. Niet dat ik op beter hoopte of mijn tijd niet beter kon besteden. Neen. Het was omdat ik er langzaam maar zeker verslaafd aan raakte samen met Gesinus op zondagmiddag naar het sportnieuws te kijken of samen zwijgend na het eten wat te roken. Het leek wel of ik niet van hem af kon komen. Het leek een vriendschap die in loyaliteit zijn weerga niet vond. Begin augustus nodigde hij mij uit voor een tocht over de wadden. Hij had al vaker wadgelopen en beweerde dat het een ervaring was die je niet mocht missen in je leven. Zo één, twee keer in het jaar verloste het hem van de dagelijkse gang naar zijn werk en vice versa. Hij schatte mijn uithoudingsvermogen groot genoeg. Twee weken lang zei hij nee tegen zijn zoon, die bij zijn stoelleuning bleef zeuren of hij mee mocht. Het derde weekend zwichtte Gesinus. We gingen gedrieën. Het is aan deze tocht dat ik herinneringen bewaar die mij tot het eind toe bij zullen blijven. Op het wad werd het me duidelijk dat men niet ongestraft een jeugdvriend heeft.

Het weer was grijs die dag. Er hing een egaal wolkendek dat geen zon doorliet. Het regende noch waaide. Het was de eerste keer dat ik het wad zag, maar op dat moment maakte het niet veel indruk op me. Ten noorden van Hornhuizen liepen we van de dijk tot de met prikken bebakende geul over het Lutjewad. Daar was het dat we begonnen te baggeren, dat we strompelend onze voeten uit zuigend slik moesten trekken, dat we veerkrachtig over drooggewaaide platen liepen, door zoute geulen banjerden. Gesinus had de tocht vaker gemaakt. Ik vertrouwde me aan hem toe. Het merendeel van de tijd zwegen we. Zo nu en dan wees Gesinus naar een plaat die hij bij naam kende of hij wees naar eigenaardig versneden prielen. Hij hield zijn zoon bij de hand. Die stapte dapper mee en keek zijn ogen uit. Hij was lang voor zijn leeftijd en minder schichtig dan Gesinus vroeger was. Ik bewonderde zijn uithoudingsvermogen. Toch zouden we Schiermonnikoog niet halen.

We waadden tot onze knieën in het water toen Gesinus langzamer begon te lopen. Hij keek naar zijn knieën en mompelde in zichzelf. Ik dacht nog dat hij zeedieren zag in het water. Maar toen bleef hij stilstaan en keek om zich heen. Het was een duizelingwekkend moment in de eeuwigheid waarop mijn hersenen begrepen dat het mis was, dat geen zinnig mens zonder gids het wad op moest gaan. Zijn zoon keek vol vertrouwen naar Gesinus op toen die ten slotte zei dat het water op deze plaats niet zo hoog kon staan als het geval was. We stonden stil. Gesinus keek drie volle minuten om zich heen. We zouden wachten en dan terugkeren. We stonden op een zeer hoog punt.

'Gaan we dan niet naar Schiermonnikoog?' vroeg zijn zoon. Gesinus antwoordde niet en ontdeed zich van de kleine rugzak. We aten de meegebrachte boterhammen en dronken wat appelsap. Om ons heen kwam de vloed op. Bewegen moesten we, zei Gesinus en we liepen spattend wat heen en weer. Erg lang deden we dat niet. We stonden te kijken naar de platen om ons heen die stuk voor stuk onder water verdwenen. Uren zouden we dat moeten zien. Ik keek. Ik sloot mijn ogen. Ik voelde me in slaap vallen.

Ik opende mijn ogen snel. Mijn korte broek werd nat. Gesinus keek op zijn horloge en zei dat het hoogste punt nu gauw bereikt zou zijn. Hij zou nog uren ongelijk krijgen. Het water zou pas tot stilstand komen onder de kin van zijn zoon. Het water kroop als een warme verleidelijke stroom langs onze benen omhoog. Ik keek naar de horizon die er niet was. Hemel en aarde raakten elkaar niet zichtbaar. Alles om mij heen was vormeloos, grijs, zonder enig herkenningspunt, zonder warmte en het water steeg en was niet tegen te houden en geen mens zou ons horen, noch van ons weten, en meedogenloos zouden we door het water bedolven worden. Er viel niets te doen. Ik stond stil. Alles aan mij stond verkrampt stil, het kleinste onderdeel van wat ik was stond bewegingloos. Mijn hart hoorde ik niet meer, mijn ademhaling niet, ik werd één met het water. Ik raakte met mijn huid aan de dood. Ik was bereid op te geven.

Pas toen de zoon van Gesinus begon te gillen werd ik uit die verkrampte toestand gewekt. Ik keek opzij. Het water kwam tot aan zijn kin. Hij zou het eerst gaan, hij was het die zijn dood uitgilde over het verlaten water. Alleen zijn bleke hoofd was nog zichtbaar. Hij gilde uitzinnig, rauw en kinderlijk tegelijkertijd. Wij zwegen. Ik voelde geen medelijden met hem. Ik was al te ver heen.

Maar toen gebeurde het wonder toch. Het drong pas langzaam tot me door dat Gesinus' zoon blééf gillen, dat ik geen verstikkende geluiden hoorde van zout water dat zijn mond binnen kwam. Ik keek naar hem. Ik zei tegen mezelf dat ik me niets moest wijsmaken. Ik wilde niet opnieuw hopen, ik wilde terug in de onverschilligheid. En toch was het wonder gebeurd: het water stond stil. Het enige wat nodig was geweest was dat een van ons drieën uit zijn lethargie ontwaakte, dat een van ons in opstand kwam tegen zijn eigen lot. Ik wachtte tot ik zekerheid had dat het hoogste punt bereikt was, ik wachtte nog langer en toen begon ook ik te schreeuwen, luidkeels, tegen de vormeloosheid in, tegen het ontbreken van een horizon in, ik tierde, ik vloekte, ik huilde en hoorde de warmte van mijn stem. Naast mij legde Gesinus zijn hand op het hoofd van zijn zoon. Het jong zweeg abrupt. We keken elkaar niet aan. Misschien begon het toen pas, het eigenlijke gevecht. Want ik werd zo moe dat ik nauwelijks kon blijven staan, en ik moest blijven staan. Nog steeds moesten we wachten. Het begrip tijd dat ik geleerd had vervaagde. Een contourloze eeuwigheid drukte op ons.

Toen we ten slotte aan de terugtocht begonnen, was alle gevoel uit mij geweken behalve de wil om te overleven. Ik ploeterde, ik zwoegde, ik wilde zo graag, ik wilde naar het vasteland. Ik joeg mezelf verder. De jongen was dodelijk vermoeid. We hielden hem tussen ons in. Gesinus sprak zo nu en dan zacht tegen hem. Hij antwoordde nauwelijks, hij liet zijn hoofd hangen, zijn bewegingen werden trager. Toen hij door zijn knieën begon te zakken moesten we hem dragen. Nu was het Gesinus die begon te jagen. De jongen lag loodzwaar in onze armen. Op onze vragen gaf hij geen antwoord meer. Met onze laatste krachten brachten we hem op de wal, buiten het bereik van het water. De nacht was al gevallen. We legden hem op de grond en knoopten zijn bloes open.

Voordat mijn hand het voelde wist mijn hoofd het al. Het hart stond stil. De jongen was dood.

Het moet vrij spoedig na onze wadtocht geweest zijn dat hij van zijn vrouw is weggegaan. Naar men zei had hij zich gevestigd in het dorp Zuurdijk, twintig kilometer van de stad Groningen. Ik zocht hem niet op. Ik wilde wachten tot het verdriet in mij weggeëbd was. Het bleke hoofd van de jongen boven het water achtervolgde mij tot in mijn diepste slaap. Het was alsof hij niet bestond, of het Gesinus geweest was die daar had staan schreeuwen omdat hij zijn dood voelde. Dat was nog het onbegrijpelijkste geweest, dat hij het geweten had. Zelfs de doktoren die zijn kleine lijf onderzocht hadden stonden voor een raadsel. Zijn hart had nooit iets gemankeerd en toen was het plotseling stil blijven staan. Alsof hij de moed had opgegeven.

Eén keer ben ik toch naar Zuurdijk geweest, een dorp van tien huizen, winderig tegen een slaperdijkje geplakt. Toen ik naar hem vroeg bleek hij meer dan bekend. Hij woonde in het laatste huisje, een hutje van niks, met een gat in het dak waar de wind doorheen joeg. Hij was niet thuis. De buren wezen mij gewillig de sloot waar ze hem om de andere dag stomdronken uit moesten vissen. Op welke manier dan ook, hij leidde een leven tussen hen in. Er werd op hem gelet.

Men vergezelde mij naar de kroeg. Daar zat hij, magerder dan ik hem ooit gezien had, heen en weer wiegend op zijn stoel. Ik sprak wat met hem, onbeduidende zinnen. Hij antwoordde onsamenhangend, zijn schichtige ogen keken langs mij heen. Hij leefde in een andere wereld. Eén keer stond hij op om een hond binnen te laten. Niemand in het café had iets aan de deur gehoord. Van het voorval op het wad scheen hij zich niets meer te herinneren. Ik verliet hem vrij spoedig. Buiten hing de mist van november. Het landschap lag wijd en recht. Hier en daar droomde een boerenhoeve onder een groot dak, hier en daar liep een weggetje door het kale land. De weinige bomen stonden zwartgetakt tegen de lucht. Het land was zwart. Eroverheen koepelde de hemel. Het was het noordelijkste deel van ons land. Hemelsbreed lag de zee op drie kilometer. Gesinus zou zich hier nog één of twee jaar dood kunnen drinken. Het deed er niet meer toe. Hij had het aan mij overgelaten zijn zoon in de contourloze eeuwigheid te zien ondergaan. Hij had mij hierheen gebracht. Hij had mij voorgoed vervreemd van de warme hei in mijn rug en de doedelzakmuziek die langzaam wegdreef naar het zuiden. In deze streken stonden de bomen kaal en kromgetrokken door de noordwesterstorm.

Kleine geschiedenis van het slaan

Voor onze familie, groot als een menigte die niemand tellen kan, is slaan het zout in de pap. Met uitzondering van mijn oudste zus Joke kan niemand zich een dag uit zijn leven herinneren dat er niet links of rechts flinke klappen werden uitgedeeld. We waren met z'n dertienen bij ons thuis. Je viel dus wel eens een dag buiten de prijzen. Aan de andere kant echter verhoogde het aantal kinderen het gemiddelde aanzienlijk. Het slaan bleef niet beperkt tot ons gezin. Ook bij de ooms en tantes was het zo de gewoonte, en ik herinner me nog levendig de vreugde in de familie toen mijn tweede zus Johanna woedend het ouderlijk huis binnen stormde omdat haar man haar geslagen had. De lijn is terug te trekken naar mijn grootvader, die in slaan een pedagogisch heil zag. Ik heb hem slechts als een bibberende oude man gekend, maar het zwiepende Spaanse riet was speciaal voor zijn krachteloze handen uitgevonden. Mijn grootmoeder van moederskant had zich bij de zwakte van de ouderdom neergelegd en beperkte zich tot knijpen, wat evenveel pijn deed maar minder schrik teweegbracht.

Sinds de dood van Judocus is de vraag bij ons opgekomen waarom het eigenlijk in de familie zo'n gewoonte was geworden de handen maar te laten wapperen. Tijdens de begrafenis heeft het probleem de familie beziggehouden. Op dat moment was echter de afleiding in de vorm van belegde broodjes te groot om de zaak van alle kanten te bekijken. Toen ik me ten slotte tot bij de tafel gedrongen had, waren de broodjes op. Men gelastte mij daarop de zaak van het slaan te onderzoeken en er te zijner tijd verslag van te doen. De dood van Judocus is nu alweer een paar maanden geleden, maar ik heb nog geen zicht op de zaak. Toch laat ik me niet van de wijs brengen en maak ik melding van de stand van zaken tot nu toe. Om helderheid te verschaffen moet ik die andere hartstocht in de familie noemen, een minder opzienbarende verslaving, maar evenzeer van belang: puzzelen.

Ikzelf was twee of drie jaar toen ik mijn eerste De Wolf en De Zeven Geitjes stuk voor stuk in elkaar paste. De broers en zusters boven mij waren toen al bezig aan puzzels van honderd, vijfhonderd of drieduizend stukjes, afhankelijk van hun leeftijd. Puzzelstukjes waren de enige dingen in de familie die nooit zoekraakten. Hele dagen zaten wij boven grote tafels met jachttaferelen, zeeslagen, bloemstukken of straatjes in Ascona, Tübingen of Kaisersberg. Ravensburgerpuzzels voor jong en oud. Het eigenlijke leven was teruggedrongen op enkele vierkante meters. Het leven bezat een aardig ritme. Behalve aan slaan hadden we onze ziel verpand aan het puzzelen.

Ik laat hier het slaan van mijn grootvader (uit didactische overwegingen) en van de ooms en tantes buiten beschouwing. Men moet tenslotte in het klein beginnen wil men een probleem oplossen, en we waren met ons dertienen thuis, een aardig getal voor een onderzoek. Een van de oorzaken voor het slaan (althans die ík zie; mijn oudoom Johannes met wie ik erover gesproken heb ziet het slaan als een metafysisch gebaar, maar dat begrijp ik niet), een van de oorzaken dus, was het krengerig karakter van mijn oudste zus Joke. Als baby was ze ongetwijfeld een lief geval, maar tegen de tijd dat ik de wereld om mij heen kon duiden was ze een ware helleveeg die rake klappen uitdeelde. Ik kon niet eens ademen over haar zeeslagen of ik had al een oorveeg te pakken. Ik begrijp wel wat haar zo gemaakt heeft. Toen ze nauwelijks twee jaar oud was werd mijn oudste broer Joop geboren. Hun namen waren moeilijk uit elkaar te houden en de verwarring die dat bij dat wicht gesticht moet hebben zal niet gering geweest zijn. Ze heeft toen nog niet geweten wat haar te wachten stond. In ieder geval heeft dat brullende kereltje in de wieg haar humeur voorgoed bedorven. Het werd er niet beter op toen de tweeling Johanna en Jolande volgde.

Onze vader was een alwetend drogist. Onze moeder een flinke vrouw die hem tussen het baren door in de winkel hielp. Tegen de tijd dat de jongste trappen kon lopen was de chaos volkomen. Riep mijn moeder een van ons vanuit de winkel, dan stormden we alle dertien tegelijk de trappen af omdat we alleen de eerste lettergreep van een naam hoorden, die voor ons allen gelijk luidde. We hadden het wel eens gepresteerd te blijven puzzelen totdat het duidelijk werd wie van ons er verlangd werd. Maar toen hadden we buiten onze vader gerekend. Die gebruikte de pedagogische principes van zíjn vader om zijn eigen drogistendrift te verhullen en kwam naar boven gestormd om zesentwintig oren roodgloeiend te kletsen. Dus roefden wij snel en braaf de winkel in. De klanten zijn altijd vol lof geweest over ons. Ons gezin had een goede naam in de stad. We vormden een aardig stel als je niet lette op wat er zich binnenskamers af-speelde. Soms was het heel erg. Zoals die keer toen Joke het laatste stukje van het rozenperk in Tübingen maar niet kon vinden en Jonas ontdekte dat Jochem, de jong-ste, erop zat te sabbelen. Jochem kreeg een pak voor zijn broek, maar de hel barstte pas los toen Jonathan zich er-mee ging bemoeien. Ikzelf heb nog steeds een klein lit-teken in mijn wenkbrauw van die keer. Pleisters uit de winkel moesten eraan te pas komen. We waren het eens over het nut van drogisten.

Was het nu het karakter van mijn oudste zus? Was het de drift van onze vader? Of was het een naamge-vingsprobleem? We hadden toch het recht om geluk-kig te zijn met z'n dertienen boven de antiseptische geu-ren van de winkel onder onze voeten? Zolang de men-sen maar hoofdpijn en griep hadden, hadden wij een toekomst vóór ons. Enkelen van ons zaten zelfs op het gymnasium en onze domoor Joop was nog altijd heel goed in de moeilijke randjes van een puzzel. We waren niet gelukkig. Tussen het slaan en het puzzelen was er niets dat ons bond, geen vriendelijkheid, geen interes-se, geen zorg voor elkaar. Onze oplettendheid was erop gericht op tijd te duiken als er een klap aansuisde, of te slaan als iemand anders met zijn vingers aan jouw puz-zel zat. Die motivatie van ons handelen deelden we en ik overdrijf niet als ik zeg dat geen familie zo aan elkaar hangt als de onze. Wie zich aanpast overleeft, en dege-nen van ons die nu getrouwd zijn dragen de traditie mee in hun huwelijk, waar nu de klappen vallen.

Eén uitzondering was er. Natuurlijk. Zonder zwart schaap kan geen familie leven. Bij ons was dat Judocus. Hij was veertien maanden ouder dan ik en ik deelde een zolderkamertje met hem. Dat het door de naam komt (de enige naam bij ons die niet met Jo- begint) dat hij niet met onze gewoontes meedeed, lijkt me onwaarschijnlijk. Dan zou Joke immers een beminnelijke zuster geweest zijn als ze maar Jacqueline geheten had, een naam overigens die niet bij haar past en nooit bij haar passen zal. Bovendien rende Judocus altijd goedmoedig mee als mijn moeder vanuit de winkel riep, hoewel dat ook aan mijn oudste zus gelegen kan hebben, die ons in zo'n geval sissend voor zich uit de trap af joeg. Nee, Judocus ontwikkelde zich op een heel eigen manier. Hij was bijvoorbeeld de enige van ons die hart had voor de geur van de drogisterij. Als hij 's morgens naar school ging kon hij in de winkel blijven treuzelen en zeggen: 'Mm, wat ruikt het hier lekker!' Hij zei dat vaak en riskeerde elke keer een stomp van een Job of Jolle of Johan die hem toeriep: 'Doe niet zo stom.' Het was ook maar dommepraat van hem, want het stond allang vast dat Joop de zaak zou overnemen omdat hij er het beste gezicht voor had. Judocus stoorde zich daar niet aan, zomin als hij zich stoorde aan zijn onvoldoende schoolrapporten of aan zijn minieme prestaties op het sportveld. Hij was in staat de bal in eigen doel te trappen. Ik was jonger, maar schaamde me voor hem.

Ik herinner me nog de dag dat hij met een onvoldoende eindrapport thuiskwam en voor de tweede keer de tweede klas mulo niet gehaald had. Onze vader zat in zijn luie stoel en wij stonden met z'n allen achter die stoel, behalve Judocus. Die stond tegenover mijn vader en schuifelde met z'n voeten.

'En wat denk je dan nu te gaan doen?' vroeg onze vader.

Judocus haalde zijn schouders op.

''k Weet niet,' mompelde hij. Wij gniffelden.

'En als jij het niet weet, wie moet het dan wel weten?'
vroeg onze vader.

''k Weet niet,' mompelde Judocus weer. Wij lachten
smalend. Mijn vader deelde een oorveeg uit aan Johanna,
die het dichtst bij hem stond. Jolande gnuifde en kreeg
een trap van Johanna. Joke herstelde met kracht de orde.

'Stil allemaal!' riep onze vader. Wij zwegen gespannen. 'Je kunt niet in de zaak, want daar komt Joop in.
Die kan niet leren.' Judocus knikte begrijpend. 'En
toch,' vervolgde onze vader dreigend, 'en toch haalt
Joop met veel moeite de mulo. Want hij weet wat werken is. Dat weet jij niet. Want jij bent lúí.' Judocus knikte. Op dit punt bevestigd te worden bracht mijn vader
tot kille woede. Hij sloeg. Judocus begon te huilen. Wij
snikten van het lachen. Huilen als je geslagen wordt, is
belachelijk. En Judocus wás belachelijk. Hij ging zonder
eten naar bed. Wij puzzelden die avond met overgave.
Behalve onze vader. Die keek zoals gewoonlijk de boek-
houding na en halveerde het zakgeld van Judocus.

Het was niet zo dat Judocus nóóit sloeg. Eens heb ik
hem in drift zien geraken toen een vierdeklasser de fiets
van een eersteklasser in de vijver gooide. Hij stormde
op de oudere jongen af en beukte hem in het gezicht.
Wij hielden ons erbuiten want het getuigt van onfat-
soen buitenshuis te slaan. En hij heeft Jonathan eens geslagen toen die per ongeluk op zijn tenen getrapt had.
Maar verder hield hij zijn handen thuis. Puzzelen even-
wel deed hij nooit. 'Ik vind er niks aan,' zei hij altijd. We
konden hem er met geen stok toe krijgen. We dreigden
hem, we boden hem aan zijn zakgeld uit ons zakgeld aan

te vullen, we sloegen hem, hij stak geen vinger naar een puzzel uit. Hij was de sufferd van de familie.

Ten slotte heeft hij nog met veel hangen en wurgen zijn mulodiploma gehaald. Daarna is hij op een handelskantoor terechtgekomen, waar hij van negen tot vijf brieven tikte. Uiteindelijk heeft hij het het minst ver gebracht. Mijn jongste zus Jorina is zelfs ambtenaar op het departement van Onderwijs geworden. Nou goed. Judocus zat op zijn handelskantoor. Wat hij in zijn vrije tijd deed heeft niemand ooit precies geweten. Hij had een vage belangstelling voor vogels. Toen ik nog het zolderkamertje met hem deelde lag hij meestal op zijn bed, zijn handen gevouwen achter zijn hoofd, en staarde door het dakraampje naar de lucht, of 's nachts naar de sterren.

'Is daar veel te zien?' vroeg ik hem onder het puzzelen wel eens. Maar zelfs op zo'n vraag kon hij geen ja of nee geven. 'Dat ligt eraan,' zei hij dan en ik had geen zin om mijn jachttafereel in de steek te laten om op zijn vaagheden in te gaan. Ik liet hem liggen.

Het zou mooi in de loop der dingen gepast hebben als hij om het leven gekomen was door geweld. Bijvoorbeeld door tussenbeide te komen in een cafétwist. Arme Judocus, onschuldig gestorven door een mes tussen zijn ribben. Hij die het geweld wil voorkomen zal eraan ten onder gaan. Maar het gelijk van de familie kon niet op die manier verkregen worden. Hij stierf even suf als hij geleefd had. Aangezien hij zijn verdiende geld niet aan vrouw of kinderen kon besteden, vatte hij het plan op een autootje te kopen. Weliswaar heeft het twee jaar geduurd voordat hij zijn rijbewijs gehaald had, maar ten slotte bezat hij toch een Fiatje waarmee hij 's zondags over de wegen tufte. Op die negende februari had hij zijn auto geparkeerd aan de rand van het Noord-Hollands Kanaal om met zijn verrekijker de vlucht van ganzen gade te slaan. Toen hij weg wilde rijden vergat hij zijn versnelling in de achteruit te zetten. Hengelaars die het zagen gebeuren verklaarden dat de auto heel, heel langzaam in het water terechtkwam en nog langzamer zonk. Toen duikers van de rijkspolitie hem boven haalden was hij al dood.

Op een zondagmiddag na de begrafenis zijn we zijn bezittingen in zijn kamer in de binnenstad op gaan halen. Veel van waarde had hij niet. Hij leefde heel sober. We ruimden alles zo'n beetje op. In de weinige nagelaten papieren lag een krabbeltje dat alles weg mocht en dat hij alleen de Raaf aan de familie schonk. De Raaf. We keken elkaar aan en haalden onze schouders op. Een zwarte opgezette raaf die bij hem op de kast stond. We namen hem maar mee en zetten hem in de ouderlijke woning op de schoorsteenmantel. Om hem tegen stof te beschermen zetten we er een stolp overheen.

Er is iets veranderd in het familieleven sinds Judocus' dood. We zijn nu met z'n twaalven thuis op zondagmiddag. Na de eerste droefheid over zijn dood meenden we dat alles z'n oude gang kon gaan. Joop, die de zaak heeft overgenomen, deelde de eerste klappen aan zijn kinderen uit. Maar wij hoorden het allemaal: de stolp rinkelde even. We keken elkaar aan. Sommigen van ons grinnikten. Jolle grapte dat Judocus over zijn graf heen regeren wilde. Bij de tweede oorveeg die mijn oudste zus Joke uitdeelde aan de oudste dochter van Johannes viel er een stoel om. De stolp rinkelde. Er ontstond een discussie of de stolp van de Raaf af genomen moest worden. Merkwaardig genoeg kon daarover geen eenstemmigheid bereikt worden. Vooral de vrouwen in de familie, met uitzondering van mijn oudste zus Joke, beriepen zich op het hygiënische doel van de stolp. We gingen die zondag treurig uit elkaar. De volgende zondagen herhaalde de discussie over de stolp zich en de meningsverschillen liepen zo hoog op dat Jorina meende vóór het avondeten te moeten vertrekken. Job koos binnenskamers haar partij. Slechts met de grootste moeite kon zij er de week daarop toe gebracht worden de zondagen toch thuis te komen. Zij en Job bleven bokkig. Het aantal klappen verminderde met de week. Na elke klap hield de familie de adem in om te horen of het rinkelen kwam. En het kwam. De aardigheid was eraf. Tegenwoordig houdt men zijn handen thuis. Alleen het puzzelen is gebleven. Maar dat is maar de helft van het heelal. En zelfs het puzzelen is niet meer wat het vroeger was. We doen het nog wel als we op zondagmiddag met z'n allen boven de winkel bij elkaar zijn. Maar steeds meer van ons beroepen zich op hoofdpijn om niet te hoeven. Ik ben met Josepha en Jolita nog de enige die de traditie hooghoudt. Maar ik kan niet nalaten om onder het zoeken naar het juiste stukje steeds naar de Raaf onder de stolp te kijken. Het is een grote vogel. Al het zwart van zijn veren staat verbolgen omhoog. Zijn oog blinkt, kraalt zwart als zijn veren. Zijn oog blinkt. Ik leg het laatste puzzelstukje op zijn plaats en kijk naar ons twaalf drogistenkinderen.

Het meisje met de vogelhoed

Dit is de lente en ik ben de enige die het geheim kent.

Ik zit hier met mijn rug tegen de dijk, vlak bij het kasteel en kijk naar het veer waar de auto's overgedragen worden, van de ene oever van de rivier naar de andere oever. De hele dag gaat dat door en nooit zie je dezelfde auto terug. Ik weet niet waar al die auto's heen gaan, maar ik weet zoveel niet. En dat zal er niet beter op worden nu ik niet meer naar school ga. Niemand vermoedt dat ik hier zit. Thuis denken ze dat ik op school ben en op school denken ze dat ik thuis ben. Niemand kan me hier vinden, want ik zit onder aan de dijk in het gras en boven mijn hoofd rijden ze aan mij voorbij. Over de rivier varen lange boten. Hun getuf klinkt in de lucht. Rechts ratelt de steenfabriek. En er is die kievit. Maar al te ver mag ik die boten niet nakijken, want ik zit op de uitkijk naar slangen. Dit is bij het water en bij struiken en hier moeten ze dus tevoorschijn komen om hun huid af te werpen. Ik wil een slangenhemd mee naar huis nemen en het verbranden.

Soms moet ik huilen. Maar ik zal zeggen dat dat door het licht komt. Want wel zijn er wolken, maar zo nu en dan komt de zon eronder vandaan en dan schijnt die in mijn ogen. Dan huil ik even en ik zal zeggen dat het door de zon in mijn ogen komt.

Het is moeilijk om in dit hoge gras slangen te ontdekken. Je kunt er ook gauw op trappen, omdat je ze niet ziet. Daarom heb ik mijn vaders laarzen aangetrokken. Dat ze niet in mijn voeten bijten. Je kunt doodgaan aan slangengif. Maar lopen kan ik niet op mijn vaders laarzen. Daar zijn ze veel te groot voor. Ik moest mijn zwarte schoenen aan op mijn opa's begrafenis. Maar dat kon niet want die waren veel te klein. Dat zei ik tegen Tine, maar die zei dat het nog best ging. Toen kneep ze door de schoenen heen in mijn tenen en ik zei au en toen moest ik die zwarte schoenen aan. Ze knelden de hele dag.

Hij had het nog gezegd, een week daarvoor, toen we naar het ziekenhuis in Utrecht waren gekomen. Want daar lag hij plotseling en hij was helemaal niet ziek. Hij zat rechtop in bed en zag eruit als altijd en hij riep toen we binnenkwamen: 'Ha, daar hebben we bobbedebobbie.' Dat riep hij altijd en ook toen in het ziekenhuis, met die stem als de klok van de stompe toren. Ik mocht op zijn bed komen zitten. Hij was helemaal niet ziek. Toen we weer neer huis gingen riep hij mij bij de deur terug. Tine en mijn vader liepen de deur uit. Ik dacht dat ik bij hem mocht blijven slapen. 'Weet je nog van je vogelhoed?' vroeg hij en ik knikte. 'Niet vergeten,' zei hij, 'het is ons geheim.'

Ik zei in de auto tegen Tine en mijn vader dat hij helemaal niet ziek was. Maar ze luisteren nooit naar me.

Toen ik de volgende dag uit school kwam hoorde ik dat hij gestorven was en dat ik die zwarte schoenen op de begrafenis aan moest. Hij werd bij ons in Wijk bij Duurstede begraven. Hij woonde in Utrecht en vroeger woonde hij bij ons. En nu is hij dus terug en ik kan goed voor zijn graf zorgen. Tine is een slons die met sigarettenas knoeit en mijn vader heeft het druk. Ik hark elke week de boel wat bij. Mijn vader wil dat ik het één keer in de maand doe, maar ik ga dus elke zaterdag.

Ik had de hele dag pijn aan mijn voeten. Eerst gingen we lopend naar de kerk. Er viel veel licht in de kerk door de ramen. Sinds hij in Utrecht woonde was ik er niet meer geweest. Vroeger wel, toen hij mij erover verteld had. Er was daar toen ook een wonder gebeurd want ik zag dat de priester de hostie optilde en dat de hostie toen veranderde in een klein baby'tje. Dat was een wonder en ik vertelde dat toen aan Tine, maar die geloofde me niet en zei dat ik mijn mond moest houden in de kerk. Toen we buitenkwamen had het geijzeld en ze gleed uit en liep dagen rond met een blauw oog en een blauwe neus. Maar nee, dat was niet Tine, dat was Martha, want toen Tine er was gingen we nooit meer naar de kerk. Toen woonde hij dus ook al in Utrecht.

Maar dit keer gebeurde er geen wonder. Het zonlicht viel op de kist en ik zag dat die kist veel te klein voor hem was. Daar kon hij nooit lekker in liggen. Tine keek me kwaad aan toen ik dat zei en siste tegen me dat ik op de priester moest letten. Maar die veranderde geen hosties in baby's en sprak almaar over de nieuwe mens, Adam, en de oude mens, Abraham, en ik moest de hele tijd aan koek denken, dus dat was ook niks. Achter die kist aan liepen we door de koude straten van Wijk en de torenklok van de katholieke kerk luidde zo minnetjes. Dat is zo'n klok van niks, zei hij altijd. Maar toen deden ze hem toch nog plezier, want toen we al bijna bij het kerkhof waren begon de klok van de stompe toren te luiden. *Bám*, *bám*, zwáár ging het geluid over de daken. Dat zou hem goeddoen, want vroeger nam hij me op de dijk tussen zijn knieën om me stil te laten staan en naar die klok te laten luisteren. *Bám, bám*, daar stond ik maar tussen zijn knieën op zondagmorgen. Door de week luidt de klok niet, want dan zit ik op school.

Ik ga niet meer naar school. Hier zit ik nu tegen de dijk, op de uitkijk naar slangen en niemand weet dat ik hier zit. Eerst vond ik het wel leuk op school. Maar toen was het die zomer en de gordijnen waren dicht tegen de zon en de klas moest nablijven. Hij woonde toen al in Utrecht en zou die dag komen en mij van school halen. Wat wist hij van schoolblijvende klassen? Buiten hoorde ik alle anderen de school uit hollen en hij zou aan de overkant van de straat staan en mij er niet tussen vinden. En toen begon het zo erg onder mijn haar te kriebelen en er zaten stofjes in mijn ogen. Maar ik mocht niet naar buiten van de meester. Toen hield ik niet meer van school. Nu ga ik er niet meer heen. Ik leer er toch niets. Ik blijf toch dom. Dat zegt Tine zelf. Ik begrijp toch nooit iets. En ik heb een huid als een olifant, zegt ze.

Ik heb olifanten gezien in de dierentuin in Amsterdam. En slangen. En vogels. Dat had hij me beloofd toen hij bij ons wegging uit Wijk. Hij had me gezegd dat hij me zou komen halen om naar de dierentuin te gaan. En dat deed hij ook. We gingen met de trein, dwars door Utrecht heen, waar ik een hoge toren zag. In Amsterdam gingen we eerst ijs eten en toen gingen we naar de dierentuin. Van de olifanten hield ik niet. We zagen ook slangen maar daar weet ik niks meer van. Daarom moet ik hier extra goed opletten, want hoe zien ze eruit? En hoe groot zijn ze? De ijsberen hadden een heel klein beertje dat niet wilde lopen. Het lag de hele tijd op de grond en wilde niets doen. Maar híj wilde de hele tijd naar de vogels. Er waren geel met zwarte bij, die heel hard floten, als politieagenten. En grote zwarte, die muizen aten, want die lagen overal op de grond. Ze zaten zo hoog in de bomen dat ik mijn hoofd moest verdraaien om ze te zien. En ze zeiden niets. Hij wilde daar heel lang blijven, want hij schilderde veel vogels. Daar was hij ook zo beroemd door geworden. Er waren heel veel oude kranten waar ik zijn naam in heb zien staan. Hij was veel beroemder dan mijn vader, die ook schildert. Want mijn vader staat nooit in de kranten en als er mensen komen, komen ze altijd voor hém. Mijn vader heet hetzelfde als hij, alleen staat er bij mijn vader junior bij. Als mijn vader kwaad is, is hij altijd kwaad omdat hij junior heet, wat ik niet begrijp, want ik zou best junior willen heten.

En toen kwamen we bij een boom die vol zat met vuurrode bloemen. Ik dácht dus dat het bloemen waren, maar het waren vogels. Ze zaten daar maar met z'n allen in die takken en ze hadden zo'n rare kleur, zo rood heb ik nog nooit vogels gezien. Hij vroeg of ik ze niet prachtig vond. En ik zei ja, ik vind ze prachtig, maar dat ik díé óók mooi vond en ik wees naar mussen in het zand. Toen pakte hij me plotseling op en lachte zo hard dat iedereen omkeek en hij droeg me hoog door de lucht naar een bankje waarop hij me neerzette en hij kocht een bananenijsje voor me en zei dat we even moesten blijven zitten. Toen pakte hij zijn schetsboek uit zijn zak en begon te tekenen en ik keek maar naar alle mensen die voorbijkwamen en ik liet mijn benen bungelen. Toen was mijn ijsje op en hij zei: 'Alsjeblieft, het meisje met de vogelhoed,' en ik zag dat hij mij getekend had, want het leek heel erg op mij. Maar op mijn hoofd had hij een grote hoed getekend en op die hoed zaten allemaal vogels, hele grote en hele kleine, en nog meer vogels kwamen van alle kanten aangevlogen om ook op mijn hoed te gaan zitten. Ik zei dat ik mijn hoofd dan heel stil moest houden omdat ze anders weer weg zouden vliegen. En hij zei dat als je bewoog, dat ze dan weg zouden vliegen, maar dat ze altijd terug zouden komen, als ik stilzat, zouden ze allemaal weer terugkomen. Dat was het grote geheim, dat ze terug zouden komen.

Gisteren was het bij ons weer zo'n grote bende. Dat doen ze de laatste tijd steeds vaker. Tine schijnt het helemáál leuk te vinden. Dan hoor ik haar de hele avond lachen, de hele avond door. In bed hoor ik het nog. En dan ben ik laat naar bed gegaan, want ik houd me heel stil, dan merken ze niet dat ik er nog ben. Ik zit onder het schuine dak, dan zien ze me niet. Als hij erbij was dan nam hij me altijd mee naar beneden en dan dronken we samen in de keuken limonade en dan tekende hij voor me wat ik wilde, een hut, of een jongen op een paard. Maar nu tekende niemand iets. En ze riepen maar dat ze het zo mooi vonden wat mijn vader geschilderd had. Telkens zeiden ze weer hetzelfde, dat het wonderbáárlijk was. Nou, hij heeft wel hard gewerkt, mijn vader. Als ik uit school kwam was hij aan het schilderen en als ik naar bed ging schilderde hij nog. En Tine liep zich te vervelen en zei dus steeds dat ik huiswerk moest maken. Maar we hádden helemaal geen huiswerk. Ze gelooft me nooit. Ze zit altijd achter me aan. Toen ik de hut achter de dijk gebouwd had moest ik hem afbreken. Ze zei dat ik niet zomaar planken mocht weghalen uit de stegen. Maar niemand dóét iets met die planken. Ze zei dat het een rommelig gezicht was. Ik vind haar volle asbakken een rommelig gezicht. Ze zei dat ik nooit iets normaals kon bedenken. Haar humeur werd steeds slechter omdat mijn vader almaar schilderde en er was ook nog een ander, die Noor heette. Die kwam steeds kijken hoe mijn vader schilderde en dan joeg Tine me op om de hut af te breken en mijn huiswerk te maken. De storm in maart heeft mijn hut vernield. Het kan me niet schelen. Ik heb geen hut nodig nu het zulk mooi weer is. Ik ben een herdersjongen en zit in het gras in weer en wind, nu ik niet meer naar school ga. Toen hij eens vroeg wat ik wilde worden zei ik dat ik herdersjongen wilde worden. Tine zat erbij en zei dat meisjes geen herdersjongen kunnen worden. Maar hij zei dat ik dan in een hut moest wonen en hij tekende die hut. En later tekende hij nog betere. Alles werd toen vernield door de storm die uit het oosten kwam, van over de heuvelrug, die stroomopwaarts ligt. Vanuit mijn vaders atelier kun je de rivier zien stromen. Bij helder weer zie je ook de heuvelrug waar de storm vandaan kwam. Maar gisteravond was het donker buiten. Je kon niks zien. Binnen waren al die mensen. En Tine lachte maar. Ze zag me helemaal niet meer zitten, zodat ik lang opbleef. En toen sloeg de klok van de stompe toren en mijn vader ging in het midden van zijn atelier staan, voor een doek met een gordijn erover en hij begon over van alles te praten waar de anderen naar moesten luisteren. Hij had het erover dat hij nu niet meer junior zou heten en dat hij zijn eigen leven leiden kon.

Maar hij doet altijd al wat hij wil en hij vraagt mij nooit iets en als ik eens iets zeg luistert hij niet. Dus dat was niet waar, maar de anderen lachten hem toe en hieven hun glazen. Dus die begrepen wat hij bedoelde. Dat was het moment dat mijn vader over slangen begon. Hij zei, zoals een slang zijn hemd afwerpt in het voorjaar, zoals een slang van zijn lippen tot zijn staart de huid afstroopt waarin hij geleefd heeft en in zijn nieuwe huid verdergaat, zo had ook hij zijn slangenhemd afgeworpen nu hij niet meer junior heette. Op dat moment trok die Noor die steeds kwam kijken hoe hij schilderde, het doek van het schilderij weg en Tine lachte hoog en lang en iedereen klapte. Ik zag het ook wel. Ik zag het heel goed. Mijn vader had zichzelf geschilderd, aan zijn ezel, met zijn palet in zijn hand. Hij was helemaal bloot en om zijn hals kronkelde een groene slang. Hij hief zijn hand op of hij iemand wilde slaan, maar dat kon hij niet, want in die hand hield hij juist zijn penseel. Met een penseel kun je niemand slaan. En op de achtergrond van het schilderij stond niet de dijk en ook niet de rivier of de daken van Wijk. Nee, daar stond een roze piramide, zoals ze in Egypte hebben. Dat staat in mijn schoolboek. Iedereen riep of klapte. En het was zo lelijk. Het was zo verschrikkelijk lelijk. Alles was roze en paars en heel licht en ik weet nog hoe híj schilderde van helgroene kwikstaarten en van soms een vuurrood olifantje midden in de wei of op een kademuurtje. Dus ik vond het niks, dat schilderij.

Vanmorgen ben ik heel vroeg opgestaan. Tine en mijn vader lagen nog te slapen en het stónk overal in huis. En boven lagen overal glazen en volle asbakken, want die ruimt Tine nooit op. Het schilderij was nog steeds roze en paars en met mijn blote vader met die slang. Ik weet waar mijn vader zijn verf bewaart. Toen heb ik een tube gepakt en die heb ik op zijn hoofd uitgeknepen in de vorm van een vogel. Maar ik weet wel dat mijn vader het niet zo mooi zal vinden. Toen ben ik niet meer naar school gegaan, en nu zit ik hier aan de dijk. Als ik thuiskom zal ik een heleboel dingen niet meer mogen. Maar dat geeft niet.

Rondom mij is gras. De zon is nu weg. Er zijn geen stukken blauw meer, alleen nog maar lichtgrijze lucht. Daardoor lijkt de hemel zo wijd. Er gaan tuffende boten over de rivier en in de bocht van de rivier ratelt de steenfabriek. Vlak bij mij scheert nu al de hele tijd een kievit over het land. Hij schreeuwt en duikt en vliegt en maakt de wijde grijze lucht onrustig. Misschien komt er regen. Dan zou ik wel de hut nodig hebben, maar die is er niet meer. Ik moet hier blijven zitten om slangen te zien. Misschien komen ze tevoorschijn als ik hard aan ze denk, als ik almaar denk dat ze moeten komen om hun huid af te werpen. Ze moeten voelen dat ik wil dat ze hun hemd afstropen. Want dit is de lente en dan doen ze het. Misschien neem ik wel vijf of zes slangenhemden mee naar huis. Als ze het allemaal voor me doen. Of anders één slangenhemd, één maar. Ik wil niet bang zijn als ik zie hoe ze het doen. Dan jaag ik ze weg en neem ik het hemd mee naar huis. Ik kom elke dag hier terug, want op school blijf ik toch dom. En ik word steeds minder bang. Als ik er dan een heleboel heb, als alle slangen hun hemd afgeworpen hebben, dan verbrand ik hun hemden op de plaats waar de hut stond. Een heel groot vuur, dat tot ver in de omtrek te zien is. Alle slangen zullen het zien en dan komen ze nooit meer terug. Want dan zijn ze bang geworden dat ik hen ook nog verbrand. Je moet van alles een heel groot vuur maken.

Dan ga ik misschien wel weer naar school.

Want níét zoals een slang zijn huid afwerpt. Dat is

wat ik weet: níét als de slangen. Ik moet alle slangen ver-branden en alle vogels zien dan het vuur. Ik moet heel stil zitten en goed opletten en niet bang zijn. En als ik zo niet beweeg en mijn hoofd heel stil houd, dan ko-men ze wel weer aanvliegen. Dan wordt mijn hoofd zo zwaar, want ik heb de vogelhoed op. Eerst vliegen ze weg naar alle kanten. Dat was toen de zon nog in mijn ogen scheen. Maar als je stilzit komen ze altijd terug. Eerst de grote, die heel zwaar op mijn hoed gaan zitten en de zwarte die niets zeggen, maar dan ook de kleine vogels die ik al bijna vergeten was, en soms de rode die zo'n rare kleur hebben, allemaal komen ze op mijn hoed en ik beweeg mijn hoofd heel langzaam, zodat ze niet zo gauw weer wegvliegen, want ik wil dat ze nog wat blij-ven. En dan ineens, ik weet niet waarom, ineens vliegen ze toch weg, naar alle kanten. En dan is mijn hoofd heel licht in de grijze lucht die om me heen staat. En dan is de rivier zo wijd. En alleen de kievit is er dan nog maar die zo onrustig vliegt. En het getjok van de boten. En het geratel van de steenfabriek. En mijn lichte hoofd.

Zwaardemakers paarden

Van nu af aan zal het goed gaan met dit dorp en met mij. De oogsten zullen rijk zijn, de pinken zullen groeien als gras, en de melk zal in volle stromen in de koeltank verdwijnen. We hebben niets meer te vrezen. Het laatste doodgeboren kalf is gisteren door de kadaverdienst opgehaald. Maar vannacht heeft de Vos een pracht van een veulen op de wereld gezet, met mooie stevige benen en een lange hals. Toen ik vanmorgen ging kijken stond het al op zijn benen om het zijn moeder lastig te maken. De eerste knecht grinnikte naar me. Hij stak zijn duim de lucht in. Het is een goeie kerel en hij heeft verstand van zaken. Ik heb mijn oudste jongen vanochtend naar de veearts gestuurd. Die moet maar eens komen kijken naar de gewrichten. Je kunt niet voorzichtig genoeg zijn. Mijn oudste jongen kwam terug met het verhaal dat de jonge mevrouw Van Waay nu op het huis van Zwaardemaker woont. Hij had haar gezien, zei hij, en Teus van Daalderen had het hem verteld. 'Zo,' zei ik, 'dat is mooi, jongen. Zou je nu niet even je fiets daar weghalen?'

Na het eten ben ik nog even een ommetje gaan maken. Ik sloeg de richting in van Zwaardemakers huis, waar ik in geen jaren meer een voet in gezet had. Ik wist niet hoeveel jaren wel niet. Ik had wel gehoord dat het de tijd na Zwaardemakers dood leeggestaan had. Des te minder reden om die kant op te gaan. Maar nu mijn jongen met dat nieuws gekomen was moest ik toch ook even poolshoogte nemen. Ik heb niets laten merken. Gewoon gezegd dat ik nog even wat ging stappen, om van de avondlucht te genieten. Dat doe ik wel vaker en niemand heeft er iets op tegen.

Eerst dacht ik nog dat die jongen van mij met praatjes aangekomen was. Ik zag dat er geen gordijnen voor de ramen hingen en dat het hek van de oprijlaan nog dicht was. Maar toen ik dichterbij kwam merkte ik dat de staldeuren openstonden. Het zou mij benieuwen. En ja, achter op het landje zag ik haar, Zwaardemakers dochter. Ik had het gevoel of iemand me met een stuk hout in de knieholtes geslagen had. Maar het kon ook best de vermoeidheid van de veulenwacht zijn. In de avondlucht zag ik haar staan in een beige regenjas. Ze was niet slank meer, maar nog even donker. Ze stond daar rustig te kijken naar een vijftienjarige donkere jongen die in een rijtuigje zat en een zwart Fries paard mende, met klosjes aan de voeten.

Na vijf minuten keerde ik om, zonder dat ze me gezien had. Thuisgekomen sloot ik de luiken voor de nacht. Terwijl ik rond het huis liep, luisterde ik naar de geluiden van de avond. Een tochtige koe die loeide, geluiden van wat laatste rinkelende emmers, op de weg een auto met ontstoken koplampen. Het zou goed gaan met ons, met dit dorp. Alles zou in orde komen met mij. Ik hoefde niet bang te zijn voor enig verlies. De tweespalt van toen ik een schooljongen was bestond niet meer. Ik had niets te vrezen.

Wij schoolkinderen waren er niet bij geweest, maar aan tafel werd erover gesproken. Zoals aan alle tafels in het dorp waarschijnlijk. Onze oudste broer kwam ermee aanzetten en ook onze vader wist ervan. Het was een warme junimiddag en we aten karnemelkse pap. De borden waren net opgeschept toen mijn oudste broer binnenkwam, te laat als altijd. Hij schoof proestend van het lachen aan en stoorde zich niet aan de opmerkingen van mijn vader, die weinig van hem hebben kon. Nog voordat hij een hap naar binnen had, vertelde hij al triomfantelijk het nieuws. Wij jongere kinderen werden meegesleept door zijn geestdrift. We begrepen nog niet de helft van het gebeurde, maar het hoogrode gezicht van onze oudste broer wekte genoeg opwinding om in een spontane hilariteit uit te barsten. We sloegen met onze lepels op tafel en het scheelde weinig of de pap klotste over de rand van onze borden. We juichten om niets, we riepen door elkaar om niets, we wipten op onze stoelen. Het was de eerste middag van de vakantie en de vrije middag lokte. Wat viel er niet allemaal te doen! We zouden een hut gaan bouwen in het bos bij het kasteel; we zouden op vlotten het riviertje langs het dorp oversteken; er waren plannen om kikkerdril te vangen en in jampotten op te kweken; of kransen te vlechten van boterbloemen, lange kransen van ons dorp naar het volgende. De middag wachtte. De hooiwagens reden af en aan buiten de keukendeur. De pap klotste over de rand van onze borden en mijn vader herstelde met kracht de orde. Hij sloeg met zijn vuist op tafel en stuurde mijn oudste broer weg. Dat laatste verhoogde onze opwinding aanzienlijk, maar toen er gedreigd werd met 's middags binnenblijven bedaarde onze vrolijkheid. Het gekletter van tractoren drong weer door de open keukendeur naar binnen. Buiten liep fluitend mijn broer.

Ik keek hem na terwijl ik langzaam mijn pap oplepelde. Hij liep met zijn handen in zijn zakken het erf af. Vanaf mijn plaats aan tafel was ik de enige die hem kon zien. En plotseling was ik in verwarring. Hield ik van hem of juist niet? Hij was toch mijn broer? Ik zag zijn hoogrode gezicht proestend boven zijn bord weer voor me. Het lawaai van mijn lepel op de houten tafel klonk nog in mijn oren. Maar nu hing de stilte weer in de keuken en hij liep fluitend de middag in en ik voelde voor het eerst iets in me wat ik niet kende. Een vergeefsheid om mijn joelen van zo-even, een schaamte om wat achterwege was gebleven, een leegte in me omdat ik hier achter mijn bord zat met het uitzicht op mijn broer, van wie ik niet hield, dat was nu wel zeker. Van wie ik niet hield, en waarom niet was me een raadsel.

Die middag gebeurde er iets wat me nooit eerder overkomen was: ik verdwaalde. We waren met een groep naar het volgende dorp getrokken omdat daar volgens sommigen de geheimzinnigste sloten waren. Die sloten waren inderdaad diep en verborgen in de bossen, maar eenmaal in de schaduw van dat bos zelf waren er wel spannender spelen te bedenken. Er moest iets veroverd worden dat naamloos bleef; er was een partij en een vijandige partij. We gingen uiteen met verschillende opdrachten die niet genoemd werden, maar waarvan het belangrijkste was dat niemand je zag. Ik sloop met Koosje van de bakker door laag griendhout. Door het groen zag je de anderen gaan. Het licht van de zon viel gefilterd door de populierenbladeren. Om ons heen ritselde de grond. Koosje had een rood en warm gezicht van het kruipen en maande mij voortdurend tot stilte hoewel ik toch niets zei. Om ons heen werd het stiller. En toen waren we plotseling aan de rand van het bos. Een hoog en warm grasland lag voor ons. Er was een uitzicht dat ik niet kende. Dichtbij was gras met klaver en blauwe bloemen bij de sloot. Verderop lagen bossen. Steeds weer andere bossen. Ik zag geen kerktoren die ik herkende, geen boerderij ook met vertrouwde luiken. De lucht was wit van de zon. Koosje van de bakker lachte triomfantelijk dat we de anderen van ons afgeschud hadden. We gingen in het gras liggen en plukten boterbloemen. Koosje wist dat je dood zou gaan als je boterbloemen opat. Koosje wist dat bij heldere hemel soms een bliksemslag mensen en koeien doodde. Koosje was ouder dan ik. Vroeger had ze altijd gepocht met haar schoenen die één maat groter waren dan de mijne. Ik zou haar nooit inhalen. Ook al zou ik nu van de dorpsschool afgaan en zij nog niet, ik bleef altijd kleiner dan zij. Koosje zei dat ik zeker nog nooit geneukt had. 'Soms,' zei ik loom. Koosje zei dat ze dat niet geloofde en dat ze zelf bijna elke week neukte. Ik wist niet wat neuken was maar zei dat ik haar niet geloofde. Om nog meer terug te doen vertelde ik haar het verhaal waar mijn broer mee aangekomen was. Ze haalde haar schouders op en ging plassen aan de rand van de sloot. Ik kauwde op een boterbloem. Terwijl ze daar zo zat kwam Maarten van 't Hout tevoorschijn uit het bos. Die zat al jaren op de lts. Ik haatte hem. Hij boerde waar anderen bij waren en hij stompte gemeen. Hij keek naar Koosje en grijnsde. Ze zat met haar rug naar me toe zodat ik niet verstond wat ze zei. Maarten klopte op zijn broek. Ik knikte toen ze zei dat ze over vijf minuten terug was. Ze verdwenen het bos in. Ik lag in het gras en dacht aan de lange vakantie en aan de nieuwe school waar ik heen zou gaan en waar ik misschien ook zou neuken en toen aan niets meer want ik viel in slaap.

Ik werd wakker toen een eendenmoeder met haar jongen langs mijn hoofd liep. Zij schrok meer dan ik en joeg haar kroost de sloot in. Ik ging rechtop zitten. Om mij heen was weiland. De bosrand bewoog zacht in de wind. Koosje en Maarten zag ik nergens, ook geen van de anderen. De hemel koepelde wijd over het gras. De zon stond laag boven een verre bosrand. Het was drukkend warm. Zweet parelde op mijn voorhoofd. In de verte riep een koekoek. Ik riep Koosjes naam. Ik riep nog een keer, harder nu. Er kwam niemand tevoorschijn uit de bosrand. Ik begreep dat ze mij hier hadden achtergelaten. Het was al laat, zag ik aan de stand van de zon. Thuis zouden ze misschien al aan tafel zitten en op mij wachten. Ik wist niet welke kant ik op moest. Ik riep nog eens. Geen antwoord. Ik besloot naar het westen te lopen, waar de zon boven de bosrand stond, aan de verste kant van het weiland. Ik stak over en kwam in een boomgaard waar veel verwaarloosd gras groeide. Toen was er nog een weiland, zo mogelijk nog groter. Ook dat stak ik over. Toen ik halverwege was stond ik stil en keek om me heen. Daar stond ik. Op gras. Maar tegelijkertijd was het alsof ik mezelf uitgespreid had over de hemel, opgedeeld in het blauw en naar mezelf in dat weiland keek, te klein voor gras, te klein voor bos, hulpeloos overgeleverd aan een leeftijd waarop je nog niet neukte. Ik legde mijn hoofd in mijn nek en keek naar de lucht. De stem van de dominee zei: vrees den Heer. De stem van het schoolhoofd zei: vrees den Heer. Vrees den Heer, zei de stem van mijn vader. Ik volgde hun bevelen op en zag het verschrikkelijke in. De Heer sprak tot mij vanuit de oneindigheid van de lucht. Ik bestond niet meer. Ik had mijn leven afgelegd. Het was nietig verklaard, het had geen reden meer om er te zijn. Ik moest mijn leven verliezen om het te winnen. 'Hierom heeft mij de Vader lief, omdat ik mijn leven afleg om het weder te nemen.' Ik vreesde de Heer. Toen ik weer voor mij keek was ik duizelig. Ik zakte op mijn hurken en hield mijn hoofd tussen mijn knieën. Thuis zaten ze aan tafel en maakten ze lawaai. Ik hoorde daar al niet meer bij. Op mij drukte de last van de Heer. Ik was uitverkoren. Toen begon ik, zonder het te willen, te huilen. Ik snikte het uit, steeds heviger, omdat ik tóch moest denken aan de warme keuken, aan mijn oudste broer en aan het feit dat ik joelend met mijn lepel op tafel geslagen had zonder te weten waarom, zonder dat ik iets begreep van de wereld en dat dat nu voorbij was, dat ik daar nooit meer zou terugkeren, omdat ik voorgoed verdwaald was in de hand van de Heer.

Mijn huilen bedaarde ten slotte. Ik tilde mijn hoofd op en keek om me heen. Verdwaasd. Het was een ander landschap geworden. Het enige wat me te doen stond was verder te lopen, naar de bosrand toe die me dreigend en donker opwachtte. Ik liep door het bos en praatte hardop, ik zong om alles op een afstand te houden en mijn hart bonkte zwaar om wat er achter mijn rug gebeurde. In mijn gedachten was steeds de zon, die hier niet te zien was, maar die steeds lager moest zinken, het duidelijkst teken dat het later werd en dat ik verdwaald was. Toen ik toch nog aan de rand van het bos kwam stond ik op een klinkerweggetje dat ik niet kende. Het leidde naar links en naar rechts, maar wat er aan het einde lag wist ik niet. De zon stond rood boven een nieuw weiland en verderop lag weer een nieuwe bosrand. Hoe groot was de wijde wereld? Overal om mij heen waren vogelgeluiden. De koekoek riep nu ver weg. Het was hier weer warmer dan in het bos. Ik begon op goed geluk het weggetje af te lopen. Eens moest het toch bij een boerderij uitkomen. Aan thuis dacht ik al niet meer. Ik was de enige die nog bestond, of die niet meer bestond, dat onderscheid was nauwelijks te maken. Het enige wat er nog op aankwam was lopen omdat er niets anders te doen was, lopen langs dat weggetje van klinkers dat eens door mensenhanden was aangelegd. Ik werd moe. Soms was het of de volgende bosrand dichtbij was, dan weer week hij. Aan de tijd dacht ik niet meer. Alle gedachten waren uit mijn hoofd verdwenen.

Toen hoorde ik het geluid. Ik bleef staan en luisterde. Ja, daar was het, heel duidelijk in de avondlucht. Daar was het, al was het nog ver weg en vaag. Paardenhoeven. Ik hoorde de regelmatige draf van een paard en het kwam mijn kant op. Plotseling begonnen mijn benen te trillen. Ik ging in de berm van de weg zitten en keek de richting van het geluid op, zonder dat ik nog iets anders zag dan het klinkerweggetje waarover ik zojuist gegaan was. Maar dat was van geen belang want ik hoorde duidelijk dat er een paard was dat naar mij toe kwam, een paardendraf in de avond waar eerst niets geweest was dan vele vogelgeluiden en een verre koekoek. Toen kwam het paard de bocht om, een zwart hoog paard, met klosjes om de voorbenen die hij hoog optilde, na elkaar, regelmatig en trots. En zijn hoofd hield hij zo opgeheven alsof hij de zekerheid had dat hij de hele weg overzag, tot aan het einde toe. Achter het paard was een rijtuigje gespannen dat geluidloos op rubberbanden reed. Nog voordat het paard mij al te dicht genaderd was sprong ik op en zwaaide ik met mijn armen. De man in het rijtuigje hield naast mij stil. Ik kende hem heel goed, deze zware donkere man in zijn grote beige jas, met die sigaar in zijn mond. Ik vertelde stotterend dat ik verdwaald was en bijna begon ik weer te huilen. Ik was zo bang dat hij me niet mee zou nemen. Misschien wist hij al dat ik gejoeld had bij het verhaal van mijn broer. Ik wilde me om de hals van het paard klemmen als hij me liet staan. Maar hij liet me achter zich in het rijtuigje klimmen en spoorde zijn paard weer aan. Het was Zwaardemaker, de paardenfokker bij ons uit het dorp, van wie mijn broer die middag verteld had dat hij Jan van Waay een blauw oog geslagen had. Jan van Waay, de zoon van de rentmeester van het landgoed, de lieveling van het dorp, die in snelle auto's de dorpen onveilig maakte en een kast vol prijzen had, gewonnen op het circuit van Zandvoort en de Nürburgring. Jan van Waay, die zo dol op vrouwen was en daarvoor de goedkeuring van het hele dorp gekregen had, alleen omdat hij zo mooi en vriendelijk was. Van het hele dorp, behalve van deze zware man, die zijn eigen weg ging en maar één ijzeren wet stelde, dat Jan van Waay van zijn dochter afbleef. Nu zat ik hoog achter hem in het rijtuigje in de geur van zijn sigaar en hij mende zwijgend zijn hoge zwarte paard dat door de nu roze avond draafde, de voorbenen hoog optillend, het hoofd trots omhoog, de rug diep glanzend. Zwaardemaker rookte, sprak geen woord. Ik hield mij vast aan de zijstangen en ademde diep de geur in van de avond en van zijn sigaar.

Zo reden we het dorp binnen. Het was een warme zomeravond en de mensen zaten na het avondeten in hun tuinen en op hun erven te genieten van de laatste

zon. Hij reed recht met zijn trotse paard door de dorpsstraat, keek op noch om, groette niemand. Ik deed hem
na en keek strak naar de glanzende rug en dansende
staart. Zelfs toen we voorbij ons huis kwamen bewoog
ik mijn hoofd niet. Vanuit mijn ooghoeken zag ik mijn
oudste broer me stomverbaasd nakijken. Ik voelde triomf. Ik stond aan de kant van Zwaardemaker, tegen het
hele dorp met Jan van Waay erbij in. Ik kon er niets aan
doen. Het toeval was mij behulpzaam geweest, maar nu
zat ik hier eenmaal op dat rijtuigje en reed ik zo eenmaal
het dorp binnen. En in mijn hart was ik het toeval dankbaar, want ik wist heel goed dat de kant van Zwaardemaker de enige goede kant was, de enige kant waarbij het
mogelijk was dat er een zwart paard de bocht van een
stille weg om kwam, als een droom in een lege avond.

Vanaf die dag was veel anders geworden. Het begon
ermee dat ik op mijn kop kreeg dat ik zo laat thuisgekomen was, hoewel dat toch buiten mijn schuld gebeurd
was. Ik maakte het door mijn uitleg alleen maar erger
en toen het woord neuken viel, werd ik zonder eten naar
boven gestuurd. Mijn oudste broer kwam 's avonds laat
nog wel aan mijn bed om me uit te horen, maar hij had
niets te eten voor me bij zich en ik was te trots om iets
los te laten over het weinige dat er eigenlijk gebeurd
was. Juist het feit dat ik koppig zweeg maakte mijn positie tegenover hem sterk. Ik had een geheim te verbergen
waar hij alleen maar naar raden kon. Dat ik goedkeuring kreeg naar Zwaardemaker toe te gaan was een on-
mogelijkheid. Mijn vader stond aan de kant van meneer
de graaf, dus aan de kant van de rentmeester aan wie hij
pacht moest betalen, dus aan de kant van Jan van Waay,
die wekenlang met een blauw oog rondliep. Die zomer

leerde ik wat een vete was; een vete die in het dorp allang bestond, niet in de laatste plaats omdat Zwaardemaker eigenlijk import was en als enige in het dorp het
meest verfoeilijkte geloof aanhing, het roomse. Misschien had men dat nog kunnen billijken als hij niet ook
zwijgzaam en nors geweest was en zich aan het hele dorp
niets gelegen liet liggen. Zijn enige dochter zat op een
duur internaat en kwam alleen de vakanties thuis. Hij
deed alles om niet in de smaak te vallen.

Het was niet zo dat ik Jan van Waay als de grote vij-
and zag. Want die zomer leerde ik, alle waakzaamheid
van mijn ouders ten spijt, wat neuken was en als Jan
van Waay dat met de dochter van Zwaardemaker wilde doen, was ik de laatste om er schande van te spreken.
Zelf vond ik Jan van Waay ook mooi en aardig en dat
zou die dochter ook best kunnen vinden.

Maar Zwaardemaker was iets anders. Dat was een
man om je aan te meten. Die man was een uitdaging,
zoals hij zondags in zijn zwarte pak de dorpsstraat door
reed om in een verder gelegen dorp naar de katholieke
kerk te gaan. Aan zo'n man ging je niet voorbij. Zo'n
man maakte je onrustig. (Mij althans.)

De zomermiddagen bracht ik nog wel met de anderen
in de griend door, op jacht naar slangen, maar de zaterdag had ik gereserveerd voor Zwaardemaker, als hij bezig was met de training van zijn paarden, hijzelf of zijn
dochter aan de teugels. De eerste keer na mijn rit op
zijn rijtuig was ik met kloppend hart zijn erf op gelopen,
waar hij rokend zijn dochter gadesloeg. Ik ging naast
hem staan. Hij knikte mij toe en gaf mij voor de eerste
en laatste keer een hand. Ik trilde van blijdschap: hij liet
mij naast zich toe, ik mocht blijven en toekijken hoe hij

en zijn dochter een paard trainden. Zij was even donker als hij en toen ik na de training voor het eerst oog in oog met haar stond, wist ik niet waar ik moest kijken van verwarring. Zo mooi had ik nog nooit iemand gevonden, zelfs Jan van Waay niet. Ze leek sprekend op haar vader, zonder zijn norse traagheid. Integendeel, ze was tenger en vlug en lachte veel, alsof ze alles om zich heen leuk vond. Als Jan van Waay haar wilde winnen had hij groot gelijk, en als Zwaardemaker haar wilde houden had hij evenzeer gelijk. Het leek me een onoplosbaar probleem.

De anderen namen me het niet in dank af dat ik bij Zwaardemaker kwam. Op een middag, toen we met z'n allen in de wei lagen, begon Maarten van 't Hout met kleibrokken naar me te gooien. Ik ontweek ze en zei dat hij uit moest scheiden. Maar hij ging ermee door. Geen van de anderen trok mijn partij. Ik had natuurlijk nooit driftig moeten worden en met hem moeten gaan vechten. Al gauw lag ik onder en hoongelach van de anderen klonk in mijn oren. Ik lag op mijn rug en keek langs de oren van Maarten naar de lucht. Het was me duidelijk. Ik hoorde er niet meer bij.

Mijn vader sprak me toe. Wat ik daar zocht op Zwaardemakers erf. Of ik niet genoeg had aan mijn vrienden uit het dorp, jongens van mijn eigen leeftijd. Waarom moest ik zo nodig de kolder in mijn kop hebben? Ik stond koppig en zwijgend voor hem. Hij kon me niets verbieden. Wel verzon hij allerlei werkjes voor me op zaterdag, maar ik wist het altijd zo te draaien dat ik op tijd naast Zwaardemaker stond, zwijgend, kijkend naar de dansende paarden met de hoge voorbenen. Mijn vader noemde me een verduiveld eigenwijs jong. Mijn broer sarde me aan tafel. Het was me om het even. Er zat een onverzettelijkheid in me die me ongevoelig maakte voor de plaats die ik in het gezin en in het dorp begon in te nemen. Ik was onrustig. Ik droomde van Zwaardemaker, die zwarte paarden een ladder naar de hemel op joeg. Hij deed dat rustig, de sigaar in de mond, een lange zweep van boterbloemen in de hand. En de paarden golfden in een lange glanzende rij de hemel in.

Een hemel die ik wel nooit bereiken zou. Want na mijn verdwaalpartij die middag was ik er meer op uit bij Zwaardemaker in de gunst te komen dan bij de Heer. Dat die laatste in de vermomming van een zwart Fries paard mijn redding zou zijn geweest, was een gedachteconstructie die je beter aan de roomsen kon overlaten, die van alles altijd iets anders maken dan het in werkelijkheid is. Dat Zwaardemaker nu ook juist bij die roomsen hoorde, stoorde me niet in het minst. Zolang hij het geweest was die het paard, vermomming of niet, gemend had, zo lang mocht hij zelf uitmaken in welke tovenarij hij geloven wilde. Mijn vader zag me met lede ogen tot het heidendom vervallen. Van de roomsen, daar was nog nooit iets goeds van gekomen.

Dat wat er was tussen Jan van Waay en Zwaardemakers dochter bleef niet alleen het dorp maar ook mij bezighouden. Niet alleen omdat het een vrouw betrof die zo onbenaderbaar mooi was dat ik niet eens over haar durfde te fantaseren, maar vooral omdat er bij die liefde heel andere dingen op het spel stonden, die als dreigende onweerswolken boven de weilanden hingen. Men kon hier inderdaad van liefde spreken, omdat Jan van Waay het deze keer niet af liet weten en zich, integendeel, door blauwgeslagen ogen liet inspireren tot een aanhoudende trouw. Het pleitte voor hem, al wilde ik dat het anders was.

Op een regenachtige middag was het weer raak. Weer was het mijn oudste broer die met het nieuws kwam, dit keer niet meer proestend, maar met een grijns die speciaal voor mij bestemd leek. Zwaardemaker had zijn dochter dertigduizend gulden geboden als ze niet met Jan van Waay zou trouwen. Aan tafel bij ons werd er druk gespeculeerd over wat er gebeuren zou. Mijn broer lette op mij maar ik had geen aandacht voor hem. Een gevoel van verslagenheid nam me in beslag. Dit was een laatste zet van Zwaardemaker en hij had hem verkeerd berekend. Met moeite zat ik de maaltijd uit. Op de vragen aan mij wat er gebeuren zou gaf ik geen antwoord. De afloop was al te voorspellen, maar dat was niet iets wat anderen aanging. Na tafel haastte ik mij over de dijk naar het huis van Zwaardemaker, iets buiten het dorp. In alle huizen en boerderijen, aan alle tafels meende ik dat men erover sprak, dat men voors en tegens afwoog alsof het om hun eigen dochters ging, dat men de kansen van Jan van Waay hoog aansloeg en daar tevreden mee was. En achter mijn rug wezen ze mij na omdat ik tenslotte niet aan hun kant stond. De regen stroomde met bakken uit de lucht. Ik liep snel, alsof ik nog iets redden kon door mijn aanwezigheid. Van verre zag ik hem al staan in zijn wijde beige jas, een pet op het hoofd. Een gedoofde sigaar in de hand. De regen viel zwaar op zijn brede schouders. Hij keek op toen ik het erf op kwam maar groette me niet. Ik bleef staan. In het rijtuigje zat zijn dochter, vrolijk ondanks de regen, en het natte paard danste evengoed, alsof het plezier in al dat water had. Maar ik keek niet naar haar. Ik keek naar Zwaardemaker, die daar zwijgend, donker, zijn verlies stond aan te zien. En wéér stond ik aan de kant van Zwaardemaker, zonder argumenten, zonder medelijden, in de overtuiging dat wij gelijk hadden, het gelijk van degenen die niets bewijzen kunnen. Er lag een kloof tussen ons en het dorp. Wij hadden iets verloren. In het dorp, in ons bestaan zou geen eenheid meer zijn.

Het veulen gedijt en groeit en het weer is goed deze lente. Een warm zonnetje en zo nu en dan een bui. Ik laat het veulen in de wei bij zijn moeder. Het rent de benen uit zijn lijf en maakt rare sprongen. Het heeft zin in het leven. 's Morgens neem ik altijd even de tijd om hem bezig te zien.

Ik heb er een gewoonte van gemaakt 's avonds na het eten een eindje om te gaan. Dan loop ik de dijk af naar het huis van Zwaardemaker, die er allang niet meer is. Ook Jan van Waay is er niet meer en dat is een tragische geschiedenis. Zijn vrouw woont nu met hun zoon op het huis. 's Avonds zie ik haar staan in haar wijde regenjas. Haar schoonheid interesseert me nauwelijks meer, maar ik luister naar haar stem. Die gaat naar een vijftienjarige donkere jongen die in het rijtuigje zit en een zwart Fries paard ment, met klosjes aan de voeten. De jongen houdt de teugels en zijn heldere roep klinkt over de velden. En zo nu en dan komt de stem van zijn moeder, die haar zoon oproept dit laatste zwarte paard te mennen, niet alleen nu, niet alleen dit beeld, maar tot het geworden is tot honderden paarden in een lange glanzende rij, die gemend worden door alle jaren en tijden heen, omdat één paard niet genoeg is om het verlies goed te maken dat al geleden is nog voordat er sprake is van een paard dat op een klinkerweggetje de bocht om komen zal als de avond dreigt te vallen.

Ik ben niet in Haarlem geboren

Ik ben niet in Haarlem geboren en ik zal er hoogstwaarschijnlijk niet sterven, maar achttien jaar lang was het de stad van mijn jeugd. Iedereen heeft een stad van zijn jeugd en dat het voor mij Haarlem moest zijn was achter de wolken besloten, geloof ik. Daarom zal ik nu het verhaal vertellen van die kleine blonde jongen wiens jeugdstad het ook was en die nu vertrokken is naar een land waar het warmer is dan hier en waar je ontbijt met panino's in openbare gelegenheden. Vanaf deze kant van de Alpen groet ik hem: ciao! come stai? Trek het je niet aan als het geld krap is en het huis tocht. Binnenkort legt er zich weer een lichtgroen waas over je heuvels en de wijn is altijd vol. Luister naar de boer die Verdi fluit als hij over zijn land loopt en hou het vuur in de haard nog even brandend.

Ik begin nu te vertellen.

Er was eens een heel grote auto, waarin drie heel grote mannen zaten. Tussen hen in zat het jongetje. Als ik hem moet beschrijven, kan ik dat alleen maar doen in termen van schoonheid en vertedering, maar omdat hij nog zo klein is, is dat geoorloofd. Zijn haar is lang en blond en krult om zijn hoofd. Zijn ogen zijn blauw en verbaasd. Hij draagt een grijs gebreid truitje met een brede donkerblauwe band die om zijn borstkasje is gebreid en een grijs kort broekje om zijn te dikke buikje.

Het is niet erg om verkleinwoorden te gebruiken als je je realiseert hoe groot die vrachtwagen was waar hij tussen die drie grote mannen ingeklemd zat. Wij zijn het zelf die bepalen wat groot is en wat klein. Geen mens hoeft ons daarover iets te leren. Ze hebben ons al zo veel geleerd wat we weer vergeten zijn, maar de dingen die zijn blijven haken in het geheugen – daarvan weten we exact hoe ze eruitzien.

Het jongetje had rode wangen van opwinding. Hij hoorde het geluid van de zware motor. Hij hield van de grote mannen die hem tussen hen in hielden en hij zag de ronde straat met de molen en hoorde het geluid van de naam van de stad Haarlem.

Het was een warm voorjaar. De grote mannen tilden hem uit de vrachtwagen. Zo snel als zijn dikke buikje het hem toeliet, rende hij naar de ronde vijver bij de molen. De eenden snaterden. Het water was donker en zwart. Stemmen zeiden dat hij voorzichtig moest zijn omdat er onder water een man woonde die hem er in zou trekken als hij niet oppaste. En een jongensstem zei: 'Dagen, maanden, jaren, eeuwen... en eindelijk kwam heer Donald boven water.'

Het gaat er hier in dit verhaal niet om dat er herinneringen van een kleine jongen verteld worden, die net als te volle huizen voor een ander niet bewoonbaar zijn. Er zijn al te veel volle huizen van anderen. Je stommelt al te veel tussen het meubilair van andere levens. Zo heb je nooit een moment voor jezelf. Nee, het is meer een punt van overweging waarom dat zinnetje bij de ronde vijver in Haarlem goed genoeg was om zich voorgoed te nestelen. Betekent het dan wat, dat zinnetje over heer Donald? Ja, dat betekent wat. Maar wat?

Ik moet mij echter verder begeven in de biografie van Haarlem, de poorten en pleinen beschrijven, de kerken en parken. Dus kom ik weer terecht bij die jongen met zijn krullen die op een zomerse dag een van de poorten van Haarlem uit kwam en op dat moment een meisje voorbij zag komen, van een schoonheid zo ongelooflijk dat het licht hem in de ogen sloeg. De eenden in de vijver hadden elkaar zojuist een goede grap verteld en schaterden van het lachen. Het gras rond de vijver rook heel erg naar gras. Vlagen warme wind voerden vrolijk gejoel van het zwembad in zijn oren en voorbij de sportvelden kon je de bergen van Bloemendaal zien. Het was te mooi om aan te kunnen. Van verbijstering begon zijn lichaampje te reageren. Niet alleen zijn beentjes, die aan een wilde dans begonnen. Ook zijn hersens werden ingeschakeld op een onverbiddelijk programma. Hij danste op het gras een dans van armen en benen en in zijn hoofd vormden zich gedachten, want toen iemand anders hem vroeg wat hij daar toch deed, antwoordde hij dat hij de dans danste van 'het meisje met de kleurpotloden'. Was dat het meisje dat zojuist voorbijgekomen was? Ja, ja! Maar die had toch geen kleurpotloden bij zich gehad? Wat maakt dat nou toch uit als je een dans danst voor het meisje met de kleurpotloden? Wat willen ze nu eigenlijk als je op je tong bijt van verlangen en genot en alle lieflijkheid van de wereld is samengekomen in dit moment waarop je benen en je armen te groot zijn voor dit grasveld rond de vijver?

Hij was voor de eerste keer in zijn leven, vier en een half jaar oud, verliefd. Als je tenminste de allereerste keer niet meetelt, zeg maar de protoverliefdheid, op de zwartharige, groenogige vrouw die zijn moeder was. Protoverliefdheid telt niet, want die gaat een leven lang mee, ook al raakt ze ondergesneeuwd in verwijten en ergernis.

(Hier moet even plaatsgemaakt worden voor een korte aantekening van mij, die er in de definitieve versie weer uit geschrapt zal worden. We hadden immers afgesproken dat we belangrijke dingen in de biografie van de stad waar het om gaat aan een onderzoek zouden onderwerpen? Verliefdheid is natuurlijk een ziekte, daar zijn we het over eens. Het duurt kort, het zoekt steeds andere objecten en het leidt tot verdriet en bederf. Normen en codes leggen er beslag op, de buitenwereld begint er mee te jongleren – en voor je het weet is het voorbij en is de regen op je gezicht niet meer zo zacht en vriendelijk als de eerste lenteregen van gisteren, het is gewoon de regen geworden van alledag. Maar sommige verliefdheden zijn meer verliefd dan andere. Het zijn er maar een paar die je in het leven worden toegeworpen. Die mogen er dan ook zijn! Ze bepalen je lot, het zijn richtingwijzers voor zo lang als het duurt, maar na afloop ervan ben je nooit meer dezelfde. Dat nu was het geval met de kleine jongen die danste om het mooie meisje en om de kleurpotloden. Het was 1955. Het was zomer. De vijver heette de vijver, de molen de molen en de straat had de naam van een meneer.)

Hoe was Haarlem in die tijd? Er was nog geen Brood-O-Theek (waar je brood kunt lenen). Er was geen voetgangerszone, er was nog maar in een beperkt aantal straten asfalt, wat het rolschaatsen tot ware expedities maakte. Er waren twee zwembaden in de openlucht, waar je op een Ma-Woe-Vrij-kaart of op een Di-Do-Za-kaart in kon en er waren rooms-katholieke kerken. Haarlem lag te slapen tegen de rand van de wereld en het deftige deel bewoonde de kwartieren ten zuiden van het Spoor, de mensen die hun slag nog moesten slaan woonden ten noorden van het Spoor. Wie geeft er nu eindelijk eens antwoord op de vraag waarom het zuiden altijd beter is dan het noorden? Jongen, ik vraag het ook aan jou...

Ik vertel verder.

De kleine blonde jongen die zo mooi was dat God hem wel in zijn huishouding wilde invoeren, kreeg een onbezoldigde baan in het huis van mensen die zichzelf minderbroeders noemden. Dat huis was hoog en het droeg twee torens en het rook er naar de dope die wierook heet. Elke ochtend om zeven uur rende hij, zijn adem een rookwolkje van kou, door de straten om te knielen, te bellen, te draven rond de oude man die met bevende vingers het geheime maaltje bereidde. Hij geloofde het en hij geloofde het tegelijkertijd niet wat daar allemaal gebeurde. Het was alsof hij voortdurend een tour de force uithaalde waar zijn krullen geen deel aan hadden. De wierook was in orde. De verkleedpartij ook. Maar de oude mannen in het huis met de twee torens roken naar iets waarbij vergeleken het gras dat naar gras rook en de kleurpotloden die naar kleurpotloden roken, hemelse geuren waren en de hunne helse. Toch wilde hij wel te weten komen wat hun zorgvuldig bewaarde geheim was. Hij deed zijn uiterste best. Tot het moment dat het brak.

Dat was toen hij de vroegmis diende en het elastiek brak. Het was een goed elastiek, van de firma V., daar niet van. Maar het brak niettemin na jarenlange trouwe dienst, tijdens de vroegmis van kwart over zeven. De blonde jongen zag tijdens de offerande de onderbroek van de oude man die hij hielp onder diens toog uit glijden en belanden op de zwarte, ongepoetste schoenen. Hij probeerde zijn gedachten te houden bij het toneelstuk dat opgevoerd moest worden. Hij concentreerde zich op het 'Sursum corda' dat nog zou volgen, maar zijn hart was zwaar van vernedering. Was dit het stralende licht op aarde? Was dit het: 'Ik ga op tot het altaar Gods, tot God die mijn jeugd verblijdt'? Hoe kan de blonde jongen anders gereageerd hebben dan hij deed, toen de oude man hem sissend toefluisterde: 'Misdienaar, neem dit even mee' en uit de onderbroek zijn voeten losmaakte – hoe kan de jongen die God alleen maar in dienst had genomen vanwege zijn ogen als de blauwe morgen en zijn haar als het duizendkorrelige zand van de zeekust anders gedaan hebben dan weg te lopen, eerst met onderbroek en dan naar buiten zonder onderbroek, waar de morgen klef en regenachtig op hem drukte en de groene treinen van de stad die stad onherroepelijk in tweeën sneden?

Wat betekent dit verhaal? Verloor hij zijn onschuld? En wat doet zo'n stad als Haarlem ertoe in zo'n geschiedenis? Een stad bouwt zich om een blonde jongen heen, die bang is voor de lelijkheid om hem heen en terugschrikt voor het besef dat de eigen stad ooit te klein zal zijn om hem te herbergen. Maar zo ver is het nog niet. Er is nog een terrein dat verkend moet worden en dat terrein breidt zich langzaam uit. Van het noorden, via het Spoor, langzaam naar het zuiden, met als spil de Grote Markt, waar alle dingen van de stad behoren samen te komen.

Daar gaat hij, in zijn donkerblauwe montycoat. Hij fietst razendsnel op zijn fiets naar school. Ze hebben zijn krullen afgeknipt. Hij maakt bezwaar tegen de korte broek. Hij krijgt een lange broek en fietst daarmee over de wegen die ze in Haarlem aan het bouwen zijn. Vierbaanswegen als een ring om de stad. Vijvers en stroken gras tussen de huizen verdwijnen om plaats te maken voor deze snelwegen van een nieuwe tijd. Als een razende fietst hij erdoorheen met zijn kortgeknipte hoofd. Hij weet nog niet precies waar hij heen moet. Hij is engel af en heeft nog geen idee wat zijn nieuwe rol zal zijn. De binnenstad is nog onbegaanbaar terrein voor hem. Het zuiden heeft hij net bereikt. Maar de ringwegen liggen voor hem open en hij draait de pedalen van zijn fiets zo snel rond dat het mogelijk moet zijn dat hij de hele stad nog eens omsingelt.

Hallo, jongen, ben je er nog? Heb je alle Kuifjesboeken meegenomen naar dat zuiden van je, aan gene zijde van de Alpen? Ik zag je net in gedachten nog even fietsen, in dat blauwe te krappe berenjasje van je! Ik zag zelfs die merkwaardige spleet tussen je twee voortanden en ik voelde onder m'n handen je kortgeschoren achterhoofd van het kapsel model bloempot. Waarom hadden ze je zo lelijk gemaakt? Alsof er een breuk geforceerd moest worden tussen de engel die je was en de engel die je zou kunnen worden. Gabriël had je naam moeten zijn, maar die naam was toen niet in de mode. Zet je ooit nog eens dat lied voor me op muziek, dat Kuifje zong toen hij dronken was? We kennen de tekst van dat lied dat alleen jij en ik als obsceen bestempelen: 'Geeft acht! Geeft acht! De blanke dame houdt de wacht.' Maar er is geen muziek bij, dus als je even tijd hebt... Iets voor viool en fluit, misschien?

Het Noorden werd verruild, over het Spoor heen, voor het Zuiden. Er begon een nieuwe tijd voor de blonde jongen. Hoe zal ik het zeggen? – hij installeerde zich.

Van het zuiden uit zag de stad er anders uit. De duinen van vroeger waren verder weg komen te liggen. Je bereikte de zee niet meer via het betonnen fietspad van de Kennemerduinen, maar over het asfalt van de weg met de dure huizen naar Zandvoort. Ook de stad was alleen nog maar bereikbaar als je door het stadsbos ging. Elke ochtend, als de blonde jongen naar school fietste, droeg dat stadsbos al zijn verlangens. O veertje, o draadje, riep hij, als toch niemand hem kon horen, o heerlijke... maar voordat hij een woord gevonden had voor wat zo heerlijk was en waar hij zo erg naar verlangde, was hij het bos alweer uit, want het was maar een stadsbos en uit dien hoofde vrij klein.

Het is de moeite waard om na te denken over de mogelijkheid om stadsbossen groter te maken dan ze zijn. Dan zou de jongen de gelegenheid hebben gehad om zijn gedicht af te maken. Nu was het of hij even in een geurig paradijs was geweest om daar onmiddellijk weer uit te vallen. Als hij eenmaal de schoolbanken in schoof, wilde het laatste woord van zijn gedicht niet meer komen. En de paters die hem Grieks en Latijn moesten bijbrengen, wilden al helemaal niet van veertjes en draadjes horen. Die vonden een saxofoon al een vorm van onkuisheid. Het was hun taak als Augustijnen om de jongenswereld te temmen, om op te voeden tot honger naar een hogere honing, die echter bitter smaakte en lang het spreken bemoeilijkte.

Wat moet iemand die honger heeft naar gouden honing? Waar moet hij kijken om dat te vinden? Er is een instinct dat ons zegt dat we naast de sterren moeten kijken om ze goed in het oog te krijgen. Maar deze jongen was te gretig om dat te doen. Hij had haast. Hij was zo geschrokken van de lelijkheid om hem heen en van zichzelf, zoals hij niets meer had van de blonde jongen die hij geweest was, dat hij zich stortte in een driftige kwaadheid. In gedachten maaide hij elke dag de paters neer. Maar die waren als duikelaartjes. Elke dag stonden ze weer recht op hun voeten voor hem.

Het beste is om in zo'n geval over je schouder te kijken. De dag kwam dat hij dat deed en hij keek recht in het gezicht van een andere blonde jongen, die aarzelend begon te glimlachen. Op dat moment was er een verdubbeling in het heelal opgetreden. Eerst was er één prins en nu waren er plotseling een prins en een bedelknaap – en die rollen wisselden van minuut tot minuut. Van louter plezier begon hun haar weer te krullen. Dat was een genoegen om te zien. Van de ene dag op de andere had hun haar weer de kleur van het licht en sprong het weer alle kanten op. De paters zagen het met argwaan aan, maar vermochten het niet tegen te houden.

(Opnieuw moet ik hier een korte aantekening inlassen over het krullen van het haar. Je ziet dat wel vaker bij mensen. Soms komt iemand een kamer binnen, waar iemand anders al is en dan zie je dat er iets gebeurt. Iemand anders zegt nog binnensmonds 'o, lieve god', maar dan is het al zover en niet meer terug te draaien. Als je er met je neus bovenop staat zie je hoe ze op elkaar toe lopen en hoe hun haar plotseling in een andere vorm gaat groeien. Van louter plezier en angst. Het duidelijkst heb ik dat eens gezien bij een stukadoortje en een timmerman. Het stukadoortje was bezig gaten in de muur te dichten die in een vorig leven in de muur gevallen waren, toen de timmerman binnenkwam. Onder zijn arm droeg hij latten. Het was zijn bedoeling daarmee een wijziging aan te brengen in de vorm van het huis dat hij betrad. Het merkwaardige was dat de latten bont geverfd waren in de kleuren rood, lichtblauw en roze. Terwijl hij aan het hameren en zagen sloeg, floot hij opgewekt het liedje 'I'll Come Running to Tie Your Shoes' en riep zo nu en dan over zijn schouder: 'Gaat het, stukadoortje?' En het stukadoortje roerde slaperig in zijn emmertje met goudband, wierp zo nu en dan een blik op de timmerman en dacht er het zijne van. Aan het eind van de middag waren de muren glad, het huis was door middel van bont gekleurde latten gewijzigd en, verdomd, hun haar was aan het krullen geslagen. Ze zagen het zelf en moesten er bij voortduring om glimlachen. Want ze hadden nog niet in de gaten dat in de ruimte tussen de nieuw gestuukte muren en het bonte lattenrek, de wanhoop fors bezig was zich te nestelen.)

Elke keer als ik van deze kant van de Alpen probeer naar je te zwaaien, jongen, loopt het uit op dergelijke uitweidingen als hierboven. Het lijkt wel of jij over het vermogen beschikt mij mijn concentratie af te nemen en me te laten dwalen in de gebieden waar de geest waait en de melancholie op de hoek van elke straat woont. Zeg me waar ik gebleven was, daar in die stad van je jeugd, waar nu de prins en de bedelknaap in beginnen rond te stappen.

Op het water. Het water van de brede rivier die traag door Haarlem stroomt. Op warme zomeravonden liepen de prins en de bedelknaap uit de bioscoop waar ze de film *De blanke slavin* hadden gezien langs het donkere water naar huis. Ze lachten nog na om het zinnetje waarmee een van de spelers in de film zich toegang trachtte te verschaffen tot een huis waarvan de deur potdicht bleef: 'Doe open! Ik ben de beste vriend van Albert Schweitzer!' en beloofden elkaar plechtig deze woorden altijd uit te spreken als ze iets gedaan wilden krijgen. Het licht op het zwarte water was oranje van kleur en de Beiaard die nog uit de tijd van de kruistochten stamde, rammelde onophoudelijk hetzelfde deuntje.

Eigenlijk liepen ze niet naar huis. Ze wandelden heen en weer langs het water, van brug tot brug, want de ene jongen woonde in de binnenstad, waar slagershonden de stoep bewaken, en de andere jongen moest nog door het stadsbos heen naar het Zuiden. Zo brachten ze elkaar telkens een stukje weg, de een na de ander. In de verte spoorde de laatste trein uit Amsterdam over de brug en ze smeedden plannen die hen bij uitvoering ervan best nog eens in de koepelgevangenis zouden kunnen doen belanden. Totdat de Beiaard ophield en ze op de Grote Markt afscheid van elkaar namen. Tegen die tijd lag Haarlem allang te slapen. Alleen bij Brinkmann was men nog bezig aan de sterke verhalen.

Of ze tilden op vroege zomerochtenden de twee-zonder-stuurman uit de botenloods en roeiden ofwel richting binnenstad, ofwel de wijde verte van de weilanden in, waar nog geen flats gebouwd waren en de koeien hen met grote ogen nastaarden. 'Haal op, gelíjíjíjk, haal op, gelíjíjíjk,' riepen ze elkaar toe, terwijl hun snelle boot door het water sneed en vier riemen op hetzelfde moment het wateroppervlak spleten. Voorbij het spookhuis, voorbij het manpad, tot aan de Cruquius en terug. Het water omsloot Haarlem nog. Men was nog niet uitgeweken naar buiten de eigen grenzen.

Zo was het ook op de warme zondagmiddagen als de kleine BM van Heemstede naar Spaarndam gezeild moest worden, en om een uur of vijf de wind wegviel. Dan bereikten de prins en de bedelknaap de wijde vlakte van de Mooie Nel pas als de maan al vol aan de hemel stond en de stad als een nichtje dat was komen logeren alvast te slapen lag.

Herinner je je nog, jongen, hoe je bij me kwam logeren? We waren te eten genodigd bij de oude Appie, die ons avocadosoep voorzette, daarna de rest van de maaltijd liet aanbranden omdat hij alles tegelijk wilde, alle gedichten van Fernando Pessoa voorlezen, alle roddels vertellen omtrent Kuifje en zijn kapitein Haddock en ook nog wilde vermijden zaken met je te doen – en ons toen maar troostte met glazen port uit mijn en jouw geboortejaar? Maar dit alles wat ik nu vertel is van veel later datum, toen we weerbaarder en verdrietiger waren geworden en konden doen alsof er in ons bed nog niets van dat alles aan de hand was.

Ter zake nu.

Wanneer komt het bederf in de vriendschap tussen twee jongens in een boot? Eerst willen twee paar knieën hetzelfde: precies op tijd buigen en strekken, zodat de boot in een perfect evenwicht door het water glijdt. En dan komt het meisje met de kleurpotloden weer langs. Ze is nu groot en weet hoe het hoort, maar ze weet nog niet welke van die twee jongens in de boot haar de beste dagen geeft. Hun ogen zijn allebei even blauw, hun haar krult evenzeer in de zon, ze zijn beurtelings prins en bedelknaap en hun baltsgedrag vertoont een gelijke hartstocht. Waarom kun je niet van twee jongens houden, waarom kun je niet met twee jongens trouwen? Omdat

dat nu eenmaal niet gaat. Dus trouwde het meisje met de kleurpotloden de ene zomer de bedelknaap, en de volgende zomer de prins. En toen kwam er nog een derde zomer waarin ze met een druiloor trouwde, maar dat interesseerde niemand meer. Want de prins en de bedelknaap waren uit elkaar gespeeld.

Er is een theorie dat eerste liefdes het hevigst zijn. Ik denk dat dat voor beiden gold, maar dat ze later leerden dat tweede liefdes meer pijn kunnen doen, en derde liefdes ook. Het pijnlijke aan het vermogen tot liefhebben is immers dat je elke keer opnieuw met tweehonderd gulden in je hand begint bij 'Af'. Die tweehonderd gulden zijn genoeg voor tweehonderd dagen zoenen voor een gulden. Napoleon had minder nodig om terug te komen. Maar dan? Wat gebeurt er na de tweehonderd dagen? Wordt het eindelijk deze kant van het paradijs of wordt het ons Waterloo? En hoe kun je dat laatste eindelijk eens voorkomen? Goed opletten baat niet, want je hart heeft zijn eigen ritme. Voorzichtig zijn baat niet, want het hart heeft zijn eigen ritme. Verder kijken dan je neus lang is baat niet, want elke neus heeft zijn eigen... enzovoort. Het enige wat de moeite waard is, is dat je je vermogen om lief te hebben niet weggeeft. Napoleon verloor omdat hij op tijd was in Waterloo. Het feit dat hij verloor en zijn laatste dagen op Sint-Helena moest slijten, is van minder belang dan de wetenschap dat hij hield van zijn soldaten, dat hij een passie had voor strategie. Passie valt toch niet uit te bannen?

Maar ik ben er niet om een handboek over de liefde te schrijven, mijn taak is het verhaal van de blonde jongen te schrijven om wie een jeugdstad heen gebouwd was.

De bedelknaap vertrok naar Amerika omdat hij had

horen zeggen dat daar het geld op straat lag, wat voor hem later ook op bleek te gaan. De prins stond in zijn lage zolderkamertje, keek uit over de brede rivier van Haarlem en liet zijn viool zakken. Buiten het raam lagen in de vallende schemering de daken van het zuiden, de boomtoppen van het stadsbos gloeiden nog na van het late licht. Hij wist achter de boomtoppen de Grote Markt. Daar had hij vroeger met de bedelknaap op de Berini rond het standbeeld van Lourens Janszoon Coster 'alles opengedraaid wat erop zat'. Hij herinnerde zich de verschrikkelijke snelheid die ze op hun bromfietsen bereikten. En hoe je in de bochten je binnenbochtvoet over het asfalt liet dweilen. Ach, dat waren dingen die voorbij waren. Hij zette zijn viool onder zijn kin en speelde het 'Chanson russe' van Stravinsky. Hij speelde het wel twaalf keer achter elkaar. Onder de klanken van zijn viool uit hoorde hij het razende geluid van de twee Berini-motoren, rond het standbeeld.

Opnieuw liet hij zijn viool zakken. En toen gebeurde het. Hij hoorde een heel zachte plof, als van een uit boomschors gesneden letter, die in het zand valt... Wat was dat voor een geluid? vroeg hij hardop. Maar hij wist het juiste antwoord al. Hij legde zijn viool voorzichtig in de kist en ging achter zijn bureau zitten. Op een papier schreef hij: ik begin nu te vertellen.

Hallo jongen, zijn de appelen al rijp en heeft het septemberlicht zich over je heuvels gelegd? Vraag toch eens aan die postbode of hij alle brieven die hij in zijn tas verborgen houdt eindelijk eens aan je wil overhandigen. Die man deugt voor geen cent, dat weet je. Brieven achterhouden als je postbode bent – dat is wel het laagste waar iemand toe kan vervallen. Maak je geen zorgen over de stad die je verlaten hebt. Ik heb hem achter je kont weer opgebouwd.

Tegen jezelf. Tegen wie?

1

Er bestaat een foto die mij vroeger voor problemen stelde die nog steeds niet opgehelderd zijn. Het was donker in die kamer.

Welke kamer? Waarom was het er donker? Waar heb je het over?

Al deze vragen zijn met gemak te beantwoorden. De antwoorden zouden op geruststellende toon gegeven moeten worden, begeleid door een gemoedelijk of laconiek handgebaar. Het is wenselijk dat de toon tegen het vertellende aan ligt, alsof er een gebeurtenis verhaald wordt, iets dat een bepaalde toedracht uiteenzet, waarbij meer dan één persoon een rol speelt. Zo ging dat in z'n werk toen, ja, het was heel ingenieus. Er ging een hele voorbereiding aan vooraf. Een oom en een grootvader waren samen de auctor intellectualis ervan en er was niemand die zich ervoor leende. Hij was de jongste en de jongste moet doen wat de anderen willen, anders komt er geen stuk van zijn plaats.

Waarom moet iemand de jongste zijn?

Deze vraag is van zo'n onheilspellend gehalte dat men er het beste aan doet een grote luchthartigheid tentoon te spreiden. De kachel kan nog eens opgestookt worden. Iemand klopt een pijp uit en schenkt thee. Buiten in de herfstnacht klimt de mist op uit de grond en in de stille straat nadert de Ford Zephyr van de buurman. De witte banden rollen over de straatstenen met het zacht tikkende geluid dat de bijna geluidloze motor overstemt. Het beste is het over de Ford te praten, met zijn naam van de koele zachte westenwind.

Iemand moet de jongste zijn, ook al zijn er vele jaren voorbijgegaan en zijn er vele nieuwe jongsten gekomen die op hun manier vastgenageld hadden kunnen worden op het moment van de grootste hun toegemeten taak. Het had aan de piano kunnen zijn: twee dezelfde ruggen, twee dezelfde achterhoofden, twee paar dezelfde kinderhanden die quatre-mains speelden. Of op de tennisbaan, waar ieder aan de andere kant van het net staat. Op de tennisbaan treft de zon de een in het gezicht, de ander op de rug. Van de zon zijn er geen twee die zich meten. Het is broeder zon en zuster maan 'and never the twain shall meet'.

Zo ongeveer moet Magritte het begrepen hebben toen hij *La reproduction interdite* schilderde. De man op het doek is het niet gegund in de spiegel te kijken: hij ziet slechts zijn eigen rug. De kijker buiten het doek ziet twee identieke ruggen. Het is verboden tweemaal te zijn, anders dan als identieke verdubbeling. Het is verboden zichzelf met zichzelf te confronteren. De spiegel is het ijdelste speeltuig van de mensen. Eén keer heeft een meisjeskind geprobeerd de normaalste vraag op te lossen: wat is er achter de spiegel? Alice klom op de schoorsteenmantel om te zien dat achter de spiegel The Looking-Glass House lag. Ze besloot dat gebied te betreden.

Spiegel en schaakspel. *Through the Looking-Glass*, dat op *Alice in Wonderland* volgde, is gebaseerd op het schaakspel. De actie in het verhaal wordt bepaald door de bewegingen die de stukken op het schaakbord gepermitteerd zijn. De ridders in Alice' verhaal hebben de neiging links en rechts van hun paard te vallen, een beweging die overeenkomt met de paardensprong: twee carrés in de ene richting, één carré links of rechts haaks daarop. De schaakstukken in het tweede Alice-boek zijn een aanvulling op de speelkaarten in het eerste. De angstaanjagende formaatverandering van Alice in het eerste boek vindt hier zijn complement in de verandering van plaats, ingeluid door de duizelingwekkende luchtreis die de witte koning en koningin maken als Alice' hand hen uit de as van de haard haalt en op de tafel neerzet. (Het boek is ook te lezen als een etiquetteboek voor kleine meisjes die willen leren schaken: de witte koningin vraagt aan Alice of ze geen opmerkingen heeft bij de uitleg hoe ze als pion moet lopen. Alice wist niet dat er van haar een opmerking verwacht werd. ' "You *should* have said," the Queen went on in a tone of grave reproof, "it's extremely kind of you to tell me all this." ')

Het spiegelmotief is een latere toevoeging aan het schaakmotief. Volgens commentator Martin Gardner is er allereerst de bevestiging van Alice Liddell, het model voor de eeuwige Alice, dat Lewis Carroll het boek grotendeels gebaseerd had op de schaaksprookjes die hij de meisjes Liddell vertelde. In 1868 verscheen er een tweede Alice op het toneel, Alice Raikes, een ver nichtje van Lewis Carroll. Zij vertelt in *The Times* van 22 januari 1922 dat zij wellicht het spiegelmotief heeft aangebracht. Op een dag, toen ze met andere kinderen in de tuin van Charles Dodgson (Lewis Carroll) aan het spelen was, hoorde Dodgson haar naam. 'Zo, dus jij bent ook Alice. Ik ben dol op Alices. Wil je iets zien dat nogal raadselachtig is?' De kinderen volgen Dodgson het huis in en komen in een kamer terecht waar een spiegel hangt. Dodgson pakt een sinaasappel uit de fruitschaal en overhandigt hem aan Alice Raikes. Hij vraagt haar in welke hand ze de sinaasappel heeft. In haar rechterhand. Dan vraagt hij haar voor de spiegel te gaan staan en dezelfde vraag te beantwoorden. 'In mijn linkerhand,' moet ze erkennen. 'Kun je dat verklaren?' vraagt hij. Dat kan ze niet, maar ze doet een gooi: 'Als ik aan de andere kant van de spiegel stond, zou dan de sinaasappel niet nog steeds in mijn rechterhand zijn?' vraagt ze. Dodgson lacht: 'Goed gedaan, kleine Alice,' zegt hij, 'het beste antwoord dat ik tot nu toe gehoord heb.' Deze anekdote schijnt hem op het idee te hebben gebracht om het schaakspelverhaal, waar Alice in verzeild raakt, áchter de spiegel te laten plaatsvinden. Hoe perfect bedacht is dat! Staan koning en koningin bij de opstelling op het schaakbord niet op dezelfde manier asymmetrisch tegenover elkaar?

3

Alice staat stil op de heuveltop en kijkt zwijgend om zich heen, waar het landschap wordt afgebakend door kaarsrecht lopende beekjes. De tussenliggende grond wordt door groene heggen verdeeld in gelijke vierkanten. (Zet Alice in een zweefvliegtuig boven de Haarlemmermeerpolder en laat haar gewichtloos zijn. Wijs haar op de tekening van Tenniel onder haar, waar de namen geschreven staan van Badhoevedorp, Hoofddorp, Abbenes. Tenniel droomt niet meer, maar de gewichtloze Alice knikt en zegt: 'I know. I've been here before.') In 1896 zegt Alice: 'Ik vind het op een schaakbord lijken. Er zouden mensen in moeten bewegen – er zijn mensen! [...] Het is een enorm schaakspel dat gespeeld wordt – zo groot als de wereld.'

Commentator Martin Gardner, de meeneuriënde stem bij de Alice-boeken, noemt van de vele citaten uit de wereldliteratuur die het schaakspel vergelijken met het menselijk reilen en zeilen, George Eliots *Felix Holt*, waarin de speler gemaand wordt niet alleen te letten op de bewegingen van de vijand, maar toch vooral de eigen troepen in de gaten te houden die, ten prooi aan plotselinge hartstochten en berekeningen, voor een onvoorzien schaakmat kunnen zorgen. 'Speel tegen je medemens en gebruik je andere medemensen als instrumenten.' H. G. Wells laat God en de Duivel schaak spelen. Maar het mooiste citaat haalt Gardner uit *Jurgen* van James Branch Cabell, waarin een hiërarchie van steeds grotere schaakborden figureert: 'And there is merriment overhead, but it is very far away.'

4

Nabokov schreef onder de naam Sirin *Zasjtsjita Loezjina*, een roman over een schaakspeler (*The Defence*). Nabokov schreef in slapeloze nachten, gezeten voor de spiegel in de badkamer, om Véra niet wakker te maken. Schreef hij met zijn linker- of met zijn rechterhand? Schreef hij van links naar rechts of andersom? Hoe leest men *Zasjtsjita Loezjina* in het Ivriet? Hoe speelt men tegen zichzelf, tegen wie?

5

Wie speelt er eigenlijk? Men zegt: wit tegen zwart. Men zegt: Karpov tegen Kortsnoj. Er bestaat een mening dat de schrijver zijn personages in zijn handen heeft als de schaker zijn stukken. De schaker heeft een tegenstander, evenzeer te duchten als hijzelf. Niet eens een tegenstander, een vijand, iemand die beurtelings bewonderd, getreiterd, geminacht en gehaat wordt. De schaker bevindt zich op een mijnenveld waar ook zijn eigen pionnen en lopers hem een nederlaag gunnen. Soms zijn de eigen pionnen te vrolijk en stoutmoedig of de torens met klimop begroeid en traag. Soms raakt zijn eigen koning log-bewegingloos door zijn eigen goedbedoelende korps, soms ziet hij het einde als een zwarte horizon tegen een open hemel, als zijn troepen hem doldriest verlaten hebben. Nooit is wit zeker van wit, of zwart van zwart. Wie speelt er? Speelt de koning? Ik heb schakers nooit in deze termen over hun spel horen spreken. Ze zeggen: jouw koningin. (Maar dat is een ander verhaal.) Ze zeggen: mijn koning. Wie is die koning die een bezit is?

6

In *La nuit de Varennes* van Ettore Scola reist een bont gezelschap per postkoets de uit het revolutionaire Parijs gevluchte Lodewijk xvi na, naar Nancy en Metz. Onder het gezelschap bevindt zich een hofdame die de koning zijn mantel nadraagt, een onbetekenende geste van een oudgediende. Voordat het reisgezelschap de koning kan inhalen is hij al door de bevolking gedood. De hofdame zegt: 'Dit was nooit gebeurd als de koning zijn mantel had gedragen.' Zonder mantel is de koning niemands bezit meer, is hij een ledenpop in een krachteloos veld. Niet een andere koning heeft hem geveld, maar een systeem van nauwelijks beheersbare krachten, een verschrikking van onvoorziene bewegingen, een zich langzaam ontwikkelende catastrofe, waarvoor men op de vlucht slaat en zijn mantel laat liggen. Eerloos.

Elke verslagene is eerloos. Eervol verliezen bestaat niet. Sportief verliezen bestaat niet. Doen-alsof bestaat: men stapt op andere codes over. Maar het slagveld blijft. En daarin de koning die zijn mantel heeft vergeten.

7

De stilte na de slag is oorverdovend. De nooit meer te doven haat jegens de tegenstander, de giftige zelfhaat worden zelden zo acuut gevoeld als bij verlies. De triomf van de overwinnaar is een gombal vergeleken bij de ijsbergen van Antarctica die de verliezer moet dragen.

Ik ben in het bezit van drie schaakspelen en de herinnering aan een foto. De schaakspelen behoren tot het huisraad omdat daar de dwanggedachte heerst dat op het schaakbord het ultieme idee wordt uitgevochten. Soms stel ik ze alle drie op en kijk ernaar: de Staunton nr. 4; het kleine ivoren spel uit San Sebastián en het afgebladderde blauw-rode leger uit Oost-Europa, van zulk licht hout gemaakt dat het is alsof je met wind speelt, zefier. Ze staan daar wel eens weken, maanden zonder beweging. Je zou kunnen zeggen dat er die weken een dun waas van angst in de kamer hangt. Alles is gespannen, niet alleen de klok. Er wordt gewacht. Op een begin, een beweging, een concept. Alles is mogelijk en geen stuk geeft iets prijs. Waarom port niemand de kachel op? Waar blijft de Ford Zephyr van de buurman? Wat gaat mijn tegenstander doen? Weet ik op welk moment mijn eigen volk mij in de steek zal laten? Zal ik halverwege mijn mantel vergeten? Waarom is een opgesteld schaakspel zo *stil*? (Zo voelt Macbeth zich op de transen van Dunsinane als hij wacht 'until Great Brittain Wood to high Dunsinane hill shall come against him'.

9

De pen zet de eerste letters op het papier.

Op de foto zit mijn vader als jongen van negen achter het schaakbord. Mijn vader is in diepe concentratie. In dezelfde houding, de handpalm die de kin ondersteunt, zit tegenover hem mijn vader, negen jaar oud. De foto is en profil. Het interieur is modern, 1929. De lamp boven de tafel is achthoekig, volkomen symmetrisch. Het lamplicht is bruin, de achtergrond is wazig bruin. Er zijn geen andere voorwerpen dan: twee identieke stoelen, een achthoekig tafeltje, een achthoekige lamp. Er zijn twee identieke jongens, hun hand onder de kin toont geen groefje verschil, hun jasje, hun korte broek, hun kniekousen, hun glimmende knoopjeslaarzen. Bij de rechter jongen is de scheiding zichtbaar, bij de linker jongen de sluik vallende haarlok (o, laat je niet in de maling nemen, ze verschillen geen cel van elkaar). De jongens zijn in diepe rust, geen enkele interesse voor elkaar, slechts aandacht voor de stelling op het bord. Laten we zeggen dat het de vijfde zet is in de vijfde partij die Kortsnoj tegen Karpov speelde op 18 juli 1987 in de zomerresidentie van de Filippijnse dictator Marcos. De langste partij in de wereldgeschiedenis. Kortsnoj heeft zich, het onophoudelijk gluren van Karpov beu, in Bern een bril met spiegelglazen aangeschaft. 'Karpov kijkt naar Kortsnoj maar ziet zichzelf. Niets is erger voor een schaker dan om zichzelf te zien,' schrijven Max Pam en Jan Timman. Zijn wereld wordt verkleind, teruggebracht tot de proporties van alledag. Kijken daarom de twee jongens op de foto naar de situatie op het bord, waar de stukken na de vijfde zet nog wachten op de verbazingwekkende gebeurtenissen die komen? De jongens lijken te slapen, met wijd open, blinde ogen. Alles is stil, als in een winterdroom.

II

De schrijver kijkt niet in de spiegel maar op het papier. Zijn personages springen hem te hulp of snellen van hem weg. Hij stippelt de wegen voor hen uit, maar ervaring heeft hem geleerd dat ze daarvan af zullen wijken op een onverwacht moment, hem in een lichte paniek achterlatend die aanleiding kan zijn tot enige onzorgvuldigheid. Gedachtesprongen die hem klem kunnen zetten. Avonturierszin die hem naar gebieden leidt waar hij niet belanden wil. Zijn vitaliteit, waar zijn personages het verlengstuk van zijn, neemt de macht over van zijn ingenieuze constructie. Hij bespeurt trouweloosheid, eigenzinnigheid en voelt zich één ogenblik het meest verwant aan zijn koning, in het nauw gedreven achter de rug van zijn koningin (hier geldt wederom een ander verhaal) aan de rand op H3, regenachtig en vol modder is het daar. Wat bezielde zijn loper? Zag die zijn ondergang al aankomen, was die er wellicht op uit? Is het verraad binnen de eigen muren (dat in het brein de vorm van een gewei aanneemt)? De schrijver kijkt op en ziet de schrijver in de spiegel, die op hetzelfde moment opkijkt. Leegte en gevaar. Hij weet dat de dood van zijn koning (wiens koning?) is aangekondigd. De zefier is gaan liggen. Het moment is ultiem en helder. Niemand zal het laatste woord spreken. Hijzelf – dat is de ander.

Nog kijken de jongens niet op. Als ze het wel doen, zou de linker jongen kunnen zien dat de rechter jongen een andere slip-over draagt. Die van hem is effen, zijn tegenstander draagt een ruitjesmotief. Iemand buiten beeld snuit zijn neus in een zakdoek en schraapt zijn keel. Er vallen moede, gloeiende kooltjes in de asla. Hun buiteling is hoorbaar – niet hun val.

De dromen van honden

Mijn hele leven ben ik geen onverstoorbaarder persoon tegengekomen dan mijn beste vriendin Annie Mohr. Behalve onverstoorbaar had ik haar ook graag praktisch genoemd, maar het feit dat ze tot tweemaal toe onder mijn ogen bijna verdronk, terwijl ik nota bene met vaste grond onder de voeten brullende instructies tegen het geweld van de zee in riep, weerhoudt me ervan haar al te gemakkelijk lof toe te zwaaien. Bovendien had ze op een ochtend in januari, zo'n miezerige ochtend dat de regen geel uit de lucht viel op de stad en ik het verlangen in me voelde opkomen een man in huis te hebben die vanuit de badkamer riep of ik zijn overhemden al had gestreken; zo een waarop broodrooster en theepot jammerlijke in plaats van geruststellende voorwerpen worden – op zo'n morgen had Annie Mohr in een opwelling een auto gekocht, die ze zich niet kon veroorloven. Een Panda 1000 Super, fonkelnieuw, met alles erop en eraan, een auto die mee kon met de grote jongens op de weg zogezegd, azuurblauw als de Middellandse Zee vlak bij de rotskust, een juweeltje, waarmee ze plotseling voor mijn deur stond. 'Is het wel verstandig?' vroeg ze nog in het wilde weg, maar voor dat soort vragen moet je niet bij mij zijn. Daar ben ik niet de goede beste vriendin voor.

Door die impulsieve aanschaf kon een aantal plannen dat op een oudere afkomst kon bogen en dat haar veel levensvreugde zou hebben verschaft, niet doorgaan. Zoals de aanleg van een bescheiden dakterras met uitzicht op het Rijksmuseum of de lang gekoesterde wens de tempels van Luxor te zien. Bij beide projecten speelde een zekere eeuwigheidswaarde een rol en het kleine stampertje Fiat Panda 1000 Super doorkruiste die met zijn kortstondig temperament. Maar misschien zijn het juist de korte injecties die we nodig hebben om inzicht te krijgen in een karakter dat zo ver van het onze is verwijderd dat het een wonder lijkt dat we dagen en nachten met elkaar kunnen optrekken zonder dat de een het gevoel heeft een minder belangrijk deel bij te dragen aan het bedwingen van de wereld dan de ander.

Om nog een voorbeeld te geven: op een avond zaten we op het verlaten marktplein van Saint-Vivien naar de volle maan te kijken, toen het bij me opkwam te vragen wat er eigenlijk was gebeurd sinds op 15 augustus 1969 de Amerikanen voor het oog van de wereld op de maan landden en de Nederlandse commentator in zijn opwinding riep: 'Het karretje rijdt nu als het ware op de maan!' Er is geen hemelsbreed verschil tussen 'als het ware' en 'echt'. Slechts een dunne wand houdt ons tegen een wereld binnen te treden waarin wij alles dromen, inclusief onszelf.

Wat was er eigenlijk gebeurd met de resultaten van die maanlanding, vroeg ik, heeft het onderzoek een 'follow-up' gehad? Hebben de mee teruggebrachte bodemmonsters bouwstenen geleverd voor de volgende hypothese? Staan er nieuwe landingen op stapel? Hebben de astronauten last van enige vorm van geheugenverlies? Of is de maan de onverschillige klomp geleend licht gebleven die onze verlangens naar zich toe trekt, bijvoorbeeld op het grassige marktplein van Saint-Vivien, waar de brandweermannen naast de burgemeester slapen en nog wakende mannen zwijgend bij de hoek van de kerk de jeu de boules-ballen laten ketsen? Annie Mohr moest het antwoord schuldig blijven. Nee, praktisch was mijn beste vriendin niet.

Ik beoog eigenlijk een karaktertekening te geven. Niet omdat ik bijzonder geïnteresseerd ben in modellen die de ondergrondse loopgraven van ons handelen beschrijven, maar omdat er zich ongerijmdheden voordoen die de aard van een verrassing hebben. Een lichtkier door een deur waarachter niemand vermag te kijken, ook de bewoners zelf niet; een opening in een heg die uitzicht biedt op een raadselachtige binnenplaats, soms doorkruist door doelbewuste mensen. Maar welk doel? Welk bewustzijn? Dit soort vragen alleen al is geschikt om een licht gevoel van angstvallig geluk teweeg te brengen; er is meer, er zijn dingen die we niet begrijpen; de wereld is zo geheimzinnig en gecompliceerd dat ze nooit hoeft te bedelen om onze aandacht. Ze heeft onze belangstelling, elke minuut van ons te korte leven.

De vraag naar bewustzijn – geheel los van morele complicaties die zelfs voor mindere goden geen gewicht in de schaal leggen – heeft zich voor mij het duidelijkst gesteld ten aanzien van mijn hond. Hij is een wezen, dat is het sterkste dat er over hem te zeggen valt. Zijn aanwezigheid is zo tot in alle hoeken en gaten van mijn huis kenbaar gemaakt dat zijn absentie – als soms een kennis om zijn gezelschap voor een uur of wat heeft gebedeld – medeplichtig is aan zinloosheid. De potten en pannen waarmee je ratelt, de zachte klik van de deur van de ijskast, het hongerige geritsel van de cellofaanvelletjes tussen het rookvlees, maar ook de korrelige ruis waarmee je 's morgens het dekbed van je af tilt, of de zucht die je slaakt bij het horen van slecht nieuws, blijven geluiden die zinloos wegstuiteren in de ruimte als hij er niet is om erop te reageren.

Heeft iemand wel eens bedacht over welk een scala van zachte geluiden een hond zelf beschikt? Soms vraag ik me af of hij weet heeft van de ingetogenheid van zijn bestaan. Eerder denk ik dat hij alleen op momenten van geestdrift, als je hem de riem voorhoudt en hij in langgerekte, verticale sprongen herhaaldelijk en vol overgave de lucht in gaat, ervan doordrongen is dat zijn bestaan betrekking heeft op anderen. Meestal is hij in de buitenlucht volledig in beslag genomen door de wonderen van de bewegende wereld en houdt hij zich het liefst zijn medehonden van het lijf met een korte, gedecideerde blaf. Snuffelen aan andermans bestaan is er bij hem niet bij. Daarom vermoed ik dat hij een gelukkige hond is, die genoeg heeft aan zijn eigen motoriek en zijn omgeving beschouwt als het gastvrije kampement voor de duur van zijn existentie, die voor hem geen duur heeft.

Dat wil niet zeggen dat hij naar onbekommerdheid neigt. Ook hem valt de eer te beurt een verleden te hebben dat hem op onverwachte momenten inhaalt. Had ik hem vanaf zijn geboorte gekend dan zou ik kunnen veronderstellen dat ik greep had op de stuurloze gedeeltes van zijn driftleven. (Zo heb ik eens meegemaakt dat een vrouw die al vanaf haar twintigste een zelfstandig beroeps- en liefdesleven leidde en voor het overige een voorzichtig beleid voerde in mededeelzaamheid daaromtrent, geen uitgesproken aarzeling over het een of ander te berde kon brengen zonder van haar hoogbejaarde moeder een steevast onjuiste analyse, gevolgd door een apert foute raadgeving te ontvangen, afgesloten met de woorden: 'Wie zou je nu beter kennen dan je eigen moeder?' De beheersbaarheid van andermans leven ligt veel mensen na aan het hart.)

Maar deze zinsbegoocheling was me ten aanzien van mijn hond niet gegeven, omdat ik hem tegen het lijf liep toen hij anderhalf was, dat wil zeggen al tien jaar in mensentermen ervaringen en indrukken had opgedaan die niet door mij konden worden gedeeld. Dat deel moest ik hem laten. Een enkele keer zag ik het: bij het horen van kinderstemmen in de verte hief hij soms zijn kop op en luisterde hij met aandacht en intelligentie naar zijn verleden, dat voor hem natuurlijk steeds een reminiscentie van verleden bleef. Dan legde hij zijn kop op zijn gestrekte poten en zuchtte, verzoend met de troostrijke dingen die hem omringden.

Maar in zijn dromen kan ik hem niet volgen. Hij zichzelf evenmin. En zo lagen we vaak alle twee wakker in het donker, terwijl zijn wollige, sterke lijf sidderde onder de ontberingen van zijn dromen, die zich in onverklaarbaar zangerige klanken in zijn keel een uitweg baanden, ons hulpeloos achterlatend, gissend naar mogelijkheden om de oever te bereiken. Als het voorbij was keken we elkaar aan, ik vanaf het bed, hij vanaf de brede drempel van mijn slaapkamer, en na enige bemoedigende woorden hervatten we onze reis door de nacht.

Maar het gaat hier helemaal niet om mijn hond. Die was er juist niet bij. Die zou ik pas weken later terugzien, als hij alle vriendschappen had gesloten die door vertrek of verhuizing weer ongedaan zouden worden gemaakt, want in dierenpensions bestaat geen post- of telegraafdienst waarmee je die zaken weer ongedaan kunt maken. Mijn hond was er juist niet bij. Des te merkwaardiger wat hij er later over te vertellen had.

Ondanks het feit dat de kleine Panda 1000 Super vanaf januari flink op de begroting begon te drukken, leek niets erop te wijzen dat Annie Mohr haar levensstijl veranderde. Ze kocht een eenvoudig, zakelijk doorknoopjurkje van antracietkleurige zijde, zowel geschikt voor een namiddagthee op het platteland als voor 'op chic', waarvan het adembenemende bestond uit de prijs die ervoor moest worden betaald, alsook uit het feit dat het ogenblikkelijk de wens opriep die knoopjes stuk voor stuk open te maken om Annie Mohr eens te verwennen, ja om snel en tot wederzijds genoegen ter zake te komen. Ook schafte ze zich in de late lente een Kuramatakastje aan met twintig laatjes die de komende jaren van een tot twintig alle geheimen van Annie Mohrs leven zouden herbergen, niet gemakkelijk bereikbaar voor wie een heilig ontzag heeft voor privélaatjes in een persoonlijk kabinet. Kuramata was de finishing touch van de lichte woning.

Het was geen zakelijkheid die haar huis kenmerkte, het was eerder het door de laatste aanschaf van Kuramata met een Japanse penseelstreek neergezette adagium: 'meer hoeft niet, minder kan niet'. Men zegt dat men als vreemdeling jarenlang in Japan kan vertoeven zonder een stap dichter bij de ontoegankelijke geheime cultuur te komen, elke glimlach ten spijt.

In deze met minimale elegantie opgebouwde ruimtes leefde Annie Mohr haar tijd, die toch ook uit ontmoedigingen en tegenwind of valkuilen moest bestaan of, integendeel, uit het 'juicht gij koren!' dat Poesjkin echter alleen van toepassing vond op het eten van Limburgse kaas. Maar het was of de lichte toets van haar inrichting ook zijn stempel had gedrukt op haar levensinstelling, die op een buitenstaander opgewekt en intelligent over-kwam, op een intimus sterk en onverstoorbaar (waar-bij gevoel voor humor de verfijning aanbracht, maar wie zijn 'beste vriend' moet aanprijzen door op 'gevoel voor humor' te wijzen, is al over de rand van de betame-lijkheid heen) – en op haarzelf raadselachtig, ja ronduit raadselachtig. Dat was waar ik de weken van onze reis achter kwam.

Tot nu toe, in de vele jaren dat wij elkaars beste vriend waren, was de taakverdeling binnen het huishouden van de emoties er altijd een geweest waarbij ik de voetangels en klemmen voor mijn rekening nam, terwijl zij zich met een beroep op een langere ervaring in die contreien op beslissende momenten toelegde op het schillen van de aardappelen. Bij wijze van spreken. Het prozaïsche van dat laatste bij wijze van spreken mag alsjeblieft geen afbreuk doen aan de sfeer van lichtheid en – hoe zal ik het noemen – rankheid die haar omgaf. Denk aan ballet.

Tijdens de reis die Annie Mohr en ik in de Panda 1000 Super maakten bleef mijn hond thuis. Er was voor hem geen plaats meer op de achterbank, nadat we alle bagage hadden gestouwd (plus een apart varkensleren koffertje waarin Annie Mohr haar verrekijkertje, haar reisstrijk-ijzer, haar dompelaar, haar haardroger, haar walkman en haar mini-pocketradio opborg). Hij zou het klimaat in het zuiden trouwens niet verdragen. Veel hotels en stranden lieten geen honden toe. Voor echt reisplezier zou hij niet zorgen, deze autovriendelijkste van alle hon-den, die het eens had bestaan achter mijn hoofd zijn ogen elfhonderd kilometer onafgebroken op de weg voor ons gericht te houden om ongelegen tegenliggers te weren.

Het was niet zo dat Annie Mohr een hekel had aan mijn hond, geenszins. Vaak prees ze één of meer van zijn voortreffelijke eigenschappen. En de hond was zonder pardon op haar gesteld. Hij sprong vrolijk tegen haar op, elke keer als ze met lichte pas mijn huis betrad, en toonde zijn genegenheid door zijn kop op haar knieën te leggen als ze mij de 'Trias Politica' van Montesquieu uitlegde. Hoe belangrijk was het niet dat de rechterlijke en uitvoerende macht gescheiden bleven. Iemand moest onafhankelijk blijven, iemand moet waken, zoals Kafka zei, en Annie Mohr zag erop toe dat de hond niet van haar bordje at. We waren het altijd eens waar het de wetten voor de hond betrof. We waren het erover eens dat de hond thuisbleef.

Ze hield van honden, zoals ze herhaaldelijk ongevraagd meedeelde, maar ze was er nu eenmaal niet sentimenteel over, zei ze vaak. Maar ik ook niet! Je zou mij niet kunnen betrappen op koddige verhalen over zijn gedrag van de vorige dag. Ik zou nooit hardop filosoferen over de ziel van de hond (die volgens de Grieken stond voor verregaande onbeschoftheid) en de keren dat hij mij als bij een windvlaag ontroerde, hield ik voor me.

Onze reis ging dit jaar door Frankrijk en Spanje.

Er had eerder dat jaar, in de late lente, ongeveer ten tijde dat Annie Mohr haar Kuramata-kastje kocht, een kleine onregelmatigheid in onze relatie plaatsgevonden die hier niet ter zake doet, maar die ertoe bijdroeg dat we alle twee enigszins vervreemd van elkaar op reis gingen. 'Begint het al te wennen?' vroeg Annie Mohr de derde dag. Ach, wennen was het punt niet. We waren niet voor niets al jaren elkaars beste vriend. Maar er was iets definitiefs verschoven in het perspectief. Zoals een kind dat met de verrekijker van zijn vader speelt en de vogels en de bergen zijn plotseling zo dichtbij dat het zich in een droomlandschap waant, waar de vogels speelkameraden zijn en de bergen een landschap dat hem omringt. En dan draait hij de verrekijker om en plotseling is het bord met kersen en de arm met het polshorloge van de vader, zijn vader zelf, zo ver weg dat hij zich in een flits realiseert dat hij niet behoort tot deze wereld en met hetzelfde gemak nog wel duizend keer zou kunnen worden verkleind, zonder dat hij verder zou veranderen.

Min of meer vanuit dat perspectief deden we de ronde van Frankrijk en Spanje. Misschien viel me daardoor op wat ik al eerder had kunnen merken.

Iemand anders moet maar verslag doen van de bezienswaardigheden, de zonsondergangen boven de Atlantische Oceaan, de barre hoogvlaktes van het binnenland of de violette zoutwinningen op het eiland van rust, van het oude Europa, dat mengsel van verborgen verrassingen en vermoeidheid. Voor het doel van mijn verhaal heb ik slechts één beeld nodig, dat van een dorpsterras in de luwte van een kerk. De stoelen hebben er sporten om je voeten te steunen. Op het tafeltje staat een fles Domaine de Laustraneuf, Haut-Médoc 1988 of een fles Rioja van de streek. Het kan de stilte van de middaghitte zijn, of de sterrenhemel kan strakgespannen staan. Laat er midden op het plein gras groeien. Laat er een bombastische haan staan op de zuil voor de gestorvenen des vaderlands. Of laat twee guardias civil, geleund tegen de muur van de kerk, zachtjes pratend een sigaretje roken. Laat iemand het in zijn hoofd hebben gehaald op een accordeon te spelen of te tokkelen op een gitaar. Laat het overal in dat deel van Europa zijn. Zo voldoende? Je moet niet het onderste uit de kan willen.

Dan zijn er de honden.

Dat was merkwaardig, dat overal waar we kwamen honden waren. Ze hoorden bij de mensen. Ze droegen verschillende merknamen. Ze waren schoon en vriendelijk. In hun ogen glansde een betrouwbare nieuwsgierigheid alsof dit en alle andere marktpleinen onderdeel waren van een voorportaal van het paradijs. Ze waren stille, bewegende aanwezigheden te midden van het gepraat van de mensen. Soms zelfs, als de kleine uren van de nacht waren begonnen, had ik het gevoel dat ze uit de slaap opgestane dromen vertegenwoordigden; dat hun plotselinge waakzaamheid, hun door niets veroorzaakte wandelingetjes her of der, hun korte bevingen van geluk of angst belichamingen waren van gedachten die rakelings langs onze conversaties scheerden. Ik hoedde me ervoor zoiets te zeggen.

In het begin had ik nog niets door. Het was Annie Mohr die me erop attendeerde. Maar toen zag ik het ook, steeds duidelijker, totdat het tijdens onze reis een obsessie voor me werd die ik trachtte te onderdrukken. De honden kwamen niet naar mij toe, maar naar Annie Mohr, die zoals ik al zei vaak ongevraagd beweerde dat ze niets tegen honden had maar er bepaald niet sentimenteel over deed. De honden zwierven wat rond, drentelden wat in het wilde weg – en belandden ten slotte steevast met hun kop op haar knie, vanwaar ze enige tijd doodstil naar mij bleven kijken. Pogingen om ze aan te halen, ze vriendelijk toe te spreken, zodat ze ook bij mij zouden aanleggen, liepen op niets uit.

Annie Mohr schonk er overigens geen aandacht aan. Ze liet hen even begaan terwijl ze rustig doorpraatte over de kwaliteit van de wijn; over de vraag hoeveel keer je overspel binnen het huwelijk moest toestaan voordat de maat vol was; over artikel 21 van de auteurswet, waarbij op bepaalde gronden de geportretteerde bezwaar kan maken tegen het onverbloemde copyright van de fotograaf. Onderwijl duwde ze zachtjes, met een gebaar dat betekende: zo is het wel mooi geweest, de hondenkop van haar knie zonder de hond in kwestie enige noemenswaardige aandacht te hebben geschonken. Zeker, zij was de meest onverstoorbare persoon die ik heb gekend.

Maar wat trok de honden? Waarom kwamen ze niet op mij af, aan wie toch nog de geur van een hond moest kleven en die toch tenminste blijk had gegeven van liefde voor één hond? De vraag werd dwingender elke keer dat er zich een nieuwe hond bij Annie Mohrs knie meldde. Wat bezielde die honden? Zagen ze dan niet met wat voor een koele zakelijkheid ze werden geduld? Werden ze niet ontmoedigd door het vriendelijke, maar beslist afwijzende handgebaar? En wat keken ze vanaf die knie mij aan?

Op een avond vijfhonderd kilometer ten zuiden van Barcelona, waar ik, alleen, voor een korte onderbreking scheep zou gaan naar het eiland van rust terwijl Annie Mohr wat vrienden in het zuiden zou bezoeken, begon ik iets van een antwoord te begrijpen. Voor de eerste keer die reis was de kleine onregelmatigheid die in het late voorjaar tussen ons had gespeeld, ter sprake gekomen. Het was geen gemakkelijk gesprek, want de zaak had diepere sporen in ons achtergelaten dan we wilden toegeven. Maar ik had in de loop der jaren veel geleerd van de onverstoorbaarheid van mijn beste vriendin en het lukte ons de crisis te verkleinen, de afstand te vergroten, de verrekijker om te draaien als het ware. Juist toen ik ter afsluiting had gezegd: 'Dat is dan jammer. Dat is het woord ervoor. Laten we de mousse au chocolat vergeten', kwam er een kleine zwarte hond naar ons toe gedrenteld en Annie Mohr boog zowaar haar hoofd en liet haar hand tussen zijn oren dwalen en zei tegen de hond in het bijzonder: 'Dat kunnen we niet, hè kleintje?' en toen ze opkeek zag ik tranen in haar ogen.

Hoe moet ik de zee beschrijven die daar voor ons kalm tegen de kademuur golfde of het wiegen van de kleine schepen of de weerschijn van het verlichte luxeschip verderop, waar men een feest vierde zonder weet te hebben van de eenvoudige dingen die men voor elkaar verborgen moet houden? Voor ons strekte de nachtzwartte naar het oosten. Op dat moment realiseerde ik me dat de onverstoorbaarheid waarmee je dingen tot hun heldere staat terugbrengt – vijfmaal de korte zijde van de Grote Beer verlengen en je komt bij de Kleine Beer; die drie onder elkaar zijn de Drie Zusters; hang een stuk brood aan een lijn in de streep maanlicht op het water – haar tegenpool heeft in een donkere, intense stroom, die sommige mensen niet kennen, die anderen willen vergeten ter wille van een hanteerbare harmonie, een welwillende acceptatie van de gastvrijheid die de ander immers ook te bieden heeft.

Maar pas goed drong de betekenis van onze reis tot mij door toen bij thuiskomst mijn hond me het volgende verhaal vertelde. Hij lag op de brede eiken drempel van mijn slaapkamer. Ik was blij met zijn vertrouwde krullen, die ik zo lang had gemist. Hij ademde diep en regelmatig, in een verrukkelijke bocht gekromd gelegen, de voor- en achterpoten gestrekt, als iemand die na lang nadenken gematigd verslag wil doen van zijn wederwaardigheden.

'Het was lood om oud ijzer,' zei hij ten slotte. 'Ik heb geen weet van tijd of duur. Wat mij overkomt heeft de aard van reminiscenties, niet van chronologie. Ik ruik de plaats waar ik beter kan zijn dan op andere plaatsen, maar niets zal mij beletten nieuwsgierig te zijn naar andere mogelijkheden. Opgewektheid en aanpassingsvermogen liggen in mijn natuur, maar dat wil niet zeggen dat ik anderen permissie geef mij drastisch van koers te doen wijzigen.' Hij zuchtte. 'Toen zij daar stond en ik haar in het voorbijgaan bespeurde had ze nog niet genoeg te bieden om mijn aandacht af te leiden van de zware jongens, tegen wie men niet brutaal genoeg kan optreden. Maar onmiddellijk, als ik dat woord mag lenen, onmiddellijk was de ruimte vol van haar, dat voelde ik. Een oeverloze bak water als men dorst heeft, een voortdurende trilling in mijn huid, een afleiding in iedere denkbare vorm terwijl zij toch zichzelf bleef, reminiscenties, residuen – alles wat in mijn kop past, de wereld tussen mijn staart en mijn neus, honger en geen honger, verzadiging en verlangen naar verzadiging, roekeloosheid en doodstille concentratie – alles was gecentreerd om haar. Het was iets dat ik niet kende en als het me nog eens overkomt zal ik het niet herkennen. Ik ben tevreden met mijn plaats en mijn rust hier. Een andere toestand is niet wenselijk en niet denkbaar. God, wat is het hier voortreffelijk op de eikenhouten, brede drempel! Wat is deze plek een oeverloze bak water als men dorst heeft, wat bruist het kalm in mijn oren, wat houd ik van mijn eigen hartslag en van de geur die mijn voortreffelijke huid afgeeft! Wat is het hier heerlijk!' zei mijn hond.

Er trok een schokje door zijn achterpoten. Hij opende zijn ogen en sloot ze weer, zonder zijn hoofd te hebben opgeheven. 'Sing the blues,' zei hij, 'she has broken my love.'

Verhaal voor de regen uit geschreven

De vraag is eigenlijk of je de ander in een vriendschap moet prijzen of laken, of dat het beter is de zaak in het midden te laten omdat je tenslotte niet bent getrouwd met de ander, omdat er geen beloftes zijn gedaan, omdat de zaak bij toeval is beklonken en precies zo lang duurt als beide partijen er een voordeel aan overhouden. De zaak wordt nog verder onderzocht.

Dat bedacht ik op een zondagmorgen op een van de stilste dorpspleinen van Europa, niet ver van de Atlantische Oceaan. In de verte blafte een hond. De hanen hadden zojuist hun kraaien gestaakt. De patroon van Hôtel des Chasseurs had me samenzweerderig mijn tweede bak zwarte koffie voorgezet en was verdwenen in zijn roestige Renault 4. De hotelhond, een blindelings geschoren bobtail, hield een oogje op mij en de zaak. De kerkklok sloeg tien slagen, nog niet genoeg om de gelovigen tot beweging te verleiden. Niets roerde zich. De wereld was hier verdoofd in slaap gevallen. De zondag is er om uit te slapen, maar meelijden overviel mij toen ik aan de woorden van de oude Seneca dacht die over de langslapers in het oude Rome zei: 'Hoe zouden deze mensen moeten weten hoe ze moeten leven, als ze niet eens weten wanneer ze moeten slapen?' Ik had niets te doen. Ik sliep nooit uit. Er stond een hardblauwe lucht en er woei een koele oceaanwind.

Twee dagen geleden was het echtpaar uit Bordeaux aangekomen. Ze verdienden een hoger lot dan dit Hôtel des Chasseurs, dat betere dagen had gekend. De gelagkamer was een donkere, doorrookte ruimte met een afgebladderde voetbaltafel in het midden en slechts drie formica tafeltjes, een voor mij, een voor de patroon met zijn rekenblocnote, een voor het echtpaar uit Bordeaux. De plaatselijke bevolking dronk staande aan de bar. In de restaurantruimte waren alle oude balken zorgvuldig met gipsplaat weggewerkt. Twee grote toegangsdeuren waren dichtgemetseld en behangen met foto's van een landschap waarvoor we juist niet hier waren gekomen en voor het doorgeefluik naar de keuken verscheen om de tien minuten van mijn diners het hoofd van de kok, dat mij giftig aankeek.

Op de muur tegenover mij had het Vergeten Schilderij gehangen. Dat was de reden geweest waarom ik hier was blijven steken, hoewel ik ook geen doel elders had en mij door het toeval liet leiden. Ik weet geen andere manier. Ik heb veel manieren geprobeerd. Ik ben tot de conclusie gekomen dat teleurstelling het doel van de mensen is en zorgvuldigheid het enige middel om het doel niet al te snel te bereiken. Laat ik maar zeggen dat ik, gesteld voor de keuze tussen grote en kleine dingen, onvoorwaardelijk voor de laatste kies. Mij is gebleken dat alleen een nauwkeurige aandacht voor geur, kleur en smaak bijvoorbeeld – maar zo heel erg willekeurig zijn de dingen die ik zeg nu ook weer niet – een vitaliteit oplevert die borg staat voor het soort onbevreesdheid dat in het grote gebaar ver te zoeken is.

Ik ben niet duidelijk.

Misschien moet ik op dit moment wel afwijken van

de zojuist door mij geformuleerde gedachte dat de goden veel meer ingenomen zijn met ingetogen zoenoffers dan met misbaar. Misschien moet ik juist de andere kant op wijzen door breed uit te halen over mijn opvoeding, die deze tweede helft van mijn leven keer op keer bakzeil aan het halen is, zonder dat de schuit onderuitgaat. Vooralsnog. Ik bedoel dat ik begon als een herkenner van Plato.

O, bring my trug naar die ou Transvaal. Het is toch zo dat iedereen zich in zijn jeugd geconfronteerd weet met het geloof in het Goede, het Ware, het Schone, die weliswaar niet met behulp van onze lijfelijke beperkingen kunnen worden gekend, maar waaraan we in ieder geval geacht worden reminiscenties te hebben. Een kind kan de was doen met Plato. Zelfs een aanstormende literaire geest die beweert dat de grootste intellectuele gebeurtenis van zijn tijd niet de Val van de Muur in 1989 was maar de verbouwing van de Dagmarkt aan de Biltstraat te Utrecht, weet donders goed hoe hij moet variëren op een thema.

Daar onder by die millie, by die groene, groene boom. Het is het lichte, doorstoofde klaslokaal. Er cirkelt een wesp voor de proefwerkopgaven op het bord. Je begrijpt de getallen op je eigen proefwerkvel, die zich ontwikkelen tot de juiste antwoorden zonder dat je er zelf greep op hebt, niet. Omdat je denkt dat er meer is dan die getallen, iets dat helderder is en eenduidiger dan de cijfers voor wie jij slechts als rekenliniaal fungeert. Je buurman zucht. Je achterbuurman neuriet. Er ontploft een vliegtuigje in de blauwe lucht buiten het raam: het is vrede. Niemand hoeft iets te merken. Alles gaat vanzelf voorbij. Heet mijn buurman Simmias?

'En hoe is het nu met het volgende, Simmias? Is volgens ons "rechtvaardig" zelf iets of niet?' 'Volgens ons wel.' 'En is verder "mooi" iets en "waardevol"?' 'Natuurlijk.' 'Heb jij nu een van dat soort dingen al eens met je ogen gezien?' 'Absoluut niet.'

Wat bedoelden ze? Wat wilden ze me afleren? Ik was bereid alles aan te nemen wat via het verstand werd bewerkstelligd. De logica was de pleegmoeder van onze gedachte, de consistente redenering ons bewijs van vooruitgang. Maar er waren dingen die ik met eigen ogen had gezien: hoe op 1 april 1959 die fotograaf op school verscheen om de kleine meisjes, onder wie mijn babyzusje, met hun mooiste pop te fotograferen. Ik was erbij. Alle grote kinderen stonden erbij en keken ernaar. Hoe de kleintjes werden verzameld in een wig van het schoolplein. Ze hadden hun zondagse jurkje aan, het witte kraagje gesteven, gestreken, de hele dag lang uit de verte geliefkoosd. Ze hadden hun moeder om pijpenkrullen gebedeld. Ze hadden geen moment geaarzeld over welke pop. Ze voelden zich het puikje van de zalm. De vroege voorjaarszon spatte van hun wimpers. Hun ogen keken zelfbewust naar de vierkante zwarte doos, waarachter een meneer onder een zwarte doek uit verscheen. En één moment stond alles stil op grandeur. Geen wolkje zeilde langs de hemel, geen vliegtuigje ontplofte.

Maar dat vogeltje! Dat verdomde vogeltje van kanariegeel papier-maché, dat trillend op dat verdomde trillende veertje tevoorschijn schoot met een zevenklapper van plezier aan zijn staart gebonden, waardoor het gelach van onderwijzers, onderwijzeressen en van ons kletterde als mitrailleervuur in de loopgraven om wille van dat verdomde vlaggetje dat in zijn poepertje was gestoken: 1 april 1959! Niet met mijn babyzusje, jullie kanarievreters, niet met haar! 'En hoe is het nu met het volgende, Simmias? Is volgens ons "rechtvaardig" zelf iets of niet?'

In de opgang van je jeugd was het zoveel makkelijker om in Plato te geloven dan in de verontwaardiging van het groeiende lichaam dat met zichzelf geen raad weet. De eigenlijke dingen liggen ver achter de horizon van onze zintuiglijke waarneming. Bij afgenomen zelfvertrouwen waren we bereid dat aan te nemen. We werden er zelfs toe verleid onze algebrasommen als minderwaardige langeafstandlopers te beschouwen, die in het zicht van de finish het waardeloze van hun inspanning inzagen.

Ook in latere jaren vond ik dat ik kon bogen op het onderscheid dat Jorge Luis Borges maakte tussen de mensen, het verschil tussen Plato en Aristoteles, een onverenigbaarheid van humeur waarbovenuit de filosofie zich nooit heeft ontwikkeld, waaraan ze altijd haar bestaan te danken zal hebben. Toen ik eens in de Stanze di Rafaello te Rome zag dat Rafael de triomf van de schilderkunst van zijn tijd, het perspectief, bekrachtigde door deze twee, Plato en Aristoteles, onder de poort van Het Eeuwige te laten lopen – besefte ik dat de pijn in mijn voet, waarop zojuist een Amerikaanse tandarts was gestapt onder het uitroepen van: 'No honey, the School of Athens. They all went to school those days', nergens thuishoorde. Bestaat 'pijn' als zodanig, Simmias?

Ik ben dus iemand geworden die genoegen neemt met de dingen die hij ziet en die bij toeval onder zijn blik vallen. Zoals het Vergeten Schilderij. De titel verdient een toelichting.

Ik was op reis gegaan na een teleurstelling van zulke grote proporties (het was niet eens de eerste april van welk jaar dan ook) dat zij niet anders dan als een voldongen feit kon worden beschouwd. Eenmaal doordrongen van dat gegeven, voelde ik dat van nu af aan mijn beslissingen anders zouden uitvallen. Het ging erom dat ik de laatste vier jaar in de waan had verkeerd een beste vriend verworven te hebben.

Hoe gaat zoiets in zijn werk? In mijn geval verlopen die dingen zo eenvoudig dat het nauwelijks de moeite loont de toedracht te vertellen. Veel jaren geleden bezocht ik als leerling het De Trinitate et Maria College, door de bewoners zelf het Trinimat genoemd, wat ook de naam van een bij ons favoriet eindspel was. Alleen de allerbegaafdste spelers behaalden eer met het Trinimat, een keer in de drie jaar, en hun namen werden door een bebrilde secondant in de hoek van het wiskundelokaal gekrast, soms heimelijk betast door vingers van dromende aspiranten. Na veel smeken en dreigen van mijn kant was ik door mijn opvoeders op het College geplaatst, eindelijk vrij van huis, eindelijk zonder helpers losgelaten in de jungle van de vrijheid die ik zozeer boven alles zou stellen in mijn leven dat ik er nog eens met lege handen uit zou komen. Want van twee dingen gaan het goede en het slechte altijd samen op. Zelfs Socrates verwonderde zich daarover toen hij over zijn been wreef dat net van de boeien was verlost en constateerde dat onmiddellijk na de pijn van de kluisters het genot van de bevrijding optrad.

Op dat beruchte en beroemde College werd ik op de dag van aankomst, omdat ik nogal klein van stuk was, in de eerste rij banken geplaatst. Dat is geen gunstige plaats. Men mist het overzicht en wordt gedwongen op intuïtie of gehoor beslissingen te nemen. Ik betreurde mijn positie maar zag kans om, voordat de drilmethode onze nekken boog naar de opgaven van het leerboek *Van Thales tot Euclides*, dat ons geheel nutteloos opdroeg het tientallig stelsel door het twaalftallig te vervangen, een blik over mijn schouder te werpen. Zodat ik kon inschatten op welk geluid uit welke hoek ik het snelst zou moeten leren bukken. Ook later weet je nog zoveel dingen nauwkeurig.

Ik heb daar eens, meer dan dertig jaar later, een gesprek over gehad met een vriend, op een hete zomernacht onder de sterren, niet ver van Afrika. De vriend en ik kenden elkaar al meer dan een kwart eeuw. Hij had een hoge positie in het Europese buitenland verworven. Samen met zijn partner voerde hij een klein bedrijfje binnen de provincie van de intertextuele wetenschap. Door puur toeval en een gunstige hand van beslissen had hij op drie plaatsen in Europa bezit verworven. In één geval zelfs was de ineenstorting van het internationale communisme hem ongevraagd te hulp geschoten, wat de reden was dat hij een jonge aanstormende literator, die niet de Val van de Muur maar de verbouwing van de Dagmarkt aan de Biltstraat te Utrecht de grootste intellectuele gebeurtenis van zijn leven noemde (zie boven), te pas en te onpas citeerde. Er was veel wat deze vriend tot een gelukkig mens maakte. Maar hij zei: 'Ik weet dit alles. Ik weet nog veel meer, ook van de venijnige dingen die gepaard gaan met welvaart en geluk. Maar ik kom er niet onderuit dat als ik denk aan de tijd van mijn eerste vriendschappen een hevig verdriet mij verlamt, zonder dat ik begrijp waarom dingen die geen enkele kwaadaardigheid of armoede duldden toen ze aan de orde waren, mij nu verdriet opleveren.'

Toen ik mijn eerste dag op het College kans zag een blik over mijn schouder te werpen, zag ik iemand in die halve seconde die ik nodig had voor de heen-en-weerbeweging, over wie ik besloot dat die het werd: mijn beste vriend. Zo was het besloten en zo werd het uitgevoerd. Ik heb al aangegeven hoe eenvoudig zoiets bij mij gaat. Een ander moet maar eens uitleggen wat de voordelen zijn van een vooruitgeschoven positie in combinatie met een overzichtsstelling binnen een vriendschap. Men verliest er nooit zijn Waterloo mee. Het was mijn eerste beste vriend. De vriendschap duurde een jaar.

Voortaan wist ik wat de methode was. Een feilloze blik, een oogopslag waarbinnen de beslissing valt, meer tijd is er niet voor nodig. 'Is verder "mooi" iets en "waardevol"?' 'Natuurlijk.' 'Heb jij nu een van dat soort dingen al eens met je eigen ogen gezien?' 'Absoluut niet.' Mijn buurman op de eerste rij noemde ik Simmias, een jaknikker die ondanks zijn adolescente Parkinson van vriendschap geen kaas had gegeten. Hij wist zijn vooruitgeschoven positie niet te benutten.

Ook mijn oorverdovende teleurstelling was het eindpunt van een oogopslag, vier jaar geleden. Dit keer liep ik de paar honderd meter van de bakker-om-de-hoek naar mijn huis met in mijn hand een geel zakje met vier kleine broodjes, in mijn andere hand *de Volkskrant* waar ik een niet-geconcentreerde blik op wierp, half verwikkeld in een gesprek met iemand voor wie ik de Grote Liefde vertegenwoordigde – niet wederzijds – toen daar onder de ladder van een verhuiswagen iemand met uitgestoken hand op mij toe kwam. 'Ik zal mij maar meteen even voorstellen. Ik ben de nieuwe bewoner van de bovenste etage.' Ik had de sleutel van mijn voordeur stevig vast, liet mijn gesprekspartner voorgaan het huis binnen, maakte mij snel en afwezig van de handdruk af en vond tijd om mij in stilte te verwonderen over het open, lawaaiige zonlicht dat in de straat viel, over de veelbelovende kleinschalige bedrijvigheid, over de moderne techniek die het Amsterdamse hijsen tot het bestand van het oudheidkundig museum had bevorderd – toen ik de voordeur achter mij hoorde dichtvallen en er met mijn rug tegenaan leunde en de brede marmeren gang van mijn huis in staarde, waar de aanbiddende achter een van de deuren was verdwenen. De teerling was geworpen.

Ik had zojuist de hand gedrukt van iemand aan wie mijn leven onherroepelijk verbonden zou raken, zonder dat ik daar enig verweer tegen had. Die liet daar maar even het eigen meubilair hydraulisch naar boven klimmen. De dozen met potten en pannen, de dozen met de boeken en platen, de voorzichtige kamerplanten, de talloze dozen met strikken en pakjes die het duidelijkst zichtbare en meest feitelijke geheim van iemands leven zijn. Helder, maar enigszins buiten adem stelde ik vast dat degeen die ik zojuist had begroet, alles invulde wat voor mij was bedoeld. Het moet voor ons toch niet zo moeilijk zijn om onze persoonlijkste hiërarchieën in een handomdraai te wettigen?

Toen al kon je mij niet meer bestempelen tot de Simmias van de Plato-adepten. De man die op alle onzinnige vragen die hem worden voorgelegd, maar één antwoord weet: 'Kennelijk, ja.' 'Maar ach, beste Simmias, ik vrees dat zoiets niet de beste ruil is als je je wilt ontwikkelen: genot tegen genot, pijn tegen pijn en angst tegen angst in te wisselen, en wel groot tegen klein, net als bij munten. Nee, de enige juiste munt waartegen je dat allemaal kunt inwisselen zal inzicht zijn en met dat inzicht zullen inderdaad moed, matigheid, rechtvaardigheid en alle echte kwaliteiten gepaard gaan – of genot en angst en al dat soort dingen er nu bij komen of af gaan.' 'Kennelijk, ja,' zou Simmias zeggen. Maar naar de hel met Simmias! Laten we ons eerder afvragen wat de pijlsnelle samenwerking van de zintuigen niet voor beslissingen veroorzaakt. Niet de schoongewassen ziel, het onaangerande moralisme van het inzicht. Maar de vier verse broodjes in een geel zakje, waarvan ik er twee overhandigde aan de aanbiddende, terwijl ik het besluit nam dat dit de laatste handeling was die ik tegenover haar zou verrichten. De wegwijzers naar het toeval waren in één klap in een andere richting gedraaid. Ik in ieder geval was niet bestand tegen het feest dat de praktische zintuigen kunnen aanrichten. Zonder inzicht desnoods. Ik had een nieuwe beste vriend ontdekt en zou me aan die vriendschap wijden.

Ik vind het moeilijk, ik vind het werkelijk ingewikkeld om over de teleurstelling te praten die op die zondagmorgen op het Franse dorpsplein de omvang leek aan te nemen van een voldongen feit. Het is namelijk zo dat ik het niet makkelijk vind een onderscheid te maken tussen de normen en waarden die ik heb verworven als persoonlijk eigendom en die die van buitenaf komen en mij aantrekkelijk lijken omdat ze in het algemeen – en juist niet voor mij in het bijzonder – tot goede en tevreden dingen leiden die het de mensen makkelijk maken hun tranen de vrije loop te laten over voorbije zaken. Zoals mijn vriend niet ver van Afrika deed. Ben ik koppig omdat ik gehoorzaam aan de aanwijzingen van de intuïtie en geen acht sla op de monarchie van het inzicht? Laat ik het duidelijker zeggen: moet ik mijn teleurstelling ombuigen naar iets dat mij tot voordeel strekt? Bijvoorbeeld dat een mooiweervriend weliswaar niet kan tippen aan een beste vriend, maar altijd nog te verkiezen is boven helemaal geen vriend? Zo te redeneren zou getuigen van een goed inzicht in de beperktheden van loyaliteit. Maar wat verzet zich dan in mij zo hevig tegen een dergelijke gedachtegang? Waarom stuur ik, naar mijn gevoel stuurloos, op iets anders aan? Een vaag gevoel van onbehagen en scepsis, is het antwoord.

Dat werd me duidelijk in de confrontatie met het Vergeten Schilderij, elke keer als ik onder de stilstaande klok in de restaurantruimte de maaltijd gebruikte. Sinds de aankomst van het echtpaar uit Bordeaux begon ik te vermoeden dat ik op het juiste spoor zat. En weer was het waarneming, niet inzicht wat mij de weg wees.

Op een regenachtige dag, nadat ik onafgebroken vanaf huis door de regen had gereden, stond ik tegen het vallen van de avond bij een kleine, bijna droogliggende haven aan de oever van de Gironde. Een blauw-rood geverfde boot was, met dank aan het naar de bedding van de rivier teruggelopen water, bij het sluisje op zijn zij in slaap gevallen. Op dat moment brak de zon door.

De Gironde is geen rivier zoals een rivier dat is, geen zee als de zee, maar iets daartussenin: een brede gele stroom waarop de grote boten voeren die mij deden denken aan vergetelheid en bestemming, aan uitvalsmogelijkheden aan het eind van de dingen en de eeuwig hernieuwde poging. De Gironde was langzaam, sterk, duwend en trekkend, maar altijd kalm, geel, onverstoorbaar, breed, leek het me. Ik besloot op zoek te gaan naar een hotel en mijn teleurstelling onder ogen te zien. Drie weken eerder had er een kleine onregelmatigheid in mijn leven plaatsgevonden, waarvan de oorzaken op het moment bij de Gironde niet meer van belang waren, maar wel de gevolgen. Ik had mij toen tot mijn eigen schrik zo ontheemd gevoeld, zo wegglijdend in drijfzand zonder dat ik in de gaten had waarom het gebeurde, alleen dat het gebeurde, dat ik mij in slecht gekozen bewoordingen – in paniek zou je vergoelijkend kunnen zeggen – tot mijn beste vriend om hulp had gewend. Slecht gekozen bewoordingen. Hoogdravende woorden. Dansende letters. Hulpwerkwoorden die de ander op het verkeerde spoor zetten. Een grammatica van de angst waarop geen antwoord meer te formuleren valt. Een lexicografie van de leugen. Een morfologie van de dood. De taal kan verleiden tot alles. Het is de enige keer dat Socrates, op de vooravond van zijn dood, blijk geeft van enige twijfel als hij zegt: 'Want ik ben het er bepaald niet mee eens dat wie de dingen in woorden bestudeert ze meer als beelden ziet dan wie ze in de praktijk bestudeert.'

Mijn beste vriend begreep mijn woorden niet en kon mij niet helpen. Ik moest alleen de leegte in. Toen heb ik het gezien: de leegste plek op aarde. Waar geen woord je meer ten dienste staat; waar alles wegwaait als kaal geluid waaraan resonans vreemd is; waar radiocontact ontbreekt en de helmstok gebroken is; waar je alleen maar uit de verte kunt zwaaien naar Kaap Hoorn, dat meedogenloze blok steenbok dat slechts teken van superioriteit geeft, waaromheen je je kleine boot trekt voordat de daar altijd aanwezige storm je het bewustzijn doet verliezen. Eenmaal in kalm water bedacht ik dat men slechts één keer in zijn leven om Kaap Hoorn kan varen, omdat daar de verschrikkingen tot aan het eind te doorzien zijn. Geen beste vriend kan je daarvoor behoeden.

Toen ik dat had begrepen vluchtte ik weg en kwam tot stilstand bij Saint-Christoly, het drooggevallen sluisje aan de oever van de Gironde. In de eetzaal van het hotel waar ik aanlegde at ik de beste mosselen van mijn leven en verwonderde me over het Vergeten Schilderij. Het trok onmiddellijk mijn blik. Maar kennelijk niemand anders blik. Want waarom zou het daar zo hangen te midden van fotobehangpapier van een waterval in Zwitserland? Waarom was nog niemand op het idee gekomen dat schilderij van de muur te haken, onder zijn arm te nemen, de eetzaal uit te wandelen als ging men een luchtje scheppen, het doek in de kofferbak te laden en weg te rijden met het gevoel het allerbelangrijkste besluit te hebben genomen? Misschien verhinderde de afbeelding, de inhoud, de dubieuze combinatie van vertelde en vorm wel iemand om zoiets, zo'n daad van perversie te plegen. Het schilderij had een slot op zichzelf. Het afgebeelde was namelijk Het Vergeten zelf.

Preciezer! Alles moet nauwkeuriger! Op het doek zag men een oude man, gekleed in een zwarte kaftan, een kalotje of keppeltje op het hoofd, in diep gepeins verzonken zitten. Hij zit in een Franse kamer waar lichtgroene deuren toegang bieden tot kamers en suite. Op een tabouretje naast hem zit een jonge vrouw in een lange witte jurk die het tot haar taak rekent over hetzelfde vraagstuk in gepeins te zijn vervallen als de oude man. De eerste indruk is dat de man Matisse is. Dezelfde baard, dezelfde norse blik, dezelfde korzelige concentratie die we van de foto's van Brassaï of Gisela Freund kennen.

Bij nadere bestudering blijkt de man een schildersstok in zijn werkeloze hand te houden. Bij een volgende blik blijken de man en vrouw niet in woorden, in gedachten dus, de oneindige problemen van het leven te overdenken maar bestuderen ze de onzegbare dingen in de praktijk, om er een beter beeld van te krijgen. Ik kon moeilijk een uitroep van verrassing onderdrukken toen ik ontdekte dat hun blik niet op oneindig stond maar geconcentreerd was op iets dat de beschouwer van het schilderij in eerste instantie niet kon opvallen. Omdat het en profil was geschilderd, een dun streepje witte verf was, een onbetekenende dunne lijn vergeleken bij de groene lichtvlakken die wezen op de aanwezigheid van kamers en suite. Waar beide figuren zo intens in waren verdiept was een totaal blanco opgespannen schildersdoek!

In de verwarring over mijn verrassende ontdekking wilde ik snel tot de conclusie komen dat het duo aan het nadenken was over wat nu weer te schilderen. Ongeveer zoals de schrijver van het absolute meesterwerk weet dat hij op het minimum van zijn kunnen is beland omdat het vervolg afwezig is. Hij trekt aan zijn pijp, de schrijver, en benijdt het jonge aanstormende talent dat de verbouwing van de Dagmarkt aan de Biltstraat te Utrecht beschouwt als iets dat hem intellectueel meer heeft gevormd dan die avond in Berlijn, toen onder de kwartslampen bij de Brandenburger Tor de eerste aarzelende mensen een paar stappen zetten in het niemandsland tussen een opgebruikte kwaliteit en een doodlopende ideologie.

Maar toen ik weer terug was bij mijn mosselen, riep ik mezelf tot de orde: dat was niet het probleem van de man met het kalotje en de jonge vrouw op het tabouretje. Zij verdiepten zich met overgave in de vraag of het lege doek voor hen het landschap was waarin ze al het vorige waren vergeten. ('If all Knowledge is Recognition, all Novelty is but Oblivion,' zei Francis Bacon toen hij Plato had gelezen.) Ofwel dat ze zich zouden beperken tot de praktijk van de juiste streek verf die de vaas bloemen op tafel en het licht daarop zodanig zou representeren dat er iets anders ontstond, dat op zijn beurt weer voorbij gestreefd kon worden.

Ik verzette me ertegen dat je op zo'n manier altijd bij Plato uitkomt. Ik had een beste vriend verloren. Niet een hele reeks van beste vrienden.

Op dat moment werd mijn aandacht getrokken door de vrouw van het echtpaar uit Bordeaux, die mij vroeg of ik al lang in het hotel verbleef, uit welk buitenland ik kwam, of ik ook zo te lijden had gehad onder het weer van de afgelopen dagen en wat mij had bezield om zo buiten het seizoen op vakantie te gaan. Ik nodigde haar uit toch plaats te nemen en een afsluitende kop koffie met mij te drinken. Ze nam plaats, zuchtte, draaide zich half van mij weg, maakte een terloops handgebaar naar het Vergeten Schilderij en zei: 'Ik begrijp niet waarom ik niet vanavond nog vertrek en dat ding daar meeneem.' Haar man had de eetzaal al verlaten voor een avondwandeling en ik zat daar onhandig, me afvragend of ik ooit het verlies van een beste vriend zou kunnen vergeten met een voorbijgangster die blijk gaf van eenzelfde gedachtegang als de mijne, voortkomend uit een waarschijnlijk even grote teleurstelling.

Die nacht hield ik haar wakker en ze was heerlijk.

Toen ik de ochtend daarop mijn koffie dronk en uit de *Sud-Ouest* opkeek, hing het Vergeten Schilderij er niet meer. In een eerste reactie wendde ik mijn ogen af en overdacht de onvermoede nacht, waarin vooral de gratie en de hoffelijkheid waarmee de vrouw uit Bordeaux mij had bejegend zonder haar toevlucht tot woorden te nemen, voor mij als balsem waren geweest na de teleurstelling die mijn beste vriend mij had berokkend. Ik was nog steeds alleen, diep en met enige angst doordrongen van het absolute karakter van mijn eenzaamheid, maar er was een luwte in de golven rond Kaap Hoorn geweest. Het is goed om van het lichaam van een vrouw te houden. Toen keek ik opnieuw.

Ik riep de jongen die mij mijn ontbijt had gebracht. Die wilde mij niet begrijpen. Hij zei dat daar waar het schilderij had gehangen nooit een venster was geweest; hij vroeg of hij mijn zorgen kon verlichten door een ander raam open te zetten; hij wees me erop dat het de eerste dag sinds weken was dat de postbode zijn regencape had kunnen thuis laten en wenste mij zo langzamerhand naar het andere eind van de wereld. Ik stond erop dat de patroon mij uit de brand zou helpen. Dat was een kleine, enigszins vuile man met dikke brillenglazen die mij elke avond het verschil uitlegde tussen Médoc en Haut-Médoc en steevast zijn verhaal ermee besloot dat een goede wijn was als een goede vrouw die iemand het leven veraangenaamde.

Nee helaas, het speet hem verschrikkelijk, maar die deur had daar altijd gezeten en die deur ging eigenlijk nooit open, maar het was nu eigenlijk ook weer niet de moeite waard om hem dicht te timmeren. Natuurlijk had hij ook de deur kunnen behangen met de Zwitserse watervallen, maar als hij het zich goed herinnerde was het behangpapier, de fotorol, niet meer toereikend geweest en een deel van een waterval had toch afbreuk gedaan aan de idyllische bedoeling van de voorstelling. Dus had hij het zo maar gelaten. Maar natuurlijk kon hij die deur voor mij openmaken. Er was niets bijzonders dat hij had te verbergen, al was het niet veel wat er zich achter die deur bevond. Als ik even met hem wilde meelopen? Hij opende de deur voor me en ik betrad een donkere betonnen ruimte, hard blauw en wit geschilderd, waar kratten stonden opgeslagen en een oude fiets en een autoportier, zo te zien van een Sahara-gele Renault 4. In de verte leidde een donkere gang naar de keuken. Ik vroeg of het echtpaar uit Bordeaux al naar beneden was gekomen. Die waren 's morgens vrij vroeg vertrokken.

Misschien dat hij mijn ontreddering zag daar in die donkere ruimte, waar de ontheemding die ik had gevoeld na het lou loene van mijn beste vriend nog een herinneringsklokje liet luiden omdat de vrouw uit Bordeaux was weggegaan. Misschien ook was de man van nature geneigd tot ongevraagde intimiteiten en inspireerde de donkere vochtige ruimte hem. 'Weet u,' zei hij en ik rook zijn wat onfrisse geur, 'ze komen hier en ze zijn ongelukkig. Ze blijven een paar dagen en dan zijn ze in één nacht zo gelukkig geworden dat ze weer op de vlucht moeten. Het is de liefde. Het is altijd de liefde.' Ik kon daar niets mee. Ik liep weer terug naar de gelagkamer en keek vanuit de deuropening naar de blauwe lucht, waar frisse wolken langs dreven. Er was niemand te bekennen op het dorpsplein. Ik dacht aan haar ogen onder mijn mond. Ik dacht hoe men een vriend kon hebben voor goede tijden en hoe men het geluk, mits men het niet als een afspiegeling van het goede, het ware en het schone leerde zien, met kleine porties per keer kon aannemen. Uit de praktijk zogezegd. Niet in abstracte grootheden. Ik besloot terug naar het noorden te reizen.

'Wat was dat nou met dat Vergeten Schilderij,' vroeg de vriend toen ik mijn reisverhalen had opgediept, 'had de vrouw uit Bordeaux het werkelijk ontvreemd of is dit weer een van die verhalen van je die niets over de werkelijkheid zeggen omdat je het allemaal hebt gedroomd?' Ik stond maar eens op om de lege schalen naar de keuken te brengen. In het voorbijgaan waagde ik het even mijn hand in de nek van de vriend te leggen en het haar daar in een klein staartje te pakken. 'Morgen zul je die mooie haren wel laten afknippen, Phaedo,' zei ik en ik bekommerde me er niet om dat die woorden onbegrepen bleven. Al had ik er dan ook mee willen zeggen dat we de strijd nog niet hadden opgegeven, dat we ons haar niet zouden laten groeien voordat we de strijd tussen de zichtbare en de onzichtbare wereld in het voordeel van de eerste zouden hebben beslecht. Ik was Plato voorgoed ontrouw geworden. Ik had Socrates' eigen woorden tegen hem gebruikt. Ik had ermee gezegd dat er niet zoiets bestaat als een beste vriend, een vage abstractie die tot ongeloofwaardigheid leidt. Een vriend voor mooi weer is goed genoeg.

'Vertel nu eens,' zei mijn vriend voor mooi weer toen ik met de fles armagnac en twee glazen uit de keuken terugkeerde, 'ik moet toch altijd om je lachen, je benadert de wereld op zo'n grillige manier. Zeg nu eens of dat Schilderij er echt was of dat het iets anders is, iets waarmee je me iets duidelijk wilt maken. Want een van de twee: of iets is echt zo of iets verwijst naar iets wat we nooit op een andere manier kunnen zeggen.'

'De ware toedracht ligt in de handen van de vrouw uit Bordeaux,' antwoordde ik, 'en zij zal me nooit verraden omdat ze me nooit de kans heeft geboden om dichterbij te komen. Dat is niet meer dan rechtvaardig.'

Terug in het laboratorium

Het was op een regenachtige ochtend in oktober dat ik wakker werd uit een heerlijke slaap met een heerlijke droom en dit godsgeschenk beantwoordde met een spontane huilbui. Schaamte overviel me toen me de tranen over de wangen liepen, want men heeft toch wel beter te doen dan verdrietig te zijn over iets moois dat men ongevraagd in de schoot krijgt geworpen. Vastbesloten om aan deze flauwekul een eind te maken stapte ik uit bed om in het geruststellende licht van de keuken een kop koffie te maken en met de altijd zo bescheiden ochtendvriend, de espresso, in de hand maakte ik me op om nog even, rechtop zittend in bed, de nieuwe dag onder ogen te zien. In het voorbijgaan legde ik de cd van de viool-klavecimbelsonates van Bach in de speler. Dat had ik beter niet kunnen doen.

Ik heb in de loop van mijn jaren geleerd hoe een verhaal moet worden verteld. Eigenlijk is er maar één regel: verlies je doel niet uit het oog. Begeef je in alle mogelijke speculaties, gedraag je als een jonge hond in vers zwemwater, maar vergeet nooit wat je bedoelt, ook al zul je het nooit zeggen, ook al formuleer je je doel nooit, zelfs al ken je het niet eens – de stelregel blijft: verlies het niet uit het oog.

Ik had het graag anders gewild. Ik had liever de wereld in kaart gebracht, zoals Aristoteles deed, ik had liever de plattegrond getekend van al het bestaande en me verwonderd over de buigzaamheid of juist de beperktheid van categorieën. De eeuwig gelukkige jigsaw-puzzelaar was ik liever. Degeen die moeiteloos de hemelstukjes van de stukjes aarde scheidt. Die zegt: deze stukjes horen bij de linkerzijde van de afbeelding, waar de rivier langs de boerderij stroomt. Zie je wel? Je kunt het zien aan de kleur.

O, wat was ik graag iemand die de boel niet in de war stuurde. Lucht bij lucht. Aarde bij aarde. Vuur bij vuur. Steen et cetera. Een beste vriend kan maar één iemand zijn, niet een ander iemand. Een mooiweervriend, daarvan bestaan er in soorten en maten. Houd je bij de categorieën die je je hebt eigen gemaakt. Als je beste vriend die rol niet kan dragen, zet hem dan bij in een andere categorie en vergeet je Platoons absolutisme. Verheug je echter des te meer in de deugd van de bescheidenheid, waarbinnen je leven zich afspeelt.

Ik was mijns ondanks, uit noodzaak zogezegd, een Aristoteliaan geworden, maar ik was van dat feit nog niet doordrongen toen ik die ochtend Bach opzette. Hoewel Socrates het afraadde was ik, in mijn slaap, ten prooi gevallen aan de verlangens van het lichaam. Waarom ik huilde toen ik wakker werd, was om dat kleine gebied waaraan ik nu werkelijk niets kon veranderen, zelfs als ik er mijn leven aan zou geven. Ik zou de helft van al wat ik heb geschreven willen geven om een oude wijze vrouw te zijn die zegt dat niets ertoe doet behalve geduld. Het geduld om te verdragen wie we zijn.

Ik was verliefd wakker geworden. Dat was de moeilijkheid. Ik had me in mijn droom gekoesterd gevoeld door iemand die er in het echte leven werkelijk niet toe deed – en hij tilde mij op en danste met mij en hield ernstig andere kapers van de kust, want hij wilde mij en ik wilde, een beetje verbaasd en verdwaasd, hem. Daar kwam mijn droom op neer.

Vroeger beweerde men dat dromen voorspellende waarde hebben. Zo kon de op één na jongste van Jakobs kinderen, Jozef, het via de droomuitleg tot onderkoning van Egypte brengen. Tegenwoordig gelooft men eerder dat in de gangen en stelsels van de droom onverwerkte verlangens of angsten worden uitgebeeld in een onbegrijpelijke maar desondanks door de dromer zelf wel degelijk begrepen grammatica. We leiden onszelf om de tuin door ze zo snel mogelijk te vergeten, alsof het katten zijn die de deur uit vluchten zodra we onze ogen opendoen. Het is je behoud. Dromen wegen zwaar.

Dit alles overdacht ik die oktoberochtend in bed en spoedig, eigenlijk al binnen een minuut, was de hele verliefde droom vergeten, was de man in kwestie in rook opgegaan. De vraag die me nu begon bezig te houden was waarom ik eigenlijk in al die jaren nooit van mijn beste vriend had gedroomd, op die ene keer na dat hij in een vuurrode en ik in een donkerblauwe jas onder de poort van het Rijksmuseum door vluchtten. Maar dat was jaren geleden en had geen enkele voorspellende waarde gehad.

Maar nu, zelfs in de drie maanden dat ik binnenskamers mijn wonden likte, was het er niet van gekomen dat mijn beste vriend al was het maar aan de zijlijn, vanaf de kant, in mijn nachtelijke partijen figureerde.

Het bevestigde me in mijn mening dat ik het beste niet naar Plato kon luisteren als hij Socrates tegenover Phaedrus de liefde laat bezingen die van de ogen uitgaat en door de ogen de ander bereikt 'die het geen liefde noemt, maar vriendschap en gelooft dat dat het is' – dat de liefde die vriendschap heet ontstaat uit een verschrikte herinnering aan de Idee van Schoonheid. Zodra we bij de wereld van de Ideeën komen is schrik ons deel.

Nee, nee, dat alles had ik afgezworen. Ik was al zo goed als bezweken voor de gedachte dat alles wat ons overkomt en ons diep raakt ontstaat uit een misverstand dat in stand moet worden gehouden zolang het de betrokkenen tot voordeel strekt, maar ook geen minuut langer. Voor de zoveelste keer in de afgelopen drie maanden bekeek ik mijn omgeving met de ongehoord krachtige wens alles wat er maar enigszins goed aan was, luid te prijzen. Dit was mijn laboratorium tenslotte. Tot het uitbuiten van deze positieve impuls was ik overgegaan toen ik eens per abuis in een vervelende situatie terecht was gekomen die Kafka had kunnen bedenken, maar die uit werkelijkheid bestond.

Het was op een avond dat ik een van mijn vrienden had opgebeld of hij niet een partij met mij wilde komen schaken. Het had de hele zomer geregend en ook die avond ruiste een gestage regen op de bomen in mijn tuin. Nadat we de stukken hadden opgesteld en wat plichtmatig hadden geopend, bekende ik hem dat ik hem eigenlijk had gebeld om niet alleen te hoeven zijn, de lange wachttijd voordat ze me zouden komen halen. Ik wees op de kleine koffer die ik had ingepakt.

'Wie komt je halen? Ga je weer op reis? Je bent net terug,' zei hij. Hoe moest ik hem duidelijk maken dat het dit keer niet ging om een grote reis van zesduizend kilometer, de ronde van Frankrijk en Spanje, een reis waar ik veel over had willen vertellen maar angstvallig mijn mond over had gehouden. Nee, dit keer had ik ergens een rustige kamer gereserveerd en iemand zou me daarheen brengen. 'Midden in de nacht?' vroeg de vriend terwijl hij zijn loper op een bedenkelijke plaats zette. Ik snoerde hem met mijn volgende zet de mond.

Iets voor middernacht stonden ze plotseling midden in mijn huis. Ze waren met z'n drieën gekomen. Druipend van de regen stonden ze in het midden van de kamer, waar wij wat bedremmeld en lacherig van het schaakbord naar hun strakke gezichten keken. Er viel hier niets te lachen. Misschien kwam het door hun hoog opgeknoopte regenjassen dat ik 'Rusland' zei. Het viel niet in goede aarde behalve bij de vriend, die een korte blaf-achtige lach liet horen.

Ik liet de heren plaatsnemen. Er moesten wat formulieren worden ingevuld. Het was allemaal ingewikkelder dan ik kon bedenken en in plaats van me te verheugen op een paar rustige dagen, begon ik een lichte weerzin te voelen tegen hun betweterigheid, tegen de plasjes water die zich rond hun lompe schoenen op mijn parket vormden, tegen de koffertjes op hun knie die ze gebruikten als lessenaar voor hun zuivere aantekeningen. Juist toen ik me dromerig afvroeg waarom uitgerekend de dikste van de drie op mijn breekbaarste stoeltje was gaan zitten, beet de jongste me toe dat er moest worden getelefoneerd en dat de vriend en ik zich buiten gehoorsafstand dienden te begeven.

In de tuin rookten we een sigaret. De regen was opgehouden, maar overal om ons heen klonk het druppelen en stromen van water. Het was een warme augustusnacht en de geur van de kamperfoelie mengde zich met het aroma van onze sigaretten. Ik denk dat ik lange tijd niet zo'n diepe stilte zal meemaken als in mijn tuin op dat moment.

'Weet je wat Dian altijd antwoordde als ik verzuchtte: wat leven we lang?' vroeg ik. De vriend naast me blies zijn rook langzaam naar de toppen van de rode beuk. 'God,' zei hij, 'is dat alweer een jaar geleden, dat ze stierf?' 'Ze antwoordde steevast: je moet niet zeggen wat leven we lang, je moet zeggen wat leven we veel,' zei ik. De vriend naast me maakte sissende geluiden naar de rode kater die voorzichtig over de rand van de schutting kwam verkennen hoe het stond met de regen.

Weer terug in huis kreeg ik te verstaan dat er slechts twee kamers vrij waren. 'Een is genoeg,' zei ik en de vriend achter mij blafte zijn korte lach. 'Ik breng je wel, mijn auto staat vlakbij,' zei hij en dirigeerde de drie de deur uit. Ik deed op het laatste moment nog een schrift en een pen in het koffertje. 'Waarom in godsnaam met z'n drieën,' zei de vriend toen hij de kamer weer binnen kwam. 'Kijk eens wat ze hebben vergeten? Dat is pure winst,' en hij stak een donkerblauwe paraplu omhoog, die zich met een droge klap ontvouwde. 'Niet doen,' zei ik treurig, 'dat brengt ongeluk.' Maar het kwaad was al geschied. Ongelukkig keken we naar de onbesliste stelling op het bord.

Korte tijd later bevond ik me in de Hel. Ik had me daar tot dan toe geen voorstelling van gemaakt en hoewel Socrates beweert dat de hel onder de aarde ligt, wist ik zeker dat ik me in het centrum van de stad bevond. Dat het de Hel was wist ik omdat ik binnen enkele seconden van alles was beroofd. Naakt en dwaas stond ik voor een boze zwarte vrouw die mij begon te duwen in de richting van een douche waar slechts een dun stroompje koud water uit kwam. 'Afdrogen,' zei de Surinaamse. 'Hemd aantrekken.' Beleefd vroeg ik waar mijn spullen waren, mijn toilettas, mijn ochtendjas, mijn pen en schrift. Ze wees op een stapeltje schoon ondergoed dat ik mee kon nemen en vervolgens op een plank waar ik mijn kleine blauwe koffer ontwaarde. Die bleef daar. Persoonlijk bezit was uit den boze.

Alles was uit den boze in de Hel. Zelfs je eigen slaap. Ik lag in een kleine kamer, klaar wakker, op een smal hoog bed. Ik had geprobeerd door een smal raam uit te vinden in welk deel van de stad ik me bevond. Maar de ruiten waren sinds de stofexplosie in 1910 niet meer gelapt en het enige dat ik kon waarnemen van buiten was een oranjekleurige nevel. Overdag zou die nevel grijsblauw gekleurd blijken. Ik sliep niet. Ik dacht niet. Ik luisterde, maar begreep niets van de stilte op de gang. Er waren hier geen geluiden. Zelfs de zwarte vrouw kon ik niet horen aankomen. Om de twee uur stond ze plotseling naast mijn bed om de bloeddrukmeter aan te leggen. Ze sprak geen woord. Ik zei ook niets – en dan lag ik weer in het donker en probeerde geluiden van de stad buiten op te vangen. Morgen wordt het beter, herhaalde ik tegen mezelf, morgen wordt het beter. Alles wordt beter dan dit.

Maar met het ochtendlicht groeide de Hel tot zijn ware dimensies. Buiten op de gang brak een Balkan-oorlog uit. Geschreeuw, geren van voeten, onwaarschijnlijk zware voorwerpen die tegen deuren, ook de mijne, werden gegooid, razende karretjes met rinkelend vaatwerk die tegen elkaar op botsten, scheldpartijen, vuistgevechten, aanmoedigingen, knokpartijen, rondzwaaiende knuppels, een waterballet. Ik lag doodstil op mijn rug en durfde nauwelijks adem te halen. Mijn lichaam had zich opgelost. Ik nam geen ruimte meer in. Ik bestond niet want ik dacht niet.

Even onverwachts als de oorlog was uitgebroken, verplaatste hij zich. Er daalde een ijzingwekkende stilte over de gang. Voorzichtig ging ik rechtop zitten. Ik keek mijn kamertje rond, maar het enige dat ik kon ontdekken was mijn stapeltje schoon ondergoed op de vensterbank. Verder was er niets, was er absoluut niets. Ik keerde weer enigszins in mijn lichaam terug door te beseffen dat ik naar de wc moest. De gang was verlaten en donker. Nergens kon daglicht doordringen. Ik liep met blote voeten over bruin linoleum langs rijen bruine deuren totdat ik een deur vond met een metaalkleurig vrouwtje erop en die behoedzaam openduwde. Ik stak mijn hoofd naar binnen. Bij de wastafels met de spiegels stond een blonde vrouw die als door een wesp gestoken haar gedeukte gezicht naar me toe draaide. Met twee grote passen was ze bij me, legde haar hand tegen mijn voorhoofd en duwde me hardhandig naar buiten. 'Verboden voor Fase 1,' riep ze schel, 'laat ik je niet nog eens zien.' Ze klapte de deur in mijn gezicht dicht.

Vijf minuten later zag ik in de doolhof van bruine gangen een glazen kooi waar mensen onder tl-licht in ordners zaten te bladeren. Ze keken verstoord op toen ik binnenkwam. 'Wat moet je?' vroeg de negerin die van achter een archiefkast opdook, 'waarom loop je zo rond? Waarom heb je geen peignoir aan?' 'Mijn badjas zit in mijn koffer,' zei ik, beschuldigingen vermijdend, 'en het wordt mij onmogelijk gemaakt naar de wc te gaan.' Ze zuchtte en duwde me voor zich uit, de gang weer in, een of andere richting op. 'Is het daar niet verboden voor

Fase 1?' vroeg ik vriendelijk, maar ze draaide me schouderophalend de rug toe.

Terug op mijn hoge bed probeerde ik me te concentreren op de betekenis van het kennelijk behoren tot Fase 1. Het leek me geen uitverkoren positie. Veel tijd had ik niet voor dit probleem, want de Balkanoorlog buiten de deur ging van het ene op het andere moment een nieuw offensief aan. Te midden van dit tumult vloog mijn deur open en een stem riep: 'Ontbijt!' 'Waar?' riep ik verwilderd terug. 'Huiskamer,' klonk het al verder weg. Ik sloot mijn deur en ving een glimp op van gekleurde jongemannen in helle trainingsbroeken met vale T-shirts erboven. Juist toen ik weer op bed klom, zwaaide de deur voor de tweede keer open. 'Ontbijt!' klonk het, nu regelrecht dreigend.

In de huiskamer drong de waarheid van de Hel pas goed tot me door. Er was een voortreffelijk ontbijt: vijf soorten jam, hagelslag, pindakaas, chocoladepasta, thee, koffie, witbrood, bruinbrood, roggebrood, beschuit, worst, kaas. Ik had geen honger. Ik vroeg om een beker melk. Dat was verboden. 'Verboden?' vroeg ik, 'sinds wanneer is melk verboden?' Nee, dat begreep ik niet goed. Ik kon hier op elk moment van de dag melk drinken, zoveel ik maar wilde – daar stond de ijskast – maar niet tijdens de maaltijden. 'Dan ga ik maar weer wat liggen,' zei ik, 'ik heb de hele nacht niet kunnen slapen.' Dat kon niet. Dat was verboden. Ik moest aan het programma meedoen. 'Oké,' zei ik en zat het ontbijt uit.

Mijn huiskamergenoten waren een man van in de vijftig en een blond jong ding, een spring-in-'t-veldje op wie de man duidelijk verliefd was. Toen de begeleidende instantie was verdwenen vroeg ik hun naar het programma. Ze waren uiterst behulpzaam, ze haakten stencils voor me van de muur, ze deden de afwas terwijl ik moest blijven zitten, ze zetten koffie, ze leegden de asbakken en boden me sigaretten aan. Ik kon dan rustig het programma bestuderen. Ik mocht ook in de Bijbel lezen die de man altijd bij zich droeg. Ik keek rond. Er was niets anders te lezen.

Drie dagen hield ik me aan het programma. Dat bestond uit ontbijt om acht uur, schoonmaken van keuken, wc en douche, warm eten om één uur, broodmaaltijd om zes uur, televisie uit en huiskamer op slot om middernacht. Van de huiskamer kon je vijfenveertig passen heen en terug in de gang maken. In de huiskamer stond een monumentaal donkerbruin bankstel waar een miljoen sigaretten in waren uitgedrukt. Twee ramen toonden een grijsblauwe nevel. De televisie zond een nationale inzamelingsactie ten bate van neushoorns uit. Vanaf de gangen van Fase 2 drongen soms geluiden van de Balkanoorlog tot ons door. We zaten op banken waar je je hoofd niet kon steunen. Ik keek naar de neushoorns en naar prins Bernhard terwijl de man me uitlegde waarom hij Jehova's Getuige wilde worden. Het jonge ding dartelde om ons heen en vroeg om het uur of ze het haar in een staart moest dragen of los zou laten hangen. De man kamde de haren van het jonge ding, terwijl ik probeerde in de Bijbel te lezen. De man begon opnieuw over het hoe en waarom van zijn reddingschap. Het meisje wilde mijn nagels vijlen. We zetten een pot verse koffie. We boden elkaar sigaretten aan. We waren uiterst hoffelijk en voorzichtig.

Als de spring-in-'t-veld even naar de wc ging, drukte de man mij op het hart toch vooral goed op haar te letten, want naar mij luisterde ze, ik was een aardig en verstandig iemand, dat zag je zo. Als hij iets uit zijn kamer ging halen, smeekte het ding me om haar te beschermen tegen hem, die de hele tijd haar haar wilde kammen. Als ik een regel in de Bijbel had gelezen moest ik mijn arm ophouden voor de boze negerin met de bloeddrukmeter. Geen melk aan tafel, zoveel als ik wilde erna. God heeft ons allemaal geschapen als mens, jou ook. Vind je mijn haar echt leuker zo? Ik weet dat ik het fout heb gedaan, maar God helpt iedereen. Wil je mijn vijl nog lenen? En de neushoorns – zie je dat? – de neushoorns sterven uit.

Telefoneren was verboden. De derde dag mocht ik opbellen. 'Kom me halen,' zei ik tegen de vriend die me had gebracht. 'Wil je weg?' vroeg de Surinaamse. 'Hoe laat?'

Voor de tweede keer die ochtend werd ik met een schok wakker. Naast mijn hoofd stond het kopje espresso, onaangeroerd maar niet meer dampend. De sonates van Bach waren verstomd, maar ze hadden mij op mijn tocht door de Hel begeleid en de tonen waren binnen mijn hoofd niet tot rust gekomen, alsof ze een schaduwbestaan leidden daar. Ik bleef doodstil liggen om alles te bezweren wat mij die ochtend van kwart over zeven tot acht uur was overkomen. 'Een misverstand,' mompelde ik hardop, 'ook dit was een misverstand,' daarmee zowel mijn gedroomde verliefdheid als mijn opname in de Hel ontzenuwend. En toen pas herinnerde ik me mijn opdracht aan mezelf vlak voor ik voor de tweede keer in slaap viel, na mijn huilbui over een fantoom: prijs wat er maar te prijzen valt, en ik zag de kleur van MacNairs geel-zwarte schilderij en het geel weerkaatste een dun streepje op de muur ernaast, een dun, nauwelijks waarneembaar geel lintje en ik dacht: kleur! Zolang je elke dag kunt zien met welke kleur je omgeving is gezegend, zul je je nooit in de donkerbruine Hel wanen. Je hebt vrije ogen. Je hebt geen programma, maar je hebt het centraalste van alle dingen: kleur.

Behoedzaam ging ik rechtop zitten en nam een slok van de koude koffie. Hoe minder je je beweegt, hoe beter je de verordeningen van de nacht bewaart. Mijn hond ontwaakte ook uit zijn tweede ochtenddroom, die heel wat vriendelijker was geweest dan de mijne en nog voordat hij zich met lange poten had uitgerekt en zijn kop op de rand van mijn bed had kunnen leggen met de woorden 'ze hadden daar uitstekende notentaart', waren de afgelopen drie maanden mijn hoofd alweer binnen gesprongen in het heldere besef dat de zoveelste dag was aangebroken dat ik mijn wonden moest zien te likken, zonder dat iemand ook maar een moment op de gedachte mocht komen dat ik dat aan het doen was.

Om twaalf uur werd ik op kantoor verwacht. Alles ging verder goed die dag. Ik dacht, toen ik om vijf uur 's middags mijn huis binnen stapte, dat ik het er weer eens zonder kleerscheuren had afgebracht. Eerst hadden de hond en ik onze ronde van een uur gemaakt. Die voerde langs de fontein op het Grote Plantsoen. Daar zat altijd de man, in weer en wind, altijd op dezelfde bank, altijd met hetzelfde bierflesje naast zijn schoen. Hij keek nooit naar me, hij vermeed mijn blik, maar hij volgde met zijn ogen mijn hond, die lenig op de rand van het bassin sprong en dronk. Die man zat daar elke dag, zonder aanspraak en wachtte tot mijn hond was langsgekomen. Of het om negen uur in de ochtend of om drie uur in de middag was. Als wij het plantsoen verlieten, verdween hij, god weet waarheen, ik heb hem nooit bij de groepjes verlaten bierdrinkers elders in de stad gezien. Dankzij ons hield hij het uit, dit godvergeten prachtige bestaan waar we allemaal te klein voor zijn.

Op kantoor sprak ik helder en ter zake kundig. Bij het koffieapparaat kwam ik de man tegen die mijn nachtelijke balboekje had gevuld. 'Wel verdorie,' mopperde ik toen de koffie over mijn handen stroomde en hij reikte me zo aardig, zo allerverschrikkelijkst aardig en lief een papieren handdoekje aan dat ik breed en open naar hem grijnsde. Hij kreeg een kleur. Alle hoop is nog niet verloren, dacht ik toen ik weer achter mijn bureau plaatsnam. Het was pas toen ik om vijf uur terug in het laboratorium kwam dat de werkelijkheid goed begon.

Het heeft mij altijd verbaasd hoeveel er te lijden valt onder het gemis van zaken waar je, voordat de zaak op je weg kwam, geen weet van had. Zo had ik het grootste deel van mijn leven te maken gehad met geliefden en vrienden en van die laatste categorie noemde ik degeen die ik het langst kende 'm'n oudste vriend' en degeen aan wie ik het vaakst een persoonlijke mededeling deed 'm'n beste vriend'. Totdat ik een aantal jaren geleden die ordening moest herzien. Ik ontmoette iemand – de omstandigheden doen er niet toe – van wie ik op het eerste gezicht wist dat er een term voor moest worden gevonden en naarmate onze vriendschap groeide bleek er geen andere term dan 'beste vriend' voor te bestaan. Wederzijds-wederkerig, soms op erg opgetogen momenten aangevuld met 'A-Number One'. Die categorie viel niet langer binnen het kader waarin mijn andere vriendschappen zich bewogen – het was directer, het was emotioneler, het was gelukkiger en wreder. Sinds onze ontmoeting waren de meeste anderen omstanders geworden. Allen die ons samen zagen vroegen zich af of we elkaars minnaar waren. Nee, dat waren we niet. Hij had een veel jongere geliefde, een pedant kereltje dat zo saai in elkaar was gezet dat alleen de verbazing daarover mij in zijn aanwezigheid uit de slaap hield. En ikzelf had genoeg te doen.

Soms vroeg ik me af hoe het kwam dat hij op zo'n merkwaardig volle manier mijn bestaan vulde. Als hij niet in mijn nabijheid was, was de idee van hem al voldoende om alles op de een of andere manier geruststellend te vinden. Als hij mijn huis betrad, was het alsof alles plotseling een reden van bestaan had. Er kon worden gelachen, worden verteld, van mening verschild. We hielden van dezelfde boeken, dezelfde muziek, dezelfde films, hetzelfde eten, dezelfde reizen. Ik had zoiets, eerlijk gezegd, nog nooit meegemaakt, ook niet in mijn twee grote liefdesaffaires en voor hem gold hetzelfde. We waren daar allebei verbaasd over, maar in de loop van de jaren werd die verbazing minder vaak uitgesproken, omdat we ermee vergroeid raakten. We waren elkaars lot uit de loterij.

Was hij mooi? Natuurlijk was hij mooi, maar ik ken mooiere mannen. Echter niemand bij wie het me is overkomen dat ik, toen hij al jaren 'A-Number One' was, op een feest in een onderdeel van een seconde dat ik over mijn schouder keek te midden van de drukke feestmenigte iemand zag van wie ik onmiddellijk dacht: die is het! Daar ruil ik hem voor in – en dat het mijn beste vriend zelf bleek te zijn. 'Beauty is in the Eye of the Beholder', zegt de romantische dichter. Maar ik heb altijd meer heil gezien in de woorden van Socrates als hij zegt dat de wagenmenner van de ziel van pure schrik achteroverslaat zodra hij in een geliefd gezicht de herinnering ziet aan de ware natuur van Schoonheid ('His Memory is borne back to the true Nature of Beauty'). En dat al deze dingen door de ogen in de ziel stromen. Ja, misschien was dat het onderdeel waar ik het minst genoeg van kon krijgen, zijn ogen.

Maar wat had het voor zin een loflied op zijn ogen aan te heffen, toen ik om vijf uur op die regenachtige dag, terug van kantoor, in het midden van mijn kamer stond. Het was mijn hond door wie ik tot het juiste inzicht kwam. Die was de middag dat ik op kantoor was door een bevriende kennis uitgenodigd voor een wandeling door de rietlanden van Waterland en ondanks de regen had hij de invitatie met enthousiasme aangenomen. Ze waren beiden zojuist teruggekeerd en nadat de bevriende kennis een bier had gedronken en verslag had gedaan van hoe mijn hond kilometers met een dode kip in de bek had gelopen, die hij pas liet vallen toen hij opgewonden raakte van een alert zittende haas, waren wij beiden weer alleen.

Hij zag er erbarmelijk uit. Zijn anders triomfantelijk krullende vacht hing in natte slierten naar beneden. Zijn magere gespierde beenderstelsel stak er scherp doorheen. Zijn poten waren zwart van de modder. Zijn oren hingen als natte dweiltjes om zijn vriendelijke kop. Wat me verbaasde was dat hij helemaal niet uitgeput was van de hazenjacht. Hij zocht niet zijn slaapplek op de brede drempel op om zich te wassen. Integendeel, hij liep druk heen en weer, geagiteerd als iemand die iets belangrijks heeft mee te delen maar eerst wil dat alle toehoorders uitgebreid plaatsnemen om hem hun aandacht te schenken. Ik ging op mijn bureaustoel zitten en draaide me naar hem toe.

Hij legde zich pardoes plat op de grond voor mijn voeten, sprong onmiddellijk opgewonden weer op om de kamer te inspecteren op stoorzenders en begon vervolgens verwoed het parket bij mijn voeten te krabben. Zo nu en dan hield hij op en keek mij aan. Daarna spitte hij weer verder in het parket. Ten slotte was hij klaar, zette koers naar zijn slaapplek en legde zich zuchtend te ruste. 'Je moet verdraaid diep graven,' zei hij en sloot zijn ogen.

Ik ging een potje thee zetten. Ik dacht aan de afgelopen drie maanden, waarvan ik elke dag mijn beste vriend had gemist met een niet-aflatende intensiteit. Waarom was de onbelangrijke onenigheid waardoor deze breuk was ontstaan zo onoverkomelijk? Waarom pakte ik de telefoon niet om hem op te bellen en al het voorafgaande ongedaan te maken? Zodat we ons vroegere gelukkige leven als beste vrienden konden voortzetten?

En plotseling realiseerde ik me dat ik hier in het laboratorium moest zien te werken met de gegevens die ik had. Dat ik diep moest graven, maar dat eigenlijk al had gedaan. Met mijn twee dromen van die ochtend. Terwijl ik de lapsang-thee in het Japanse kommetje schonk, besefte ik dat alles moest worden verschoven om het evenwicht te herstellen. Ik dronk langzaam mijn thee.

Er was geen onenigheid geweest. Er was geen sprake van een misverstand. Ik was verliefd geworden op mijn beste vriend en begreep dat nu de tijd was aangebroken dat ik het programma moest uitzitten. De snelheid van

de breuk. De onontkoombaarheid ervan. De onmoge-
lijkheid van een verzoening. Ik zou het bij de praktische
plattegrond van Aristoteles moeten houden. Daarom
had ik gedroomd van verliefdheid en van de Hel op dezelfde morgen, omdat het begin van de dingen het eind
in zich draagt en er altijd, altijd ten slotte geen herinnering aan mooie dingen overblijft.

De nacht van Altea

Ik heb eens een man ontmoet die ik, de tweede keer dat ik hem zag, al voorgoed aan me verplichtte. (Dit verhaal houdt een beloning verborgen. Maar waar zij zich bevindt en of zij zal worden gevonden, is voorlopig onduidelijk. Zo herinner ik mij de eerste keer dat ik een regenboog zag. Naast mij stond, robuust als het echte leven, mijn grootvader die opmerkte dat zich aan het eind van de kleurenboog een pot met goud bevond. We keken uit over de natte weilanden. Ik knikte: dat was mogelijk, dat was heel goed mogelijk.)

De tweede keer dus dat ik die man zag, was in de lounge van een hotel in de Museumstrasse te Wenen. Hij was gekomen om mij naar het vliegveld te begeleiden. Het was een bitterkoude winter in Wenen, waar ik voor mijn werk een paar dagen verbleef. Alle avonden waren heengegaan met verplichtingen, maar de dagen had ik zwervend door de stad doorgebracht, ontheemd en met een steeds sterker wordend gevoel van onbehagen. Dat was geen kwade opzet. Nee, ik was naar Wenen gekomen met het vaste voornemen me over de stad te verheugen, waar ook Freud en Wittgenstein hadden geleefd, waar Karl Kraus tekeer was gegaan, waar Adolf Loos zijn 'Huis zonder wenkbrauwen' had neergezet.

Het leek ook goed te gaan, de eerste dag. Na het ontbijt spoedde ik me rechtstreeks van het hotel naar het

Kunsthistorisches, waar ik vier en een half uur ronddoolde in een paradijs van schilderkunst. Moet ik een favoriet noemen? Ik zeg: Velázquez' portretten van de infanta Margerita Teresa in een roze, een witte en een blauwe jurk, toen ze drie, zes en negen jaar oud was. Zo snel kan groeien gaan. Van het poppedeintje dat zich nog verheugt op het spel met de bal of het hobbelpaard, tot de negenjarige vrouw die zich zorgen maakt over de naderende huwelijksnacht. Tijd is niets. Tijd is het besef van verloren gaan.

Waarom ging het onmiddellijk daarna mis tussen mij en Wenen? Ik weet het niet. Ik liep het museum uit, negeerde het standbeeld van Maria Theresia die als bepoederde *Sachertorte* vijfmaal levensgroot tussen de besneeuwde taxushagen oprees en bevond mij op de Heldenplatz, ingeklemd tussen twee ruiterstandbeelden, tegenover het balkon van de Neue Hofburg, waar op 13 maart 1938 de *Anschluss* van Oostenrijk was afgekondigd. Achter mij, om mij heen echode de Heldenplatz leegte. 'Dit zijn ook geen maten,' zou mijn hond hebben gezegd over de verlatenheid die ik overzag. De twee ruiterstandbeelden trokken te velde, maar trokken te velde om niet. Er begon een lichte sneeuw te jagen.

Huiverend begaf ik me nog meer stadinwaarts. Maar niets die middag, noch de paar dagen daarna die ik in Wenen doorbracht doorbrak de notie van logheid en megalomanie, een loden architectuur van waan en koek, waarlangs de Oostenrijkse burgerij in bontjas en met te kleine hoeden op, zich schurkte. Het trof ook niet dat het winter was. Met de perken vol bloemen had ik misschien aan Mozart kunnen denken.

Het juiste inzicht over de stad hoorde ik de derde

avond van mijn verblijf toen Max Neumann, die mijn ta-
felheer was, mijn bevindingen afrondde met de opmerking: 'Alsof je met een vuist in een lijk duwt.' Tegenover
mij haastte zich een professor in de neerlandistiek aldaar
te zeggen dat dat een dichtregel was van mijn landge-
noot Gerrit Kouwenaar – een dichtregel overigens die
niets met de stad had uit te staan – wiens gedichten hij
juist het laatste semester had behandeld. Max Neumann
beperkte zich tot een glimlach en richtte zijn aandacht
op een Karinthische lekkernij.

Het was Max Neumann met wie ik omstreeks middernacht over de besneeuwde keien naar mijn hotel liep.
De maan stond in een sikkel te vriezen. We spraken,
wonder boven wonder, over muziek. Misschien omdat
de burgerij sliep op dat uur. Ik had juist die dag een te-
lefoongesprek gevoerd met een culturele instantie die
me lang aan het apparaat had laten wachten en om de
tijd te doden 'De winter' uit *De vier jaargetijden* van Vivaldi had laten horen. Toen ik uit pure ergernis de hoorn
op het nachtkastje had gelegd en een bad had genomen,
bleek ik na terugkomst te zijn verbonden met het secre-
tariaat waar ik twee vrouwen hoorde palaveren over een
bepaald soort bonbons. Ik had gedacht: dit bestaat niet,
dit is Wenen! en de hoorn op de haak gegooid.

Het was tijd voor een rehabilitatie van Vivaldi's winter. Ik zei tegen Max Neumann dat ik het stuk natuurlijk niet meer zonder ongeduld kon horen, maar dat ik
toch de merkwaardige sensatie had gehad het eens op
een draagbaar toestelletje *in the middle of nowhere* te horen vertolken door een Japanner en dat het was geweest
of de compositie gisteren was ontdekt, zo nieuw en on-
gewoon had zij geklonken. Max Neumann verzekerde

mij dat hij soortgelijke ervaringen had, elke keer als hij zijn vriend Michelangeli hoorde spelen.

Zo pratend vergaten wij de stad om ons heen totdat we ons opnieuw op de Heldenplatz tussen de ruiterstandbeelden bevonden. Zeker op dit uur van de nacht was de woestijn van sneeuw verlaten. Nog dreigender stapten de paarden tegen de maanhemel. De helmbossen van de keizerlijke ruiters waaiden bevroren mee met de aanval. Een moment werden we beiden terneergeslagen door de geschiedenis. Om het onheilspellend moment zo gauw mogelijk ongedaan te maken, begon ik over de muziek die ik op mijn begrafenis gespeeld wilde hebben. Het eind van het eigen leven moet men laconiek tegemoet treden. Max Neumann vond het een aanstekelijk onderwerp en zo passeerden we heelhuids de Heldenplatz. Uit dankbaarheid beloofde ik hem voor de deur van mijn hotel de cd met mijn favoriete interpretatie van de *Moments musicaux* vanuit Amsterdam op te sturen. In ruil daarvoor bood hij me aan me de volgende dag in zijn auto naar het vliegveld te brengen. Het was duidelijk, wij hadden het met elkaar getroffen in deze stad.

Dat bleek nog duidelijker toen hij die middag de lounge binnen stapte. 'Maar Herr Doktor Neumann,' riep ik onmiddellijk uit, 'wat heeft u een voortreffelijke muts op het hoofd!' Als ik ooit iemand trots heb zien glunderen was het wel Max Neumann op dat moment. Hij droeg een kwartiersmuts van slap, oud geworden leer, zo'n kapoets waaronder soldaat Švejk naar het front trok om daar uit te roepen: niet schieten, je zou wel eens iemand kunnen raken! De glundering van Max Neumann vatte alle weerzin tegen imperialisme en oorlog samen en omdat ik samenzweerderig teruggrijnsde, voelden wij getweeën ons een bolwerk van verzet tegen de verzameling mensen die te kleine hoeden draagt. Iemand moet zich te weer stellen, dacht ieder van ons.

Eenmaal thuis duurde het nog tot het voorjaar voordat ik Max Neumann de beloofde cd stuurde. Ik had te weinig rekening gehouden met het vermogen van de muziek om tot in de kleinste bijzonderheden de stemmingen op te roepen waarin je haar de eerste keer hebt gehoord. Ik werd door die herinneringen teruggedrongen naar de plek waaraan ik me juist de afgelopen tijd met de grootste pijn en moeite dacht ontworsteld te hebben. Het ging er niet om dat ik, toen ik de aan Max Neumann beloofde muziek na lange tijd terughoorde, werd ontregeld door de beelden en gevoelens van die eerste keer, jaren geleden, maar dat ik van die eerste keer per bliksemflits werd geseind naar de laatste keer, nog niet lang voorbij, toen ik viel en tuimelde en viel.

Het wordt tijd om alles eens in volgorde te zetten.

De plaatsen waar mijn beste vriend en ik de uren, dagen, maanden hebben doorgebracht zijn te veel om op te noemen, maar de grootste gemene deler ervan was ons beider voorkeur voor de zee. Waarom dat zo was was ons niet duidelijk, maar in de tijden dat we allebei vrij van werk waren, bevonden we ons altijd aan kusten in binnen- of buitenland. Ik was al zo ver gegaan te beweren dat je mij maar op een boot richting een of ander eiland hoefde te zetten om verzekerd te zijn van een langdurig zonnig en opgewekt humeur. 'De beste reiskameraad die je je maar wensen kunt ben ik,' zei ik tegen mijn beste vriend, 'zolang je me maar in de buurt van de zee houdt.'

En mijn opgetogenheid was groot toen ik in een brief van Nabokov uit Parijs aan zijn vrouw Véra in Berlijn las dat Nabokov niets voelde voor Véra's plan om in 1937 van Berlijn naar Praag te verhuizen, 'naar de wildernis van Tsjechoslowakije' en haar smekend toevoegt: 'Ik kan je maar moeilijk uitleggen hoe belangrijk het voor ons is het contact niet te verliezen met de kust waarheen ik heb weten te zwemmen – overdrachtelijk maar juist gezegd.' Dat was mij goed uitgekomen, dat citaat, had mijn beste vriend gezegd en wel ja, waarom zou het mij niet goed uitkomen?

De eerste keer dat we samen op pad gingen, toen we nog helemaal niet wisten dat we elkaars beste vriend zouden worden maar elkaar stilzwijgend uittestten door enkele dagen door te brengen in Zeelands kleinste en koudste zigeunerwagentje aan de voet van de vuurtoren van Haamstede, hoorde ik voor het eerst de muziek waar ik Max Neumann zo graag naar wilde laten luisteren. We hadden een strandwandeling gemaakt tegen de wind in, tegen de regen in, dwars door duingebied. De zee had bruin kolkend ons telkens het drijfzand in gedwongen, maar mijn hond had met een dwaze maar doeltreffende hardnekkigheid de moed er bij ons in gehouden.

Thuis trokken we droge kleren aan. We schonken thee met rum en strekten ons uit op de twee door een loopgangetje gescheiden divans die ook als bed dienst deden. Het zigeunerkacheltje opgestookt, de warme dekens hoog over onze verkleumde knieën getrokken – en mijn hond die opdringerig naar natte hond begon te ruiken. Wie zulke omstandigheden niet prijst als paradijselijk, weet niet waar hij het over heeft inzake beginnende vriendschappen. (Maar alles zou in de volgende jaren nog zoveel mooier worden, naar zoveel hogere toppen klimmen, dat een valpartij haast onvermijdelijk werd.)

Buiten bulderde de zee. Ik had de walkman op en luisterde naar Schuberts *Moments musicaux* uit de verzameling bandjes die mijn beste vriend had meegenomen. Mijn ogen waren gericht op de pieken van de dennenbomen die ons stuk zigeunerland omringden en volgden de meeuwen die schuin wegzeilend hun vlucht ontregeld zagen. De warmte van een huis als het buiten snel donker wordt.

Het gaat hier om het allegretto moderato van de *Moments musicaux* die daar voor het eerst in mijn oren klonken onder de handen van Youri Egorov tijdens een van zijn laatste concerten op 27 november 1987 te Amsterdam. De een minuut en vierenvijftig seconden die het allegretto moderato duurde was het of ik me ver boven de mensen voelde, ver boven de wolken waar Youri Egorov bezig was de hemelpaarden te temmen. Met een gratie en een beheersing die de muziek tegelijkertijd hartstochtelijk en helder maakten, de herinnering aan passie en de passie ontstegen, van het vuur van paarden en van het beheerste vuur. Daar gingen ze, de hemelpaarden, met gebogen halzen en hoge benen, hun hoofden intensief luisterend naar de hand van de menner, maar bewust van hun eigen kracht, wachtend op het moment dat de teugels zouden worden gevierd. Onkundig van het feit dat hun schoonheid besloten lag in de terughoudendheid van de menner die hun tomeloze wil beheerste en hen dwong tot zijn eigen ingetogen luciditeit.

Toen ik enigszins van mijn stuk de koptelefoon afzette, moest ik bekennen dat deze muziek, die ik al zo vaak had horen spelen door Alfred Brendel of een ander, nieuw voor me was. Hier werd iets voor me blootgelegd waar ik vroeger weinig van had begrepen. Ik draaide het allegretto moderato opnieuw en opnieuw en steeds weer draafden een kleine twee minuten de hemelpaarden door het onverwoestbare heelal.

Misschien was het gevoel van gelukzaligheid op dat moment familie van de banale variant: de opwinding die je als kind beving wanneer de circuspaarden de piste binnen draafden en hun kracht en geur vlak langs je kindergezicht wervelden, terwijl in het midden van het ronde zaagsel een voor jou onzichtbare man hen op onberekenbare momenten deed bevriezen, buigen, de knie heffen – om vervolgens in galop hun toverkracht opnieuw op je te botvieren, waarvan geur en stofdwarreling en lawaai de ingrediënten waren.

Als Socrates aardse schoonheid – die in beide bovengenoemde gevallen aan den lijve werd gevoeld – herleidt tot een herinnering aan de echte Schoonheid, die slechts bestaat in het eeuwig werkelijke absolute, een woonplaats nog buiten de grenzen van de hemel, waarom zouden zulk soort herinneringen dan alleen aan het Schone, het Ware en het Goede refereren? Alleen de kleurloze, vormloze en onaanraakbare essentie is datgene waar ware kennis zich mee bezighoudt, onderwijst Socrates aan Phaedrus.

Het kan zijn, maar ik heb een vraag. Als het waar is dat goede dingen ons herinneren aan het Goede en schone dingen aan het Schone, zou het dan ook niet zo kunnen zijn dat eenzame dingen ons doen denken aan het Eenzame (en kwade dingen aan het Kwade)? Socrates zou daarop het antwoord weten wat later de christelijke kerk zou geven: kwade dingen herinneren ons aan een afwijzing van goede dingen. Maar herinneren ons eenzame dingen dan ook aan een afwijzing van volheid? Is volheid en overbezetting – van wat dan ook – te verkiezen boven leegte die ons terugbrengt naar het Absolute Lege?

Om de zaak praktisch te houden keer ik terug naar de paarden die al tweemaal zo dapper dienst hebben gedaan in dit verhaal.

Ik weet nog van een tijd dat ik met mijn ouders op vakantie was in Les Landes, in een huis in Montalivet dat tussen de dennenbossen aan zee lag verscholen. In de andere huizen tussen de bomen woonden andere kinderen, die Frans spraken, shorts droegen waaruit lange bruine benen staken en rond wie mijn twee broers hun zaken regelden. Mij namen ze op sleeptouw. Op een middag was hun aandacht even verslapt omdat er een circusstoet door de enige straat van de badplaats trok, waar men twee kaarten plus een vrijkaart voor de matinee kon kopen. Ik was te klein om elk lawaai op waarde te schatten en bleef verdiept in een van steentjes opgetrokken modelstad op de vloedlijn van het water, diep doordrongen van het verbod ooit maar dan ook ooit zonder de hand van een oudere mijn voeten met zeewater in aanraking te laten komen.

Toen ik opkeek had de zee zich ver van mij teruggetrokken. Uit respect, nam ik aan want ik was nog bereid alleen in goede dingen te geloven. Het strand was zo goed als leeg. Ik legde de vijf mooiste steentjes in mijn emmertje en stak de strandvlakte over naar de duinen, waarachter ik de straathoek wist die naar huis zou leiden. Het was een lange afstand en ik begon iets te vermoeden van een ontbering die ik in verlatenheid leed, terwijl mijn voeten zich met een vastberaden kracht uit het diepe rulle zand van de duinen lostrokken.

Eenmaal op de keien van de straatweg hoorde ik de muziek die zich al ver van mij had verwijderd. Ik zag alleen nog maar de ruggen van de laatste mensen die door het hoempa-orkest werden meegelokt. Ik zette mijn kostbare emmertje onder een donkerblauwe auto met witte banden en zette het op een lopen. Op het nippertje haalde ik hen in. Ik kon nog net het staartje van de stoet meemaken, voordat ze het zanderige dwarspad tussen de bossen insloegen om terug te keren naar de betonnen marktruimte aan de rand van de Atlantische Oceaan. Wat ik zag aan het eind van de stoet was een olifantje, met een touw vastgebonden aan de laatste muziekwagen waaruit iemand over rozen zong, terwijl de zomermiddag al te heet en te wit was geworden om over rozen te zingen. Maar een roos is een roos is een roos in oud Europa.

Ik begreep onmiddellijk dat de grijze bult die ik in het midden van de optocht, ver voor mij, ontwaarde de moeder van het olifantje was en ter plekke – terwijl ik stokstijf stilstond van een heel goed begrepen medelijden met de kleine olifant, die met zijn zwaaiende en zoekende kop wist dat dit meelopen achter in de stoet precies was waartoe hij was veroordeeld, maar wiens achterpoten, elegant en zwaar over de keien, hem zeiden dat hij zich van zijn waardigheid bewust moest zijn, dat hij moest lopen zolang hij tot lopen in staat was – ter plekke besloot ik een andere zanderige zijstraat te nemen, die heus ook wel naar het zomerhuis van mijn ouders zou leiden.

Ik verdwaalde. De badplaats was werkelijk te groot

voor mijn kleine topografische vermogen en over die dwaalpartij hoopte ik ooit nog eens mijn beste vriend verslag te doen – alsof daarin de sleutel ligt tot wat ik nu ben – maar de hoofdzaak toen was dat ik thuiskwam, weliswaar te laat, weliswaar alleen. Achteraf kan ik veronderstellen dat er een zekere paniek was uitgebroken in de vakantievilla, toen mijn broers wel met drie matineekaarten die ze van hun zakgeld hadden gekocht, maar zonder mij thuiskwamen. Ik kan me voorstellen dat mijn ouders bang waren dat ik hen voorgoed had verlaten. Dat ze me, toen ik eenmaal hongerig en vermoeid was teruggekeerd – op eigen kracht! dat wil ik wel even hebben gezegd, op eigen kracht, maar mijn korte kinderbenen waren te vermoeid om ophef te maken – dat ze me toen opgelucht beloofden 's avonds met mij naar het circus te gaan.

Ach, misschien heb je je ouders in je latere leven veel te verwijten, maar in ieder geval niet dat ze me toen in Montalivet meenamen naar de avondvoorstelling van het circus. De jongens waren toen al met de Franse meisjes naar de middagvoorstelling geweest. Onderscheid moet er zijn, zei mijn moeder haar leven lang. Nee, nee, ik neem niemand die circusavond kwalijk. Ik besef terdege waarom ik bij het zien van de achterpoten van de laatste kleine olifant een zandweg eerder links afsloeg. Het was mij, ondanks mijn zekerheid dat ik het vakantiehuis van mijn ouders zou vinden, om het even geweest óf ik het zou vinden.

Dat heb ik niet. Ik heb het nooit teruggevonden, zelfs niet bij mijn beste vriend, bij wie ik meer dan bij wie ook ooit in mijn dwaasheid heb gedacht dat het daar zou zijn te vinden.

Het gaat mij niet om incidenten. Het gaat mij een beetje om verbanden. Het gaat mij zeer om te begrijpen bij welke dingen ik linksaf zou slaan en hoe dat wat ik achterlaat later dan weer mijn pad kruist.

Ik vertel niet over paarden. Ik vertel waar paarden mij aan doen denken. Niet de slechtste manier om iets duidelijk te maken. Wat ik zag in de avondvoorstelling van het circus Bouliou te Montalivet, was dat er geen paarden waren! Daar was de hele voorstelling op gebaseerd: geen paarden! Er waren kamelen wier kunststuk bestond uit het krakkemikkig zakken door de knieën, iets wat ze al duizenden jaren dagelijks in woestijnzand doen. Er was een man die zijn vrouw op zijn hoofd zette. Een lama draafde hooghartig een paar keer langs. De clown sproeide water uit een theepotje op het publiek. De olifantsmoeder met haar kind was toen al op transport naar Bordeaux voor het echte grotestadspubliek.

En toen je al niet meer in paarden geloofde en de clown je een tweede keer akelig nat had gespoten, ditmaal uit een klarinet, was het daar plotseling toch: een paardje! Een appeldwergschimmel met een rood dekje op zijn rug die een kleine eeuwigheid zijn rondjes draaide en ten slotte in één en dezelfde draf door het rode veloursgordijn verdween, alsof hij lak had aan ons allen, alsof hij betere dingen te doen had. Daarna kwamen de aapjes in roze en blauwe schortjes en die waren zo verschrikkelijk grappig dat ik niet wist of de tranen op mijn wangen van huilen of van lachen waren gekomen – iets wat ik mijn hele leven lang nooit precies heb geweten.

'Maar er was helemaal geen paardje, schat' – dat waren mijn ouders die mij meetrokken naar huis, terwijl ik aan mijn zo lang mogelijke arm gestrekt achterover bleef hangen om te kijken naar de rood-wit gestreepte tent onder de booglampen, waarachter hier en daar de Atlantische Oceaan oplichtte. Goed dan. Als er geen paardje was, dan was ik de enige die het had gezien. Niet voor niets was het een klein paard geweest, zeg maar van het formaat van mijn eigen ziel. Ik had dan wel niet de volwassenheid waarmee mijn ouders zich overal toegang tot konden verschaffen, maar ik was niet achterlijk. Ik had in het paardje de Absolute Leegte herkend.

Hoe steekt de zaak nu eigenlijk in elkaar? Het is niet moeilijk maar je moet een spanne tijds kunnen overzien en daarbinnen al het overbodige weglaten, alles wat afleidt en verstrooit. Vervolgens moet je stap voor stap nemen en je vooral niet haasten of ergens te vlug willen zijn. Alles gaat fout als je ongeduldig of begerig bent. (Of 'brandend van verlangen', zoals ze op het toneel zeggen.)

Maar daarin schuilt nu juist de moeilijkheid. Immers, zodra we iets gewaarworden dat de deur naar de herkenning (herinnering, zegt Socrates) openzet, lijkt het ons wel of we door die poort heen moeten. Of we niet meer gelukkig en eenvoudig kunnen zijn, we ons niet meer kunnen schikken in de dagelijkse gang van zaken, die ons toch van evenwicht verzekert. Nee, we gaan rennen en schreeuwen en wilde gebaren maken en voelen een opwindende kriebel achter onze botten en roepen dat we eraan komen, dat het hoogstens nog een kwestie van enkele seconden is. Ja, we 'branden van verlangen', of het nu om Schoonheid of om Leegte gaat. Wat mankeert ons?

Kijk, zegt Socrates hieromtrent, het gaat onze krachten te boven te zeggen wat het wezen van de ziel is. We doen er het beste aan er een beeld voor te bedenken. Laten we nu eens zeggen dat de ziel bestaat uit twee gevleugelde paarden en een menner. Anders dan de paarden van de goden, die edel en sterk zijn, is van het wagenspan van de menselijke ziel het ene paard nobel en gehoorzaam aan de wil van de voerman, het andere echter wild en onbeheerst. Zodat het geen wonder mag heten dat de rit uiterst onregelmatig verloopt. (De rit naar de hogere sferen, zegt Socrates, maar ik zou het liever de rit van verlangen en herkenning noemen. Maar laten we bij de les blijven, te allen tijde liever leerling dan leraar.) Neem daarbij in aanmerking dat alle anderen met hun eigen wagenspan dezelfde weg berijden, zegt Socrates, en je kunt je het gedrang en de ongelukken wel voorstellen. Het komt met grote regelmaat voor dat een ziel, die bijna zijn doel heeft bereikt, door het tegenstrijdig gedrag van de twee paarden en de onbekwame stuurkunst van de voerman, in moeilijkheden komt, over de kop vliegt en naar beneden tuimelt, waar de menner, uitgeput en vol schaamte, het span opnieuw in het gareel zet.

De afgelopen zomer was ik geheel verzoend met deze voorstelling van zaken, toen ik de grote veerboot van Formentera naar Denia nam. Er hadden zich in het vroege voorjaar wat ongeregeldheden in mijn bestaan voorgedaan waarvan de pijn doorsudderde, in combinatie met een helderheid die ik liever voor wat meer bewolking had ingewisseld. Grote helderheid is meedogenloos en koud. Maar de weken op het eiland hadden hun goede werk gedaan.

Ik logeerde bij twee van mijn oudste vrienden, die ik

niet mijn beste vrienden noem om de eenvoudige reden dat het dan twee tegen één zou zijn. We brachten de tijd door volgens een tussen ons vaak met succes beproefd recept: 's morgens had ik met de ene vriend ons Plato-clubje, waar we met commentaren in de hand Plato lazen; 's middags ging ieder zijns weegs. We troffen elkaar dan weer 's avonds op het terras, waarbij we zonder uitzondering ons vlees geroosterd wilden hebben op een gesprokkeld houtvuurtje. Aan het eind van de avond schaakten de andere vriend en ik tot diep in de nacht om het Formentera Championship. De zee lag dan inktzwart ver beneden ons. Soms zagen we een vallende ster.

We kenden elkaar al vanaf onze eerste studentenjaren en waren langzamerhand in de leeftijd gekomen om voorzichtig modellen op te werpen van hoe ons leven er gedrieën uit zou kunnen zien als het werk overbodig was geworden. Zij wijdden daar vanwege hun relatieve rijkdom – huizen op drie plaatsen in Europa – meer gedachten aan dan ik, maar de vanzelfsprekendheid waarmee ik me telkens in hun tweepersoonshuishouding wel bevond en de moeiteloze belangstelling voor elkaar en voor elkaars dingen, maakten de gedachten aan de toekomst sterk. Ik ken geen driemanschap waarbinnen zoveel werd gediscussieerd, gelachen en gepest als het onze. Dat constateerden we om de zoveel tijd op het eiland opnieuw en daarna vertrokken zij weer naar een van hun Europese hoofdsteden en vernam ik van mijn hond dat het een stuk gezelliger was als ik ook eens thuisbleef.

Deze zomer zetten mijn twee oudste vrienden mij op een vroege augustusmorgen in de haven van Formentera op de hoge veerboot naar Denia. 'Een onzalig idee,' had de oudste van de twee me al voorgerekend, 'je had beter linea recta naar Amsterdam kunnen vliegen en dan hadden jullie elkaar daar, in alle rust, kunnen spreken. Dit is gedoemd te mislukken.' Hij leek mijn hond wel.

Natuurlijk hadden hij en mijn hond er gelijk in dat uit zoiets niets goeds kon voortkomen. Mijn beste vriend en ik hadden, nadat we allebei hard ons hoofd hadden gestoten op een blinde muur, besloten de gezamenlijke vakantie af te blazen. Ieder van ons zou zijn eigen plan trekken en bij toeval ontdekten we dat de eindpunten van onze omzwervingen niet ver van elkaar verwijderd lagen. Was het dan geen goed idee om getweeën de reis naar het noorden te aanvaarden? Dat we tenminste nog iets gemeenschappelijks over zouden houden? 'Oké,' zei ik, denkend aan soldaat Švejks optimisme, 'oké, de twee-de zaterdag van augustus, oké, in de haven van Denia, om kwart over twee.'

Dat was natuurlijk een absurde afspraak geweest, overpeinsde ik in de steile zon op het bovendek van de veerboot, omringd door een lege zee. Niemand kon na vijf weken kriskras reizen waar het goede geluk wilde, op het kwartier af op de juiste plaats aanwezig zijn. Dat was simpel te veel gevraagd van het goede geluk. Ik kon me beter concentreren op een spaarzame energieverdeling om van Denia naar Barcelona te komen en daar een ticket naar Amsterdam te bemachtigen.

Zo zat ik te denken, de zes uur dat de veerboot op de hoge blauwe zee deinde, waar geen metgezelschip aan de horizon was te bekennen en ik probeerde te wennen aan het motto dat mijn hond me tijdens mijn grote teleurstelling in het voorjaar had voorgehouden: beschouw deze wereld als een gastvrije wereld. Zowaar hij geen besef van tijd en duur heeft, komt hij kernachtiger ter zake dan ik.

Ik bleef waar ik was, op het bovendek tegen een reddingsboei geleund, tussen mijn knieën een warm blikje Coca-Cola, in de witte zon die gekoeld werd door de zeewind – en besloot dat ik niets had te vrezen.

Om zes minuten over twee blies de scheepstoeter op de brug boven mijn hoofd een onbekwaam pleziervaartuigje bijna de basaltblokken van de haven van Denia op. Ik zag alle mensen lachen. De boot draaide langzaam stuurboord. Ik stond op het hoge loopdek, op het uiterste puntje bij de bakboordlamp van de brede boeg en overzag de lange landzijde van Denia. Mijn beste vriend bevond zich niet bij de schaarse groepjes opwachtenden. Ik glimlachte en controleerde mijn bagage. Het stalen dek onder mijn voeten sidderde even toen de kapitein de motoren in de achteruit gooide. Met bewondering voor de dienstregeling zag ik op mijn horloge dat het veertien minuten over twee was.

Toen ik een tweede keer opkeek van het onder de schroeven protesterende water naar de bijna bereikte kade, zag ik de kleine, snelle, azuurblauwe auto van mijn beste vriend om de hoek van het passagebureau scheuren, met piepende remmen op een verboden plaats tot stilstand komen – en eruit zag ik mijn beste vriend stappen, wuivend met beide armen alsof ik tussen de passagiers aan bakboord al was ontdekt. Iedereen aan dek zwaaide naar de kade. Ook ik zwaaide verbijsterd tweemaal, de armen hoog en gekruist, hoog en gekruist en draaide me om om in verwarring mijn bagage te pakken. Tussen de cola-automaat en de reddingssloep zag ik in die bukkende beweging nog even de zee liggen, tussen

de ruwe havenhoofden van Denia door, blauw opblin-
kend. Er is wellicht geen weg terug, herinnerde ik me
mijn hond eens te hebben horen zeggen van onder zijn
zwarte muts, er is vooral de weg vooruit.

Over de rest moet ik kort zijn. 'We gaan niet meteen de autopista op naar het noorden,' zei mijn beste
vriend toen we inktvis aten en witte wijn dronken. 'Mijn
oudste vrienden zeiden het me nooit te vergeven als ik
je niet meeneem naar hen. Ze willen je ontmoeten. Ik
heb nu alweer zo lang van hun gastvrijheid genoten. Het
is er leuk, je zult het zien. Kom op, zeg dat je het niet
erg vindt.' 'Een nacht in Altea?' antwoordde ik, 'waarom
niet?'

Het heeft lang geduurd, als ik het goed uitreken tot op
het moment dat ik de hemelpaarden van Youri Egorov
op de post deed voor Max Neumann, voordat ik begreep
wat de nacht van Altea werkelijk voor me betekende. Ik
moet het samenvatten. Maar hoe moet ik het samenvatten? *En gros? En detail!* Laat ik het zo doen: laat ik zeggen dat ik een prinsen-zanger was. We zijn zo klein. We
proberen op zulk klein gebied iets groots te maken van
onze tachtig besteedbare jaren dat we onszelf soms belachelijk voorkomen, maar desalniettemin alle inspanningen waard. Daarom wil ik de nacht van Altea het liefst
optekenen met mijzelf in de rol van de prinsen-zanger.
Dat is iemand die zich ondergeschikt maakt aan de gebeurtenissen om hem heen – in Onbekende Opdracht
zou ik willen zeggen – en daaruit het enige plukt dat de
moeite waard is om gezien te worden: hoe mooi iemand
is. We zijn slechts enkele momenten in ons leven daar-
toe in staat en het resultaat is steevast dat de beloning

voor de inspanning toevalt aan de zanger, niet aan de prins (zie Shakespeares sonnetten, zie 'Raise High The Roof Beam Carpenters' van Sappho en Salinger). Daardoor valt de zanger in een bodemloze put van mislukking, waar de anderen hem juist om zullen prijzen. Ja, je moet wel zeggen dat het Absolute Lege aantrekkingskracht uitoefent.

De vrienden van mijn beste vriend bezaten het mooiste huis van Altea. Zoiets kun je wel beweren, maar daar doe je niemand een genoegen mee. Beter doe je eraan alles weg te laten, het aantal kamers, de tuinen vol bloemen, de olijfboomgaard en je te beperken tot het enige wat ertoe deed: het zwembad in die tuinen op de heuvel vanwaar je uitkeek op de zee ver beneden. Natuurlijk was het zwembad blauw betegeld, dat kan niet missen. Misschien doen kleuren er niet toe als het gaat om kennis van de werkelijkheid. Misschien ben ik niet de persoon die, op zoek daarnaar, 'zichzelf zo goed mogelijk bevrijdt van ogen en oren, in één woord, van zijn hele lichaam, omdat hij voelt dat deze aanwezigheid de ziel verwart en haar verhindert waarheid en wijsheid te bereiken', zoals Socrates Simmias voorhoudt. Zeker niet zal ik als de jaknikker Simmias antwoorden: 'Dat is zo waar als maar mogelijk is, Socrates.'

Nee. Ik heb eens na een zeer deprimerende ervaring waardoor ik maandenlang in mijn slaap door zwarte nachtmerries achterna werd gezeten, plotseling op een nacht gedroomd van abstracte kleurige tapijtjes – en al *tijdens* de droom wist ik dat het ergste leed was geleden.

Om tegemoet te komen aan de eisen van de kleuren trok ik boven in het huis mijn hardblauwe badjas aan en in gedachten daalde ik de marmeren trappen af. Daar waren ze al alle drie lang en breed te water, stoeiend met een luchtbed, met luide stemmen en veel gespat elkaar uitdagend en ik trok mijn badjas uit, wierp een blik op de verre zee achter hun natte hoofden en dook in hun midden.

Wie wel eens zoiets kinderachtigs heeft gedaan als een gevecht om een luchtbed in het water, weet dat niets verandert. Er is een plek in de hersenen die het allemaal licht verbaasd herkent: het moeizaam veroverd evenwicht dat men onmiddellijk moet afstaan aan een ander; het zogenaamde helpen, tot over de rand heen helpen; het langzame kieperen van het plotseling meer dan levensgrote luchtbed; de lachbui onder water; het kortstondig genoegen van vier naakte Heemskinderen te paard op een bed – en het voortdurende, niet meer ophoudende lachen. Help! ik kan niet meer en vooruit! daar gaan we.

Men zal mij in vergelijking met Simmias oppervlakkig noemen en behept met een hysterische overgave aan spel in plaats van ernst, maar al de tijd dat de luchtbedschermutseling duurde wist ik, met een zekerheid die alleen bestaat als men in de buurt van de Waarheid is, dat het lichaam hier sprak. En toen ik, als eerste op de rand van het zwembad uitblazend, keek hoe mijn beste vriend spartelde en duikelde als een jonge hond, dacht ik: wees alsjeblieft voor altijd mijn beste vriend, in voor- en tegenspoed. En ik dacht: als herinnering iets is, dan is het dit.

Maar ik hoefde nog even niets te vergeten. Na het zwemmen dronken we wat en reden de bergen in om ergens te gaan eten. Toen we om drie uur in de ochtend thuiskwamen en opnieuw – dronken ditmaal – in het water waren gedoken en 'zwemles' hadden gespeeld inclusief badmeesters en bange kinderen en ik mijn beste vriend had gered van de verdrinkingsdood in het ondiepe, dreef ik na het lachen uitgeput op het water en keek de sterren in het gezicht en dacht: zo dichtbij is nog niemand geweest, zo dichtbij is nog geen enkel iemand ooit geweest.

Dit verhaal zou over het mennen van paarden gaan. Niet van één paard dat wat staat te suffen in het maanlicht terwijl de voerman ligt te rusten, maar van een span met een tegenstrijdige wil. Eenmaal thuis in Amsterdam na de nacht van Altea liepen mijn beste vriend en ik met open ogen opnieuw tegen de blinde muur op die ons het hele jaar al danig in de weg had gezeten. We besloten de muur te slechten en voorgoed ieder ons weegs te gaan.

'Rampenplan,' mopperde mijn hond toen hij merkte dat de lange vrolijke wandelingen van het scenario waren afgevoerd en dat hij het het najaar met krappe, norse uurtjes door de stad moest doen omdat ik liever thuis zat te kniezen. Ik kon hem uitleggen wat ik wilde: hoe ik jarenlang mijn paarden goed had gemend, redelijk gelijk opgaand, in een harmonie die slechts zo nu en dan gecorrigeerd diende. Hoe ik vervolgens het ene paard uit het oog verloor en alleen het andere zag dat vleugels leek te krijgen en hoe ik de teugels los op zijn rug liet neerkomen omdat ik dacht: nog even, nog even en we zijn er!

...en hoe we gedrieën tuimelden en tuimelden naar beneden, heel diep naar beneden...

Het kon mijn hond wat schelen. Het ging het ene oor

in en het andere oor uit. Hij hield niet van paarden. Hij beet ze liever in de benen als hij de kans kreeg. Ik moest het dit keer in m'n eentje opknappen. Soms, 's avonds bij het aardappelschillen, zong ik zachtjes. *Ik wens je wel thuis, m'n vrind, m'n vrind.* Er stond een lange winter voor de deur. *Ik wens je wel thui-uis, m'n vrind.*

Het einde van het jaar

Ik zal nu een verhaal vertellen, zoals het mij werkelijk is vergaan en er zal geen woord van verzonnen zijn. Het vertelde kent vijf episodes, geen meer of minder dan er waren. Hier schrijft iemand die oprecht is en de waarde kent van een moraal, maar niet van een geschiedenis.

I

Op een karige maandagmorgen, kort na Allerzielen, belde de krant die ik lees op, met de vraag of ik niet een verhaal wilde schrijven over de Duivel. Ik zei onmiddellijk ja. Geld ontvangen van de Duivel, dankzij hem als het ware – ik had geen moment bedenkingen. Integendeel. Na mijn volmondige toezegging was het of de kamer lichter werd, alsof er al was gestoft en gestreken en onbekommerd wijdde ik me aan andere bezigheden, die me nu licht en makkelijk toeschenen. Geen taak was meer onoverkomelijk, de zon brak door en met een glimlach betaalde ik mijn werkster haar gage.

Die hele maand, 'grijze als een emmer' zoals onze grote dichter zei, stond in het teken van een arbeidzame opgewektheid, een gewichtloosheid bijna, die mij tot drie keer toe lijn 6 op het nippertje liet bespringen, zonder dat er sprake was van ademnood of hartkloppingen.

Dat had ik wel anders meegemaakt, bedacht ik tevreden, terwijl op dat moment in lijn 9 een onschuldige werd neergestoken. Ik herinner me dat ik op de Overtoom een verlichte maar verlaten huiskamer binnenkeek.

Zo nu en dan liet ik tegenover een intieme vriend of vriendin doorschemeren dat ik bezig was aan een artikel over de Duivel dat op die-en-die datum diende te worden ingeleverd. Waarom ik 'artikel' zei, weet ik niet meer. Misschien was het om het allemaal wat doordachter te laten klinken, om hen van het begin af aan niet in twijfel te laten over het gewicht dat ik het onderwerp toedichtte, om ze te doordringen van de ernst waarmee ik de opzet benaderde. Het is niet onwaarschijnlijk dat ik daarmee succes oogstte, want de gezichten tegenover mij vertoonden zonder mankeren een uitdrukking van weergaloze domheid, die na een paar tellen overging in een glazige, diepe somberte. Het was alsof ik hun pijnlijkste zenuw had blootgelegd, hen herinnerde aan iets dat ze op een verloren plank hadden gestald, iets dat aan niemand cadeau was te doen en ook niet kon worden weggegooid.

In het begin maakte ik me over die reacties geen zorgen. Er was niemand die me het onderwerp benijdde, zo leek het, maar ook niemand die de geldigheid ervan bestreed. Wat me opviel was dat geen van hen informeerde naar de hoogte van het bedrag dat ik zou opstrijken. In andere gevallen was dat altijd een kwestie van overweging geweest, of ten minste aanleiding tot hoon of razernij.

Het vreemde was dat door de manier waarop ze reageerden, die bestond uit tweemaal knikken met het hoofd en er verder het zwijgen toe doen, mijn aanvankelijk opgewekte stemming begon te tanen. Welaan, hield ik mezelf voor, zo moeilijk was de opdracht nu ook weer niet. De krant had me verzekerd dat ik me om het cultureel-historische gedeelte geen zorgen hoefde te maken; dat zou een geleerde voor zijn rekening nemen. Ik mocht me bepalen tot een hoogst persoonlijke stellingname. Die kant van de uitnodiging bracht me langzaam maar zeker tot wanhoop.

2

Halverwege de maand leek de tijd stil te staan. De ene dag leek op de andere, de dagen konden hun eigen getal niet meer lezen. En ook het weer kende geen enkele beroering. Bomen en lantarenpalen spiegelden zich kaarsrecht in het roerloze water; een flauwe nevel maakte de geluiden hol, maar onbelangrijk. Ik vroeg me af, terwijl ik het veer van Vlissingen naar Breskens op liep, hoe iemand uit het mediterrane zuiden die voor het eerst de oranje bestraalde nachtelijke nevel- en watermassa om zich heen voelde, zoiets in zíjn beeld zou passen van wraak en verlies.

Maar het was er de tijd niet naar om lang bij kleinigheden stil te staan. De kou van de winter kondigde zich aan en de Duivel wachtte roerloos ergens in de mist op het moment dat ik hem aan zou pakken. Gelukkig besefte ik bijtijds dat ik het karwei niet in mijn eentje hoefde te klaren. Ongetwijfeld waren er in mijn jeugd beelden opgeroepen van zijn gestalte en betekenis, die niet hadden nagelaten mij afkeer en angst in te boezemen. Stank en rottenis moesten toch hun plaats gevonden hebben in de verhalen? Er bestond, in mij opgeslagen, toch wel een beeld van de Duivel?

Ongetwijfeld, maar de waarheid was ook dat het beeld dat canoniek uit de verhalen opdook mij nooit ook maar in het minst had geïmponeerd. Hoogmoed en naïviteit, dacht ik toen het veer zich van de kade losmaakte en zich hoog op het water naar Breskens begaf. Door de wind- en waterdichte ruiten keek ik negen meter diep naar het zwart-oranje kolkende water tussen de scheepswand en het houten beschot – hoogmoed en naïviteit, waren dat niet de eigenschappen die mijn bestaan de meeste scha- de berokkenden? Naast mij sliep een jong hondje in zijn reistas.

Zodra ik van mijn reis was thuisgekomen, besloot ik een van de vijf boeken open te slaan die mij de richting konden wijzen waarin ik zoeken moest. Opgewekt begaf ik mij op het ijs van het eerste boek, *De sneeuwkoningin* van Hans Christian Andersen. Daar was hij, de Duivel, meteen in de eerste geschiedenis 'die gaat over de spie- gel en de scherven'. Hij draagt horens en heeft bokken- poten, maar wie is daar nog bang voor, die niet meer in een stal hoeft te slapen? Bij Andersen gaat het om 's Duivels kunststuk, de spiegel die alles wat waardevol is omkeert in zijn tegendeel. Van de schepping Gods kon ik me daarbij wel een voorstelling maken en bedroefd overdacht ik van alles.

Hoe hoger de spiegel in de ruimte van de geschiede- nis wordt gedragen, des te gruwelijker de grijns die je eruit tegemoet komt. Totdat de spiegel het rijk van de engelen nadert en van trillende verschrikking uit elkaar springt. Dan vliegen miljarden splinters over de aarde en nestelen zich in het oog en het hart van de mensen.

Een van die mensen is de kleine Karl, die al in breuken kan rekenen. Zijn verblind oog en versplinterd hart laten hem de sneeuwkoningin volgen, ver naar het hoge noorden, waar alles koud en harteloos is. Daar wordt hem beloofd dat hij zijn eigen heer en meester zal zijn, dat hij 'de hele wereld en een paar nieuwe schaatsen' zal krijgen, zodra hij het woord 'eeuwigheid' kan vormen. Maar hij kan het niet.

Maar hij kan het niet.

Drie keer las ik de zin over voordat ik begreep dat ik te vroeg had gejuicht. Duivelspoten hadden mij dan wel niet kunnen imponeren, hier struikelde ik toch over een eenvoudig zinnetje in een sprookje. Wat deed het ertoe of de kleine Karl ontdooit door de inspanningen van het kleine Gretchen en op het eind van het sprookje met haar een eeuwige zomer mag beleven? Dat verwijst naar het *privatio boni*-principe: de Duivel wordt geformuleerd als de afwezigheid van het Goede. Zodra het Goede aan de poorten van het ijspaleis klopt, is het leed geleden. Maar zo makkelijk is het niet. Over dat simpele zinnetje had ik al die jaren heen gelezen. Wat ik begeerde was 'de hele wereld en een paar nieuwe schaatsen'. Maar het woord eeuwigheid vormen – dat kon ik niet.

Het was vijf uur. Het uur waarop de scherf van de spiegel in hart en oog terechtkomt. De novemberavond viel als een deken over de huizen en de tuinen. Ik liet de lichten aan en schoot in mijn jas. Toen ik de deur achter mij dichttrok, meende ik de Duivel te horen grinniken.

De rest van de maand bestond uit nachten vol kabaal en liefde. Elke deur die ik opendeed, vertoonde een pandemonium. Het was alsof het evenwicht dat we met z'n allen na veel inspanning hadden weten te bereiken, door ongekende krachten teniet werd gedaan. Overal werd wel een begrafenis gehouden of een bruiloft gevierd en vaak wist ik niet in welke partij ik was beland.

Intussen drong de tijd. Ik begon precies uit te rekenen hoeveel geheel vrije dagen ik kon overhouden voor mijn artikel, waar ik steeds minder raad mee wist. De geest moet vrij zijn, hield ik mijn spiegelbeeld voor. Daarom was het het beste dat ik eerst alle andere dingen opschreef, waar ik mijn hand niet voor omdraaide. Zo schreef ik overdag achter mijn bureau lange vellen vol over uiteenlopende onderwerpen, waarvan ik nooit had vermoed dat ik er verstand van had. Het was, eerlijk gezegd, opmerkelijk hoe makkelijk me dat afging. Wat had ik vroeger toch gezucht over dingen die goed beschouwd helder en ondubbelzinnig waren! 's Morgens wachtte ik vol ongeduld op de postbode en als ik het pakje aangenomen had, opende ik het, las de inhoud en schreef ongezouten op wat het allemaal voorstelde. Steeds sneller dienden de pakjes zich aan, steeds enthousiaster schreef ik mijn vellen vol. Hoe eerder mijn hoofd vrij was, hoe beter.

Over mijn artikel durfde ik tegenover mijn vrienden niet meer te praten. In eerste instantie was hun reactie lauw, bijna bang geweest en ik kreeg, zonder daar bewijzen voor te kunnen aanvoeren, de indruk dat ze het liefst zagen dat ik in mijn opzet niet zou slagen. In hun aanwezigheid hield ik nog wel een glimlach op, die moest verraden hoe hun verachting om zou slaan in schrik als ze het artikel eenmaal onder hun neus hadden, maar thuis schrompelde ik meer en meer ineen achter mijn volgeschreven vellen en steeds vroeger in de middag was het licht in de kamer zo diffuus geworden dat de inkt op het papier onleesbaar werd.

Op een van de bruilofts- en begrafenisavonden waagde ik het mijn nood te klagen bij een jonge Bulgaar. 'Geen nood,' zei die opgeruimd, terwijl hij zijn jas aantrok en zijn hoed opzette en mij tussen het glasgerinkel door resoluut naar de uitgang begeleidde, 'je moet een titel hebben, daar komt het op aan. Ik stel voor: "Europese schrijvers in perspectief; metamorfose der onwetendheid". Dan kun je verder beweren wat je wilt, geen hond die nog naar je luistert, de titel slokt al hun aandacht op en hun onnozele oren zijn doof voor enige inhoud. Voilà!' zei hij en liet me verbluft op de hoek staan. Ik zag zijn zwarte hoed en jas in de mist verdwijnen en hoorde nog lang de echo van zijn lach tegen de huizen. Ik keek omhoog. Een bleke maan hing boven de gevel van de kerk De Duif. Uit het water van de Prinsengracht steeg nevel op. Op het Amstelveld hoorde ik van verschillende kanten een fluitje, gevolgd door een kort bevel. Het kleine klokje van de Amstelkerk sloeg tingelend twaalf korte slagen.

1 december. De wintermaand was begonnen. Ik moest haast maken. Ik moest iets te weten komen over de andere kant van het Steen. In mijn kamer sloeg ik gauw Shakespeare op, mijn tweede en derde boek. En ja, mijn intuïtie had me niet bedrogen. Ook op de eerste bladzijden van de *Hamlet* was het twaalf uur 's nachts en als de

geest van Hamlets vader verschijnt, zijn er drie getuigen op de tinnen van Elsinore: de ongeletterde wachten en de scepticus van Wittenberg, Horatio. En wat te denken van Hamlet zelf, de nacht daarop, als hij gesproken heeft met de geest van zijn vader en uitroept: 'The time is out of joint'? Lach ik om Hamlet, die zich laat leiden door een geestverschijning? Lach ik zoals Lady Macbeth, die tegen de ontdane moordenaar Macbeth ter geruststelling zegt: ''Tis the eye of childhood / That fears a painted devil'?

Let op! zegt *Hamlet*-commentator Dover Wilson. Wij kunnen het begin van de *Hamlet* wel beschouwen als een achterhaalde traditie, waarin men geloofde dat de doden konden opstaan uit hel of vagevuur. Wij kunnen wel roepen dat we niet in die dingen geloven, maar je doet het stuk, de dramatische opbouw ervan, onrecht als je je niet verplaatst in de elisabethaanse toeschouwer van die tijd. Die zag de verschijning als écht, evenals Hamlet zelf, die overigens als student de modernste theorieën eromtrent kende. Evenals Horatio, de sceptische filosoof die roept: 'Stay Illusion!' Juist de kentering in het geloof omtrent verschijningen, zegt Dover Wilson, maakt het zo actueel dat Hamlet twijfelt of wat hij gezien heeft de werkelijkheid is, of slechts een spiegeling van de geest. De openingszinnen op de transen van Elsinore zetten de tragedie van de twijfelende Hamlet in gang. 'Oh, my prophetic soul!'

En moeten we niet acht slaan op de brave Marcellus, een van de wachten in die nacht, die hoopvol te berde brengt dat sommigen zeggen dat in het seizoen van de geboorte van Christus de haan de hele nacht kraait, zodat geen geest zich durft te roeren? Dan zijn de nachten 'wholesome, no planet strikes [...] no witch has power to charm'. Deze stad kent geen hanen, ook niet in de maand december. De nachten staan stil. De hanen is de nek omgedraaid.

4

Ik ging ertoe over de ramen en deuren te sluiten, de postbode te negeren en legde mij geheel toe op studie en gedachte. De beschreven vellen gooide ik weg. De Duivel – ik had hem nooit gevreesd, mijn hart klopte normaal, vergewiste ik me, mijn bloed kookte niet. Vraag mij waar ik bang voor ben en ik zal zeggen: voor geldgebrek en knellende schoenen. Vraag mij waarin ik geloof – nu, toe maar: in onrechtvaardigheid en onverschilligheid. Zo negatief! berispte ik mezelf, zo negatief, het is alsof de Duivel in je rondwaart.

Moedeloos raadpleegde ik het vierde boek, waarin Jezus van Nazareth na een verblijf van veertig dagen in de woestijn bezocht wordt door de Duivel: werp jezelf naar beneden en de engelen zullen je dragen; maak van deze stenen brood als je hongerig bent; kniel voor me en de aarde is van jou. Maar golden die drie verzoekingen mij? Ik had geen honger, ik stond niet op grote hoogte en ik knielde slechts om mijn veters te strikken. Mijn verlangen was gereduceerd. Van de hele wereld wilde ik alleen nog maar een paar nieuwe schaatsen.

5

De vijfde december brak aan. Helaas had ik uitnodigingen moeten afslaan. Ik had uitgekeken naar deze geheimzinnige avond, waar bij mij om de hoek linzen op tafel zouden komen met zoet-hete worstjes en er hevig gediscussieerd zou worden over de Bulgaarse volksmuziek. Ik dacht aan de ogen van de kinderen Johathan en Elisabeth als ze het gestommel op zolder zouden horen. Ik herinnerde me van vroeger hoe die avond boos en donker was en alleen het lamplicht bescherming bood. En de aanwezigheid van anderen.

Maar ik was alleen met de spiegel, de transen van Elsinore en de woestijn. Hoe was ik in deze onhoudbare positie verzeild geraakt? Met bitterheid dacht ik terug aan de maandagochtend na Allerzielen. Een stem door de telefoon vraagt je over de Duivel te schrijven; je loopt wekenlang glimlachend om het probleem heen en kijk nu eens, kijk nu toch eens: daar zit je en je voelt de warmte van de anderen die niet bij jou zijn en je voelt de leegte om je heen en niets weet je – een zandkorrel heeft meer verstand dan jij.

Ten einde raad nam ik een klakkeloos besluit. Ik klom op de ladder naar de bovenste boekenplank. Ik zou een boek van Jorge Luis Borges pakken, ongeacht welk en ik zou een bladzijde openslaan, zonder voorbedachten rade. Welk stuk tekst ik ook onder ogen kreeg – het moest op de een of andere manier het antwoord geven dat ik nodig had om mijn artikel te schrijven. Er zou niet worden gesjoemeld, hield ik mezelf streng voor. Het boek dat mijn hand pakte, heette *Het geheimschrift*.

Nu begon mijn hart wel degelijk te luid te kloppen.

Met trillende vingers hield ik de opgeslagen pagina onder het lamplicht. Ik las het gedicht 'De woestijn'. Ik las het met stijgende verbazing: 'Als ik de eenzaamheid in moet, / ben ik al alleen. / Als de dorst me toch zal verzengen, / laat het dan meteen gebeuren.' Dit zijn parabels, zegt de dichter Borges.

Ongelovig keek ik in het midden van de kamer om me heen. In Madrid klonk op dat moment donderend het 'Dies irae, Dies illa' uit het requiem van Mozart, die om één uur diezelfde nacht zou sterven. In een lucide seconde begreep ik de opzet van het moment. Verslagen ging ik aan mijn bureau zitten om op te schrijven wat er was gebeurd de afgelopen tijd. Wanneer ik opkeek en het donkere vensterglas mijn gezicht weerspiegelde, zag ik hoe achter mijn schouder de Duivel grinnikend mijn cheque ondertekende.

De oude man & het zwijgen

'Het sneeuwt,' zei zijn vrouw.

'Heel de wereld wordt wit,' zei hij. Hij tuurde even naar buiten, voordat hij de gordijnen sloot.

Zijn leven lang had hij in dergelijke hoofdzinnen gesproken, bedacht hij. Zijn commentaar op de wereld om hem heen in afgepaste zinnen: 'Dood poppenhaar groeit nooit meer aan,' of 'En de moeder weende toen zij zag dat haar kindje rood haar had.' Het was zo. Het was zo gegroeid. De wereld moest zijn commentaar maar op waarde schatten.

Voorzichtig liep hij van het raam naar zijn stoel. De grote kamer was ruim en hij wist waar alles stond. Hij wist overal in het grote huis waar alles stond. Tot in de keukenkastjes wist hij dingen op de tast te vinden. Zijn handen en voeten had hij ogen gegeven. Beetje bij beetje had hij het ze aangeleerd. Zelfs in het bos bij het huis konden zijn voeten het ene pad en terug vinden. Het bos was geluiden en geuren geworden. Meer bos. Meer bos dan vroeger. Hijzelf meer alleen in meer bos.

In de grote kamer hing stilte. Zijn vrouw liep heen en weer van de kamer naar de keuken. In het haardvuur knapte zo nu en dan iets. Nog even en het hele huis zou vol zijn met hun stemmen en geroep, met hun grappen en hun gevoeligheden, de op het punt van uitbreken staande ruzies, de verzoeningen, het geluid van papier en verrukte uitroepen. Gevoelig, o zo gevoelig waren ze allemaal, naar de hel met hun gevoeligheden, het werd tijd dat ze volwassen werden, dacht hij. Maar dat dacht hij al zo lang. Vergeefs. Zijn kleinkinderen handelden meer als mensen dan zijn eigen kinderen, die om het minste of geringste een brouille hadden. Maar zijn kleinkinderen interesseerden hem niet.

Zijn eigen kinderen eigenlijk ook niet meer. Al heel lang niet meer. Maar ze zouden komen en het huis vullen met hun lawaai.

Het vuur knapte.

Hij was moe. Hoewel hij de hele middag op bed had gelegen.

Omdat hij anders maar in de weg liep, hadden ze gezegd. Zij liepen in de weg in zíjn huis, dat was de waarheid. Hij hoedde zich ervoor het hardop te zeggen. Kerstavond met het hele gezin, daar was sinds mensenheugenis geen tittel of jota aan veranderd. De vierentwintigste was een ritueel dat hij kon dromen. Die kon op geen andere locatie worden gevierd, niet bij een van hen thuis, niet eens een jaar niet. Het moest. Hier. In zijn huis.

Vijfentwintig jaar geleden had hij een poging gedaan 'Heilige Abend' in het huis van zijn oudste zoon te laten plaatsvinden. Stormen van protest. Alsof hij hen allen in één klap van hun geloof af had willen brengen. Alsof hij de banvloek over hen uit had willen spreken. Misschien had hij dat wel gewild. De hele bende met één veto van hem de hel in gejakkerd. Geen echtscheidingen, zelfmoordpogingen of ruzies meer. Stilte en rust op het thuisfront. Op zijn dooie gemak op zijn dood wachten, die maar niet komen wilde. In zijn eigen huis bij het bos.

Hemel en hel. Zijn leven lang waren ze hem even reëel bijgebleven als ze in zijn kindertijd waren, alleen waren ze elk jaar vager geworden, contourlozer, inhoudslozer. Misschien waren alleen de woorden hemel en hel overgebleven, als vergeten centen achter een kastje. Van alle kerkelijke feestdagen stond alleen de vierentwintigste, kerstavond, nog overeind. Als het huis volliep met gedoe en lawaai en lichtjes.

De taken die vroeger bij hem hadden gehoord lagen nu op de schouders van zijn oudste zoon. Het kiezen van de juiste boom bij een oplichter van een kerstboomverkoper, het aan de fiets naar huis slepen van de boom. Het rechtzetten van de boom. Het optuigen ervan op de vierentwintigste, geen dag eerder. Het hakken van het hout. Het schenken van de wijn in de kristallen karaffen. Het tevoorschijn halen van het lied 'Christus natus est' van een jongenssopraan uit het koor van de kathedraal. Alles kon hij rustig overlaten. Zijn vrouw en jongste dochter stonden de hele dag in de keuken, verboden terrein voor hem. Alleen de geuren, van het kerstbrood dat nooit wilde rijzen, van de tulband, van het haardvuur en de dennenboom vertelden hem hoe ver het tijdstip van de invasie genaderd was. De klok tikte de laatste minuten van het stille huis weg.

'Waarom wil het kerstbrood niet rijzen?' vroeg hij hardop. Jaar in jaar uit was zijn vrouw wanhopig over het kerstbrood. Hem had het nooit kunnen schelen, het was zo ook lekker, gerezen of niet. Voor zijn vrouw belichaamde het niet gerezen kerstbrood elk jaar de rampspoed die zijn, dit gezin, wist te bewerkstelligen. Het was maar goed dat het gegeten kon worden, dan was het voor een jaar weer weg. Het kerstbrood wilde niet rijzen. Waarom eigenlijk niet?

Voorzichtig stond hij op en liep naar de haard. Zijn zoon had het vuur gemaakt. Daarna was hij in zijn auto gesprongen om zijn kinderen op te halen. Er zou dit jaar ook aanhang van zijn kleinkinderen komen. Wat moest dat moest. Hij haalde ze allemaal niet meer uit elkaar. Deed ook geen moeite om namen te onthouden. Hij tastte naar de houtstapel voor de haard en pakte een bovenste blok hout. Hij stond er een tijdje mee in zijn handen. Hij hield van hout, van hout en van vuur. Zijn hele leven hield hij al van hout en vuur. Het was de enige liefde waar niets van af was gebrokkeld. En zijn pijp. Zijn pijp was zijn grootste liefde, zijn pijpen, hij had er een stuk of dertig. Daar deed hij nooit afstand van, hoezeer zijn vrouw ook op hem sakkerde dat ze stonken, dat hij ervan stonk, dat de gordijnen ernaar stonken. Stinken deed niemand kwaad. Hij vlijde het houtblok voorzichtig op het vuur. Legde het met de pook goed, rommelde wat aan het vuur, wachtte tot hij aan zijn schenen voelde dat het vuur rond het nieuwe blok begon te lekken.

'Hout en vuur, vuur en hout, zij zijn jong en ik ben oud,' zei hij hardop.

Hij had die ochtend een mooi gevecht geleverd, dacht hij tevreden toen hij weer in zijn stoel zat. Hij wist niet hoe het kwam dat hij ineens zo'n kracht had gevoeld. Zijn vrouw had er al dagen op aangedrongen dat hij zich zou scheren voor kerstavond. Dat was een vast patroon elk jaar, dat gezeur. Ook door het jaar heen. Hij scheerde zich nog wel eens als blijk van welwillendheid. Maar steeds minder. Het apparaat gehoorzaamde niet meer goed aan zijn handen. Het ging zijn eigen gang en raakte verstopt. Het werd onbruikbaar.

'Ga je je nog scheren voor vanavond?' had zijn vrouw gevraagd.

'Kan niet. Apparaat defect,' had hij geantwoord. Maar daarmee was de kous niet af geweest. Hoe het kwam wist hij niet, maar plotseling bevond hij zich in de badkamer met zijn oudste zoon die hem inzeepte.

'Hou je stil, vadertje, ik heb een echt mes, daarmee krijgen we de boel wel klein,' had die gezegd.

Met een gezicht wit van het schuim had hij een grote woede voelen opkomen. Hij voelde hoe er een enorme kracht in zijn broodmagere armen gleed, in zijn hersenen, in zijn stakerige benen die grip op de badkamervloer kregen. Hij had de arm met het mes van zich af geduwd, hij had zijn zoon weggeduwd, weg, weg. Zijn zoon had teruggevochten om zijn vader de baas te blijven. Zijn zoon was een boom van een kerel, maar zijn eigen kracht was zo groot, zo allesomvattend enorm geweest dat het een heus gevecht was geworden. Twee mannen in een badkamer, de een wit ingezeept, de ander tegen de keer en woedend op zijn vader, die elkaar stilzwijgend naar het leven stonden. Hij had steeds geweten waar het mes was. Tot zijn zoon de strijd had gestaakt en was weggelopen. Hij had zijn gezicht afgeveegd en was op bed gaan liggen. Hij had gewonnen.

'Dan moet je het zelf maar weten als je er als een vogelverschrikker uit wil zien en de kleinkinderen bang voor je zijn,' had zijn vrouw gezegd toen hij aan het eind van de middag naar beneden was gekomen.

Hij voelde over zijn wangen. Zijn baard was grillig, hier stak er een dikke pluk haar uit zijn wang, daar was het haar korter en zachter.

'Dood poppenhaar groeit nooit meer aan,' zei hij hardop. De bel ging en meteen was het huis vol gelach en gestamp.

Het was als altijd, ze kwamen allemaal op hetzelfde moment binnenvallen, alsof ze dat met elkaar hadden afgesproken. Ze woonden overal verspreid, maar op kerstavond kwamen ze als één man het huis binnen.

Hij liep naar de hal om hen te verwelkomen. Hij deed de deur zorgvuldig achter zich dicht. Verboden terrein. De twee grote kamers waren voor even verboden terrein. Ze stampten met hun laarzen de sneeuw van hun schoenen en begroetten hem met veel enthousiasme. Ze gooiden hun jassen over de trapleuning en stampten nog eens extra hard.

'Wat een sneeuw! Wat een sneeuw!' riepen ze. Zijn vrouw had oude kranten over de parketvloer gelegd. Allemaal kussen op zijn vogelverschrikkersbaard. Hun stemmen bij zijn oor.

Ellendelingen, dacht hij met enige genegenheid.

Zijn vrouw dreef iedereen naar de keuken, waar het nog warm was van de vuren en de oven.

Hij had nu de eerste van de hem overgebleven taken te doen. Op de schoorsteenmantel boven de open haard moest het grote pak lucifers liggen. Even luisterde hij of het vuur nog krachtig genoeg was. Er moesten vier kandelaars zijn, drie met vijf kaarsen. De zevenarmige kandelaar stond op de oude dekenkist. Hij stak met een lange lucifer de zeven kaarsen aan en tastte naar de stekker van de kerstboomverlichting. Voor zijn witte ogen gloeide de kerstboom op. Hij deed de ronde om het andere elektrische licht uit te doen.

Hij hoorde jakhalzengehuil uit de keuken en de stem

van zijn vrouw die wist te hitsen en te verbieden.

In de eetkamer was de eettafel uitgetrokken. Parallel eraan stond een tweede tafel, voor de gelegenheid van zolder gehaald. Voorzichtig manoeuvreerde hij tussen de twee tafels door. Op de gewone tafel twee kandelaars, tien kaarsen. Hij gebruikte er twee lucifers voor, behoedzaam om het gedekte glaswerk niet om te stoten, om het een keer per jaar tevoorschijn gehaalde zilveren bestek niet op de grond te laten kletteren. Toen nog de kandelaar op de reservetafel. Vier lange lucifers hield hij in zijn hand. Hij stopte ze terug in de luciferdoos.

Het gehuil uit de keuken was weggevloeid, iedereen riep nu door elkaar met harde stemmen en daardoorheen de stem die luidkeels jammerend trachtte te bedaren wat ze eerst had aangericht.

Nu kwam het mooiste gedeelte van de eerste taak. De afronding van het voorwerk zogezegd. Straks wachtte hem nog de afsluiting van kerstavond. Nu eerst dit. Er stonden vier kristallen karaffen op tafel, wist hij, erfstukken nog van zijn ouders. Hij reikte voorzichtig naar de eerste, nam de kristallen stolp er af en dronk behoedzaam, om geen rode wijn op zijn overhemd te knoeien, twee slokken alvorens de kristallen bol weer in de karafhals terug te zetten. Hetzelfde deed hij met de andere drie karaffen. Van de laatste was de stolp al jaren zoek. De wijn trok een weldadige gloed in hem. Omdat hij zijn slokken goed afmat, zou zijn vrouw niets merken. Een stokje gestoken voor haar bemoeizucht. Hij liep terug naar de grote kamer en haalde van achter het gordijn het zilveren belletje tevoorschijn. Alles stond op zijn plaats, alles was als vanouds. Even hield hij het belletje stil in zijn handpalm om nog na te genieten van de wijn, een goede wijn dit jaar. Toen liet hij het belletje klingelen. Kerstavond was begonnen.

Het was bijna voorbij. Het was bijna zover. De cadeaus onder de kerstboom waren uitgepakt, met veel geritsel van papier en luide uitroepen van verrassing. Het souper was genuttigd, het kerstbrood luidkeels geprezen, gejen en gejudas in de kiem gesmoord. Er was geharrewar geweest over spreekwoorden en iemand had uit het niets gevraagd hoe je 'lachen als een boer met kiespijn' in hemelsnaam in het Frans zou vertalen.

'Rire jaune,' had hij gezegd. Ze hadden er het woordenboek bij gehaald om hun ongeloof te staven. Hij had gelijk.

Iemand anders had uit het niets gezegd: 'In 1683 stonden de Turken voor Wenen.'

Zijn vrouw had met vaste hand de regie gehouden. Ze had met nauwlettend oog zijn taks voor de wijn in de gaten gehouden, hij had er slechts één glas wijn bij weten te smokkelen. Hij had niet veel geluisterd, nauwelijks iets gezegd.

Nu zat iedereen met zijn cadeaus om zich heen tevreden in een kring rond de open haard. Het vuur werd nog een laatste maal opgerakeld. Hij had geschenken gekregen waar hij niet om maalde, een slip-over, een ribfluwelen jasje, sokken, een nieuwe pijp, pijptabak en de gebruikelijke Magnum goede wijn van zijn oude regentenclub. Die zou de wintermaanden zijn tochtjes naar de kelder veraangenamen. De nieuwe kleren zou hij alleen als zijn vrouw hem bedreigde aantrekken. Hij was gehecht aan zijn oude jasjes en zijn oude trui. Er was dit jaar slechts één boek bij geweest, een atlas van de Griekse en Romeinse tijd.

'Mooi, heel mooi,' had hij gezegd, terwijl hij in het grote boek bladerde en de geur van de verse inkt had opgesnoven. Niemand wist dat hij er niets meer aan had, niemand wist dat hij blind was geworden.

Het oordeel was in het vroege voorjaar gevallen. Om van alle gezeur verlost te zijn had hij zich door zijn vrouw naar de Algemene & Rechtvaardige Ouderdomstest mee laten sleuren. Misschien had ze gehoopt op een bewijs van dementie. Ze hadden hem op zijn bloed getest, door hersen- en hartscans gehaald, gymnastische oefeningen laten doen, zijn lever, darmen en milt onderzocht, zijn reactievermogen en denkvaardigheid beproefd. Al met al waren ze een dag met hem bezig geweest.

'Tja, de ogen hè,' had de specialist hem gezegd toen ze ten slotte de komst van zijn vrouw afwachtten, 'verhoorning van het netvlies. Daar is weinig aan te doen. U ziet nu slecht, over een halfjaar ziet u niets meer, ben ik bang.'

Toen zijn vrouw naast hem was komen zitten had de specialist gezegd dat hij eigenlijk piekfijn in orde was, het hart goed, de longen goed, uitstekende darmfunctie, geen spoor van dementie of geheugenverlies, alleen wat lichte verschijnselen van ouderdomssuiker.

Als aan een laatste strohalm had zijn vrouw zich aan het beetje suiker vastgeklampt. Dat hij zijn pillen niet nam als zij er niet op toezag, dat hij zo eigenwijs was, dat zij soms een handvol pillen in de broodtrommel terugvond, dat hij tegenwerkte, dat hij zo moeilijk was. Geduldig had de specialist haar verslag van hun huwelijk aangehoord, misschien verbluft door de vloedstroom van haar verwijten over hem. Wellicht had hij daarom zijn ogen vergeten te melden.

'Mij mankeert niets,' had hij triomfantelijk in de taxi op weg naar huis gemeld. Was ze teleurgesteld geweest dat er 'geen spoor van dementie' was gevonden? Hij zou haar niets cadeau doen, hij zou zijn blindheid verzwijgen, doen alsof hij alles zag, dat ze nog jaren met hem mee moest, nog jaren met hem in het vooruitzicht.

Diezelfde triomf had hem een paar dagen later toch nog naar de juwelier gebracht. Zijn vrouw werd jarig en hij wilde haar een sieraad geven, iets moois als blijk van zijn liefde, zijn laatste restje liefde voor haar. De juwelier had hem met alle kennis van zaken door middel van een loep het kleine diamantje laten zien. Een plotselinge flikkering in wit goud gevat was door het laatste gaatje in zijn netvlies te zien geweest. Zijn hart was volgestroomd.

Maar op de dag van haar verjaardag zelf hadden ze ruziegemaakt. Zij was, ondanks het diamantje, niet opgehouden op hem te sakkeren, niets wat hij deed was goed. Hij had haar 'heks' genoemd. Het diamantje was voor zijn ogen gedoofd. Hij zou haar vanaf dan alleen nog maar parfum cadeau doen, waarvan ze al te veel flessen had staan, ook op deze kerstavond. Steeds weer hetzelfde flesje parfum, door een verkoopster ingepakt. Parfum totdat ze er een bad in kon nemen.

Hij beet liever zijn tong af dan haar iets over de toestand van zijn ogen te zeggen. Alles waardoor ze meer zeggenschap over hem zou krijgen was uit den boze, alles wat zijn vrijheid betrof.

Het was een uur voor middernacht. Tijd voor zijn laatste taak. Het eten had hem niet gesmaakt. De wijn des te beter, maar daar stond de handrem op in de vorm van zijn vrouw. Waartoe dienden trouw en plicht als een man niet drinken kan?

Ik haal het straks wel in, dacht hij.

Overal om hem heen liepen ze heen en weer. Ze liet niemand en niets met rust.

Als haaien, dacht hij. Hij stopte een nieuwe pijp. Eindelijk zat iedereen. Hij deed het boek open. Er zat een van een pak tabak afgescheurd reepje karton op de juiste plaats. Hij begon het kerstverhaal:

'"Als alles en iedereen sliep," las hij voor, "en al de dingen in de nachtelijke stilte waren, als alleen de sterren werkten, hoog en helder boven de aarde in sneeuw, zaten er arme herders bij een knapperend vuur, op een der heuvelen hunne kudde te hoeden."' Hij hield op.

Hij kende de tekst uit zijn hoofd. Vijfenvijftig jaar had hij hetzelfde verhaal voorgelezen. Hij vertrouwde op zijn geheugen. De arme herders in de sneeuw. Bij het vuur een pot bier en een spel kaarten. De 'oude Bi'nus', die boeken kon lezen en aan de stand van de sterren het weer kon voorspellen, 'het Bultenaarken', 'het gevonden kind' en 'de Reus'. De plotselinge bewegingen aan de hemel en het verschijnen van 'de sterre met den steert!'. De angst van de herders. De engel met de vredesboodschap. De blinde 'met den vedel' die buiten dit alles bleef omdat hij nu eenmaal blind was. De herders die de heuvel af daalden als in het winterlandschap van Breughel om geschenken naar het nieuw geboren kind te brengen. De stal en 'het kindeke'. De 'blinde' die niets bezat en daarvoor in de plaats 'een schoon liedeken op zijn viool' wilde spelen 'en er gleed uit zijn viool een zang die gestolen scheen van de engelen'. Hij kende het verhaal van buiten. Hij kende het allemaal.

Het bleef stil in de kamer.

'Ga door, vadertje,' riep een van zijn kinderen.

'Hu-ber-tus, neem toch je pijp uit je mond, niemand verstaat je zo,' zei zijn vrouw.

'"Een paar koeien zaten met domme oogen naar het niets te zien, wat verder beuzelde een witte os, en een grijs melkgeitje deed of het sliep,"' zei hij in zichzelf. Hij grijnsde. Het wit in zijn ogen werd witter.

'Ga nou door,' riepen er een paar door elkaar.

Hij droomde het eind van het verhaal: 'En als 't gedaan was, en zijn strijkstok neven hem hong, stond hij weer te glimlachen naar iets omhoog. "Ik heb het kind gezien," snikte hij, "ik heb het gezien! Och, 't is zoo heerlijk en zoo schoone!"'

'Schenk me een glas cognac in,' beval hij.

'Lees je dan verder?' vroegen ze.

Hij sloeg de cognac in één teug achterover. Het brandde in zijn keel. Niemand protesteerde.

'Jullie zijn stuk voor stuk prinsen van Denemarken,' zei hij, 'weifelaars en twijfelaars, handenwringers en klagers, ik heb het anders gewild, maar het zij zo,' zei hij. 'Jullie persen jullie hart uit tot de laatste traan die jullie over jezelf laten, jullie zelfmedelijden is als de wol van het schaap wanneer het geschoren is, vet en ondoordringbaar. Kijk eens naar jullie buiken en het gewicht van jullie dikke gestalten, overvloed, overvloed te over en nog is het jullie niet genoeg. Mijn oudste zoon heeft twee auto's en een Harley Davidson, mijn jongste zoon rijdt rond in de auto van een Franse president, mijn dochter heeft een eigen paard, mijn andere dochter reist naar Cairo of New York als is het naast de deur, alles is rijkdom en weelde, je kunt er de straten mee kasseien, maar nog huilen jullie als hongerige wolven in de vlakte. Ik heb het anders gewild, maar het zij zo,' zei hij.

'Ik ben mijn vaders geest, genegen om de broekriem aan te halen als het moet, hard als de eiken in het bos, geen van jullie heeft mij ooit een traan zien laten en zolang ik leef zal geen van jullie ooit natte ogen zien bij mij, al ben ik voor bepaalde tijd gedoemd om in de nacht te leven. Maar jullie huilen bij voorbaat om het valse sentiment van een verhaal, om een blinde die beweert het kind te zien, de tranen "lekken" bij voorbaat "van jullie kaken" om die onzin, zoals het verhaal vertelt. Met gretigheid wachten jullie op het wonder van het einde, maar geen enkel wonder verzacht jullie hart. Het zijn valse tranen die jullie plengen, jullie geloven voor geen cent in het vertelde en jullie hebben haast dat het gedaan is, het verhaal, het einde, de tranen. Om terug te kunnen keren naar jullie welvoldaanheid, jullie huizen barstens vol cadeaus, Kerstmis weer voor een jaar erop, tijd om terug te keren naar jullie zekerheden die even grillig zijn als wind, even onzeker als het nieuws, even geneigd tot klagen als er maar een muur was als in Jeruzalem. Ik heb het anders gewild, maar het zij zo,' zei hij.

'Kinderen van mij zijn jullie, en kleinkinderen,' zei hij. 'Maar heb ik er ooit plezier van gehad? Toen jullie klein waren tilde ik jullie op mijn schouders om voor mij vooruit te zien, maar heb ik ooit iets gehoord dat mij bemoedigde? Alleen jullie klacht om gebrek aan geld en aandacht, maar waar zou ik mijn aandacht op moeten richten? Dat jullie liefdes hadden die verloren gingen, banen die te veel vermoeiden, levens die jullie wilden verspillen, kapotte uitlaten of te hoge lasten? Dat jullie harten het begaven voordat het tijd was, dankzij de pillen en de drank? Hoe moet ik weten hoe jullie leven is, als jullie niet weten het te leiden, hoe moet ik troosten als jullie alleen uit twijfels bestaan? Hoe moet ik jullie leren hoe te drinken, hoe te slapen, hoe te handelen als jullie je voorbeeld al verkwanseld hebben? Ik heb het anders gewild, maar het zij zo,' zei hij.

'Jullie ondeugden zijn alleen achtenswaardig als jullie ze nalaten, jullie deugden hebben geen tijd van leven gehad,' zei hij.

Er knapte twee keer hout in de haard. Het bleef stil in de kamer.

'Kijk goed naar mij, want jullie kijken hoe de dood werkt,' zei hij, 'ik ben moe, ik ga naar bed. Hij zette het cognacglas op de tafel voor hem en klapte het boek dicht. Met één goed gemikte worp wierp hij boek en al in het vuur. Hij hoorde het zuigen van de vlammen. En van het gezelschap dat de adem inhield.

'Als hij niet wil voorlezen, moet hij het zelf weten,' doorbrak zijn vrouw de stilte, 'maar we laten ons het kerstfeest niet bederven.'

'Hij wil niet meer voorlezen,' zei hij, 'hij wil het grote zwijgen beginnen.' Hij zwijgt.

Voetje voor voetje liep hij de trap op die te smal was geworden dankzij de stoeltjeslift van zijn vrouw. Hij ging in zijn bed liggen, zijn kleren nog aan. Hij trok het dekbed om zich heen. 'Je kunt van een prins wel een bedelaar maken, maar van bedelaars geen koningen,' zei hij hardop.

Hij viel onmiddellijk in slaap. In zijn droom zag hij blonde luie leeuwen in geel woestijnzand liggen. En een mannetjesleeuw die een gazellejong verslond.

De kinderen

De kinderen hielden heus van elkaar.

Alles wat er buiten hun huis gebeurde, sloegen ze met verhoogde belangstelling gade, ze droegen hun steentje bij alsof er anders geen berg zou groeien, leverden zich met huid en haar over aan vriendschappen, andere moeders, andere verhalen. Ze gingen erin op.

Soms, hooguit twee of drie keer gedurende hun kindertijd, hoorden ze de grondtoon, de basso continuo die hun hele leven zou bepalen, de onderliggende melodie van Het Gezin, van Hun Ouders. Zij waren anders. Hun moeder kwam uit het buitenland. Hun huis was op het nodige meubilair na leeg; er was geen televisie; ze spraken hun ouders anders aan, ze spraken hun god anders aan; ze droegen andere kleren. Alles wat er buitenshuis gebeurde werd door hun ouders afgekeurd of afgedaan. Wij hebben dat niet. Wij doen niet zo. Als Keesje, een buurjongetje, op straat een vers kadetje met margarine en suiker mocht eten, luidde het: wij eten niet op straat. Hun ouders lazen en citeerden poëzie, zij het ieder in een andere taal.

Modern, dachten de kinderen, wij zijn modern.

Op kerstavond klonk alleen de baspartij. Buiten hun huis had men Sinterklaas achter de rug. Zij geloofden niet in Sinterklaas. Op zijn verjaardag kregen ze kniekousen en ondergoed cadeau, niet iets om hoog van in de lucht te springen. Zij keken elke dag verlangend naar het adventshuisje dat hun moeder deurtje voor deurtje opende. Het rode crêpepapier achter ieder deurtje begon te stralen.

Franklin kwam als laatste de zoldertrap af. Blauwe blazer, grijze broek, wit overhemd met een strikje. Zijn haar was nog nat. Zijn vier jaar jongere broertje was een kopie van hem. Majorie, die één jaar met hem scheelde, droeg een rode blazer, net als hun babyzusje, Jessie, vier jaar oud. De kinderen verzamelden zich in de bovenhal. Ze daalden langzaam, bijna plechtig, de trap af, Franklin voorop, Jessie als laatste. Casimir (Cas) verbeeldde zich dat hij de engelen kon horen zingen. Buiten viel een geruisloze sneeuw.

Vijf treden van onderen stond Franklin stil. Alle vier zagen ze het gelijkertijd. Hun ouders stonden dicht bij elkaar en maakten ruzie. Kleurig ingepakte cadeautjes lagen overal in het rond. Jessie vroeg zich af of de engelen genoeg papier uit de hemel hadden meegenomen. Ze huiverde van opwinding. Een seconde later zag ze hoe hun vader hun moeder een klap gaf. Ze bleef huiveren. De gedachte aan cadeautjes verdween uit haar heelal.

Franklin stond als bevroren. Hij vroeg zich af wat hem te doen stond. Hun vader had nog nooit hun moeder geslagen. Ze maakten wel eens ruzie, maar dat gebeurde meestal op grote afstand van elkaar, moeder luidkeels en niet te stuiten vanuit de keuken of badkamer, vader ergens in het huis aan het rommelen, soms antwoordde hij kort, soms deed hij er het zwijgen toe. Klappen werden alleen aan de kinderen uitgedeeld, ter lering. Hij zag hoe hun moeder over de schouder van hun vader haar blik richtte op de trap waar zij gevieren in wassen beelden waren veranderd. Haar blik was koel.

'De kinderen...' zei ze.

Met een paar stappen was hun vader bij hen.

'Naar buiten met jullie,' zei hij, 'wachten tot het belletje gaat.'

Ze slopen stil onder zijn gestrekte arm door naar de keuken. Andere jaren wachtten ze altijd, samen met hun moeder, in de keuken. Vol verwachting, zich warmend aan de twee grote fornuizen die nog nagloeiden van de hele dag braden en bakken. Het laken dat hun het uitzicht op de grote kamer had belemmerd, werd dan door hun vader weggehaald, de kaarsen aangestoken, het houtvuur in de open haard nog eens opgestookt – en dan het zilveren belletje dat aangaf dat de engeltjes weer naar de hemel waren vertrokken en dat ze mochten komen. Nu werden ze de sneeuw in gestuurd. Hun vader draaide de keukendeur achter hen op slot.

Ze draafden eens zo goed en zo kwaad als het ging in de sneeuw, een rondje rond de drie berkenbomen op het grasveld, ze deden eens wie het eerst het schuurtje kon aantikken. Sneeuw viel op hun haren. Toen werd het koud.

'Kom maar,' zei Franklin en hij opende met een sleutel de tuindeur van de garage.

'Hoe kom je daar nu aan?' vroeg Majorie, doelend op de sleutel.

'Nagemaakt,' zei hij.

Onder het lichtpeertje aan het plafond sprong de auto groot en glanzend tevoorschijn. Een dolfijn op het droge. Franklin nam plaats achter het stuur, Majorie schoof naast hem. De kleintjes achterin.

'Deuren en ramen dicht,' zei Franklin. 'Iedereen klaar? We gaan naar Italië.'

Ze speelden vadertje en moedertje. Franklin reed, Majorie bewonderde hem om zijn rijvaardigheid (hem dankbaar voor zijn idee) en gaf hem een denkbeeldig broodje. Cas zette hoog in met 'Glo-oho-o-ho-o-hoh-oo-ria in excelsis Deo'. Hij deed de eerste stem, met hoge uithalen. Ze zongen allemaal mee.

Toen hun vader de keukendeur opende en het belletje liet klinken, vonden ze het bijna jammer om op te houden. Franklin stuurde net voorbij Milaan.

Kerstavond was als andere jaren. Het warme vuur in de haard, de betoverde kerstboom met lichtjes en zilveren en gouden balletjes, het stalletje dat uit elkaar hing van ouderdom, de tafel gedekt voor zes, met damast en zilver, blinkende glazen en de Italiaanse salade in het midden. En de cadeautjes, tot een uitzinnige berg opgestapeld rondom de boom. Maar eerst het 'Et incarnatus est' van Mozart uit de mis in c klein.

Hun moeder was er dit jaar niet bij. Ze was naar bed gegaan met migraine. Niets nieuws onder de zon. Hun vader verborg zich de verdere avond zwijgend achter de rookwolken van zijn pijp. Hij had voor het eerst hoogrode konen, zag Majorie.

'Laatste cadeau bij de keldertrap,' zei hun vader. 'Franklin!'

Toen Franklin weer binnenkwam, liet hij een zwart katje uit zijn armen glippen. Het jonge diertje probeerde zich te verlossen van een rood kerstlint om zijn hals, met daaraan een kaartje: 'Voor Jessie'. Na een kleine stilte hoorden ze de verrukte stem van Jessie.

'Kokoschka!'
Niemand wist waar ze die naam vandaan had.

Op Eerste Kerstdag had hun moeder de vroege trein genomen naar familie in Eindhoven.
'Ze komt terug,' zei hun vader.
Ze aten die dag van het kerstbrood en de tulband die
zij had staan bakken. Hun vader legde de twee eenden
in de diepvries. 's Avonds kwam oom Hans, geen echte oom, meer de beste vriend van hun vader. De tus-
sendeuren gingen dicht, de twee mannen hadden veel te
bespreken, met hun rokende pijpen, een fles oude kla-
re naast hun vaders stoel. Het werd laat, merkte Majorie toen ze om twaalf uur haar boek dichtdeed en onder de dekens schoof. Jessie in het andere bed zuchtte
diep in haar slaap, het zwarte poesje aan haar voetenein-
de zuchtte eensgezind met haar mee.

De dagen daarop bouwde Franklin gestaag aan zijn
treinencomplex. Hij had op kerstavond nieuwe stukken rail gekregen en een moderne TEE-locomotief met
slaapwagon. Hij kon nu het stevige diesellocje rakelings
langs de nieuwe trein laten lopen. Hij beloofde Cas, die
over zijn schouder meekeek, een landschap van papier-
maché te bouwen.

'Italië?' vroeg Cas.
'Zwitserland,' zei Franklin, 'met hoge bergen en zo.'

Geen van de kinderen bracht hun moeder ter sprake, die was weggelopen. Majorie schreef in haar nieuwe
dagboek, een cadeau dat ze 'schitterend' noemde, over
de steeds maar vallende sneeuw, over hun vader die lange wandelingen in de bossen maakte, zonder dat er een
kind mee mocht, over wat ze met de toekomst zou doen.

Dan wil ik naar de toneelschool, schreef ze, *daar moet ik voor sparen. We hebben ieder honderd gulden van opa gekregen. Ik heb nu honderdenvijf gulden.* Majorie was van de kinderen het minst onder de indruk van haar moeders afwezigheid. Ze vond het eigenlijk wel prettig, ze werd tenminste niet om de vijf minuten lastiggevallen. Het enige waarover ze voor het slapengaan wel eens tobde, was hoe ze het aan haar klas moest vertellen dat ze een kind van gescheiden ouders was. Het was natuurlijk treurig, maar ook modern, dacht ze, aangenaam modern.

Voor Casimir was het het moeilijkst. Hij dacht aan zijn moeder als de mooiste vrouw van de wereld, een toververschijning eigenlijk, die hem gelukkig maakte en deed stralen. Als compensatie voor wat hij zelf als kinderachtig beschouwde, begon hij maar een verhaal te schrijven over een weesjongen die verdacht veel leek op Remi uit *Alleen op de wereld*, waaruit hun moeder hen de eerste winterdagen had voorgelezen.

Jessie keek van niemands zorgen op, haar bestaan werd geheel in beslag genomen door Kokoschka. Het poesje wilde nu eens naar buiten, dan weer naar binnen en Jessie was een trouwe wachter, totdat hun vader vanuit de kamer riep: 'Kan dat gedonder met die keukendeur ophouden?'

Het menu was eenzijdig. Ze aten bruine bonen met spek en appelmoes en 's morgens gebakken eieren of yoghurt met beschuit. De enige variatie bestond uit een blik hutspot met klapstuk, dat hun vader uit de kelder had opgedoken. Het was nog uit de oorlog en tot het jaar 2000 geldig, zeiden gestanste letters. De oorlog smaakte naar motorolie. Met oudjaar kwam tante Ans (geen familie) met oliebollen en appelflap. Ze maakte zuurkool met worst voor hen klaar, 'voor wel twee dagen'.

Ze speelden spelletjes en vanaf dat moment leek het alsof ze verslaafd raakten aan spelletjes. Mens-erger-je-niet, voor Jessie, en monopoly en mah-jong. Ze speelden verwoed, het leek wel of de spelletjes macht over hen hadden, ze konden niet meer aan iets anders denken, ze speelden met risico's die onverantwoord leken, de inzetten werden steeds hoger, de verliezen voelden elke keer heftiger.

Franklin en Majorie probeerden alles netjes te houden, af te wassen, op te ruimen, te stoffen. Alleen Franklin maakte zich zorgen, het zag er op de een of andere manier niet uit zoals vroeger, ze deden het niet goed. Maar Majorie kon het niets schelen. Elke ochtend zei ze tegen Jessie: 'Schone onderbroek.' Dat moest genoeg zijn. Ze gingen één keer onder de douche, maar hun vader zette het warme water laag en toen Majorie daar luidkeels tegen protesteerde, stopte hij een stuk zeep in haar mond. Op de tweede dag van het nieuwe jaar moest hun vader gewoon naar zijn werk. Hij legde twee tientjes op tafel, droeg Franklin op van dat geld boodschappen te doen en verzekerde hen dat het aan het dooien was.

Aan sommige dingen was niets te doen. Op Driekoningen klom Casimir op een stoel en haalde hij Balthasar van zijn hoge plaats van de boekenkast om hem bij het stalletje te zetten. De eerste van de drie koningen was bij het kribbetje aangekomen. Het was de laatste dag van hun kerstvakantie, Jessie had de boon bij haar ontbijt gevonden, ze droeg de koningsmantel en de kroon. Ze speelde dubbel zo fanatiek.

Aan het eind van de middag stonden ze gevieren bij het raam en keken naar buiten, hun buiken vol van massa's vanille- en chocoladevla. De dooi had inderdaad ingezet, het grootste deel van het grasveld was al zwart en de sneeuw hield alleen dicht bij de wortels van de bomen en onder de struiken stand. Het miezerde. Franklin keek de tuin in en het was alsof hij het niet zag, want de wereld scheen zich voor hem te openen in een verblindend wit licht, dat hem optilde uit zijn lichaam en hem van boven naar alle vier liet kijken. Hij bevond zich in een ijle ruimte, die elk moment beloofde hem in een verschrikkelijk tempo weg te voeren, in een draaikolk om de aarde heen, voorbij de maan, voorbij de Melkweg, waar alleen nog maar leegte bestond die wij ons niet kunnen voorstellen. Leeg en ver en moe.

De eerste die het ook zag was Cas en hij verwoordde het meteen, zodat het hem niet te pakken kreeg, zoals het Franklin wel deed: 'Daar! Onder de blauwebloemenstruik! Daar, dat is Kokoschka!'

'Nee,' zei Majorie. 'Nee, nee, nee.'

Ze holden met z'n vieren naar de keukendeur. Het katje was koud en stijf.

Hun vader was niet thuisgekomen. Ze lagen ellendig om de Chinese Muur heen, de fiches met de wonderschone plaatjes in hun hand. Franklin voelde hoe hij het niet veel langer in de hand kon houden. Hij viel in stukken en brokken uiteen, de gedachten in zijn hoofd gingen te snel, paniek kwam bovendrijven. Het huis zag er niet meer uit als vroeger, de rommel ging zijn gang, door niemand gehinderd.

'Morgen gaan we niet naar school,' zei Majorie, 'we hebben een begrafenis.'

Ze hadden het katje met de sneeuwschuiver verplaatst naar de achterkant van het schuurtje. De grond was nog te hard om het te kunnen begraven. Jessie had niet gehuild, haar gezichtje stond strak, ze zei: 'Dood is niet terugkomen' en leek vastbesloten het haar hele leven daarbij te laten. Dat besluit verwoestte talloze programma's in haar kleine hersenen. Alleen Casimir had gehuild, met hoge, hysterische uithalen. Majorie had beschuit met gestampte muisjes gemaakt voor hun honger.

Om tien uur hoorden ze de sleutel van hun vader in het slot. Jessie was nog op, het zou wreed zijn haar naar bed te sturen. Haar gezichtje zag klein en witjes. Ze speelden traag. Hun vader had hun moeder meegenomen. Ze hoorden haar stem in de hal toen ze een blik op de keuken wierp. Ze leek veel buitenlandser te praten dan vroeger: 'O, de keuken, lieve help' en in de kamer: 'O, ik kan van voren af aan beginnen.' Toen pas zag ze de kinderen op het Perzisch tapijt in de grote kamer.

'O, mijn kinderen,' zei ze. Ze droeg een hoed met een voile, waarachter haar gezicht grijs en schimmig leek. Cas was de enige die opstond en met stijve ledematen op haar af liep. Ze streelde door zijn haar.

'O, Casimir,' zei ze, 'wat zijn je haren vet, van jullie allemaal trouwens, o, o, en die kleren!'

Cas barstte weer in snikken uit.

Ze deed haar voile naar achteren, haar gezicht was mooi en uitgerust.

Majorie peinsde erover hoe ze haar eigen begrafenis wilde, ergens ver weg in een exotisch land, met trommels en castagnetten en een scherpe fluit.

'Jessie,' riep hun moeder, 'je had allang in je bedje moeten liggen, kom eens in mamma's armen.' Maar Jessie bewoog niet. Haar moeder trok haar wenkbrauwen op en keek naar Franklin, koel, onderzoekend. Ze knielde bij Jessie neer en tilde haar kinnetje op.

'Je krijgt een poesje, echt waar, als je jarig bent in de zomer. Pappa en ik hebben er allang over gepraat.'

'Ik wil geen poes meer,' zei Jessie en dat was dan ook het laatste wat er te zeggen viel.

Ze werden naar bed gestuurd.

Morgen, dacht Franklin, morgen timmer ik een kistje voor Kokoschka. Uit zijn zolderkamerraam zag hij hoe het opnieuw was begonnen te sneeuwen. De sneeuw viel op de daken van de huizen, op de takken van de bomen, op de struiken in de tuinen, er kroop een wit randje langs de kozijnen van vreemde mensen. Ook de mensen aan de overkant zouden hun doden onder de sneeuw hebben liggen. In de winter was de sneeuw onverbiddelijk. Ook hijzelf zou ooit eens zo liggen en hij zou niet eens voelen dat de aarde boven hem weer zachter werd.

Een verdieping lager kroop Jessie bij Majorie in bed. Ze lagen lepeltje lepeltje. Jessie lag stil te huilen, Majorie liet haar. Warm, dacht ze. Hier was het in ieder geval warm.

Cadeautje hoort erbij

Hij hoorde hoe de groten zich met hun vrienden uit de voeten maakten, bonkend op de trap naar de zolderkamers, slaand met de buitendeur. Lucht! Buitenlucht!

Humeurig ontkurkte hij de twee flessen sauvignon blanc uit Argentinië en controleerde of zijn litertje wodka nog in de ijskast stond. Met zijn hand aan de deur keek hij door de keukenraampjes. Buiten lag de kale nacht over de velden. Geen dier dat riep, geen klacht.

'Kun je nou niet één dag een vrolijk gezicht trekken?' had ze hem een paar uur geleden in de badkamer gevraagd.

'Ik? Ik trek elke dag een vrolijk gezicht,' had hij gezegd tegen zijn spiegelbeeld. Het was waar, hij had groot plezier in zijn jongens, hij laafde zich aan hun lichtheid, lenigheid, aan hun blunders en aan hun wijsheden. Ze waren dicht bij de bron, wist hij, of de bron zelf.

'En je hebt toch niet zelf ook nog iets gekocht voor een van hen?' vroeg ze.

'Nee, nee, we hebben alleen de hijskraan,' zei hij.

Jaren geleden, toen ze alleen met Boele en Rover het zomerfeest vierden, had hij altijd voor een van de twee een extra cadeautje gehad, voor diegene die hem dat jaar het meest geplezierd had. Hij kon dat uitleggen, zei hij altijd, hij zag hoe het cadeautje ieder van hen aanspoorde om het volgend jaar de beste te worden, het deed er niet toe in wat: de meeste boeken gelezen, de meest vruchteloze uitvluchten gezocht, de meeste rotzooi gemaakt, de moeilijkste sommen opgelost; een cadeautje hoorde erbij.

Zo, in feeststemming nog, kwamen hun eerste ruzies, heftige, nare ruzies die tot in bed voortduurden. Het was altijd haar socialisme, of haar katholieke inborst, of haar transcendentale intuïtie, of haar toewijdingsaandriften, tegenover zijn botte bijl.

Na jaren wist hij het nu wel. Ze had hem aangespoord zijn hockey eraan te geven en toen dat beroerde pokeren. Maar aan zijn liefde voor de jacht was ze nooit gekomen. Daar zou een fataal 'nee' op geklonken hebben dat hen allen in de afgrond zou hebben gestort.

Hij ging trouwens niet vaak meer op jacht, de blikken die zijn vrouw op hem wierp als hij er maar aan dacht, haalden het plezier er van tevoren af. Hij liep liever urenlang door de bossen zonder geweer. Hij liep met zijn twee jongens en dat was het prettigste wat er was. Hij had hen één keer het geweer getoond, voorgedaan hoe je het uit elkaar haalde en weer in elkaar zette, daarna had ieder de zwaarte ervan mogen proberen en toen had hij het weer in de stalen kast gezet.

'De deur gaat dicht en de sleutel draait zich om en blijft bij mij, aan mijn sleutelbos en die zit altijd, horen jullie, altijd in mijn broekzak.'

Toen hij zich met de twee flessen sauvignon blanc wilde omdraaien zag hij, één seconde maar, iets bewegen. Hij keek naar de plek waar beweging was geweest, maar zag niets dan zwart winterblad, boomstammen, struikgewas, daarachter de natte velden. Hij wist hoe hij stil moest staan en hoe hij moest kijken, streng, onafgebroken naar waar niets te zien was. Hij zou het geluid weer op een andere plek horen en dan was het te laat.

Hij zette de flessen voorzichtig op het aanrecht en opende met langzame bewegingen het keukenraam. De nachtlucht drong vochtig en geurig naar binnen. Het feestje van de jongens op zolder was zwak te horen. Hij keek nog intenser en toen, midden in het gras, als een landman die zijn land overziet, zat daar de haas, de voorpoten schooljufachtig gesloten, de zachte oren omhoog, de ogen in opperste concentratie op hem daar in de keuken gericht.

Het leek hem dat de haas groter werd, lichter, als een droombeeld.

'Blijf, haas, blijf,' fluisterde hij, 'wacht... wacht.'

Maar de haas had lang genoeg gewacht, het was zijn tijd. Eén beweging en er was niets meer. Hij wilde janken op een stil plaatsje, maar hij nam de flessen en liep naar de grote kamer.

'Hallo, hallo, hier is de wijnkaravaan,' zei hij.

De grote kamer zag eruit of er een compagnie soldaten doorheen had gemarcheerd. Overal lagen gekleurde papieren, stukken touw, gereedschap, speelgoed en de resten van de mokkataart. Het gesprek leek niet erg te vlotten. Zijn vrouw zat met het nakomertje op schoot. Het jongetje had hoogrode wangen en schitterende ogen.

'Hoe kom je erbij om die te nemen?' vroeg zijn vrouw.

Hij keek om beurten naar de flessen in zijn gestrekte armen, met een sip gezicht ja knikkend en nee schuddend. Maar de anderen waren blij dat hij er weer was en hieven hun glazen om de wijn op te vangen.

'Ik weet niet wat hij van mij wil,' zei zijn vrouw, 'maar ik vind het een griezel, hoor.'

Hij had geen idee waar ze het over hadden. Hij begon tegenover de man over diens Peugeot 501. Geen probleem. Als altijd wist hij niets te zeggen. Maar hij lette op het autotype waar de gasten mee gekomen waren. Noem het merk en een gesprek volgt, je hoeft de ander alleen maar aan het woord te houden. Zij heette Naomi en hij Frits, herinnerde hij zich opeens.

Hij keek hoe Willem bijna van zijn moeders schoot af gleed, zo moe was de jongen, maar tegelijkertijd te opgewonden om naar bed te gaan. Zijn kinderbrein volgde de gesprekken van de volwassenen alsof hij hun geheim op het spoor was.

'Zwitserland,' beaamde hij de plaats waar de pech van Frits' Volvo was begonnen. Terwijl Frits de makke aan de auto volledig aan de openbaarheid prijsgaf, sprong zijn vrouw op, zette Willem op wankele benen en, iets als 'de slofjes' roepend, haastte ze zich naar de keuken. 'De slofjes' was het laatste van de dingetjes die ze voorgeschoteld hadden gekregen. Een dun flensje begoten met Drambuie. Zijn vrouw liet ze op tafel kort vlammen. Willem kroop bij hem op schoot. Hij rook zijn haar, dik en golvend, het rook naar de zon, naar hout. Het was het eerste echte zomerfeest voor de jongen. Hij had niet genoeg lichaam om alles te bevatten. Hij had gedacht dat alle cadeaus voor hem waren, en hij barstte in tranen uit toen er andere regels bleken. Hij was verbijsterd toen zijn moeder zijn hijskraan uitpakte.

Dit was het mooiste wat hij had, dit jongetje met zijn grote hoofd vol kennis en genialiteit, met armen en benen als een kleine Griekse god. Hij luisterde nu niet meer naar de anderen, was bezig zijn Willem in zich op te nemen. Hij was nu op zijn volmaaktst, na de vakantie ging hij voor het eerst naar school, waar ze hem zouden verpesten. Er moest een wondermachine zijn die hem op deze topleeftijd kon klonen. Zou hij een dergelijk kloontje zo intens kunnen liefhebben en deze echte, groeiende Willem de deur uit doen? vroeg hij zich af, denkend aan Spielbergs film *A.I.* Een horrorstory, een gruwelperspectief. Hij was in de bioscoop bijna gek geworden toen hij het echte jongetje en het speelgoedjongetje niet van elkaar kon onderscheiden. Hij was de donkere zaal uit gegaan en haalde pas weer adem toen hij op straat stond.

Hij schudde Willem bij zijn positieven en het jongetje zei, onmiddellijk klaarwakker: 'Dat hoeft nog niet, papa, het is het midden van de zomer.'

De anderen staakten hun gesprek, dat ongewild naar de politiek was afgegleden en lachten.

Dat was een aanleiding om langzamerhand een einde aan de avond te maken. De Drambuiefles was aardig geslonken, hij zag hoe zijn vrouw nog gauw een groot glas voor zichzelf inschonk. Maar ze stond op, eindelijk. Als de gesprekken over politiek gingen, kwamen ze altijd op godsdienst uit en dan werden het de vroege uurtjes van de morgen, waarin je je hart blootlegde. De volgende dag wist je er niets meer van. De anderen ook niet. Soms stond er iemand op met een blauw oog.

Hij lag wakker in bed. Zijn vrouw had haar glas meegenomen, de Drambuie in twee slokken naar binnen gewerkt en zich toen op het kussen omgedraaid. 'Het was gezellig, vond je niet?' Ze viel op hetzelfde moment in slaap.

Hij lag in het donker naar het plafond te staren, de gedachten op nul. Als een idioot. Zijn vrouw zei altijd dat hij dan heus wel sliep en dat een mens ervan opknapte om in bed te liggen. De mensen wisten van niets als het om slapeloosheid ging. Hij had alles al geprobeerd, pilletjes, lange gesprekken met een psychiater, een rondje over de velden voor hij in bed stapte, zoete slaapthee, een bad, warme melk. Hij sliep niet. Hij was in een slaapkliniek opgenomen. Hij sliep niet. Er waren periodes geweest dat hij ervan in paniek raakte. Wie niet sliep ging dood. Maar ook dat had hij onder de knie gekregen en nu lag hij gewoon stil, soms urenlang. Op vrije dagen sliep hij wat bij. Overdag sliep hij goed.

Het zomerfeest was altijd een hoogtepunt geweest met Boele en Rover. Hij zag nog hun overdonderde gezichtjes toen ze de rode locomotief uit Neurenberg uitpakten. Neurenberg, speelgoedstad, stad van de gehangenen. Olé, olé, hij was een briljante vader. Toen zij pertinent verbood dat ze in Ronda het stierengevecht zouden zien, had hij zijn twee jongens met list en bedrog toch de arena weten binnen te smokkelen. Zij kocht in die tijd een paar schoenen.

Het was misgegaan na Boele en Rover, die anderhalf jaar scheelden. Ze waren een perfect gezin, twee gekrulde jongetjes, een vrouw die het meisjesachtige had weten te behouden en hijzelf die langzaam maar gestaag promotie maakte. Iedereen ergerde zich aan elkaar, zweeg of schreeuwde, gapte van elkaar, krijste om autootjes, bezeerde zich, sloeg zonder het te weten grote bressen in elkaars ego en verzoende zich weer. Want de wereld zou zijn als een vriendelijke wereld onder pannendaken.

Werkelijk iedereen was op die illusie gesteld.

Willem kwam laat.

Ze sliepen nauwelijks nog met elkaar. Hij had eens de voorkeur geuit voor een eigen slaapkamer, maar daarop was een scène gevolgd, die met geen honderd dweilen droog te houden was. Ze hadden al zo weinig met elkaar, snikte ze, ze leefden al in twee werelden, wie weet wat voor andere vrouwen hij erop nahield. Wie weet met hoeveel lovers jij de namiddagen doorbrengt, had hij gedacht, maar hij zei het niet. Het kon hem niet schelen, al waren het de drieduizend van Gillian.

Van een enkele keer werd het nooit en vanaf nooit was de weg glad en gemakkelijk. Een keer op vakantie aan het Gardameer was het er nog van gekomen, wie weet ter illustratie van de volmaaktheid van de nacht. Het was routineus, mechanisch, zonder een spoor van gevoel bij hem. Zijn gevoel was aan het sterven, wist hij. Die kleine vrouw onder hem, van wie iedereen het kleinemeisjesgedrag prees, was een kinderachtig mokkeltje geworden, met dure woorden in de mond.

Toen was Willem er.

Niemand, in de eerste plaats hijzelf niet, noch de een of twee intimi met wie hij er wel eens over begon, kon verklaren wat er gebeurde toen hem het bundeltje baby in de armen werd geduwd. De gewone dingen: eerst hield het op met huilen toen het de warmte van zijn deken en van zijn vader voelde. Vervolgens keek hij wat rond, of deed alsof, greep stevig zijn vaders wijsvinger om samen op weg te gaan naar zijn geboorteland. Gaapte zo lang en uitgebreid dat het hele karpatengezichtje achter zijn zwarte mond verdween – en viel in kalme slaap. Bij hem had zijn hart een seconde stilgestaan. Dit was niet afgesproken, zo was het niet gegaan met Boele of Rover, die hij meteen trots als zijn twee krachtige zoons herkende.

Nee, nee, nee, hier was in de buurt een machtig leger opgestaan, hier golfde de grond van roodachtig gras, hier knielden de olifanten. Een autonoom en geruststellend wezentje, van top tot teen gevuld met miljoenen mogelijkheden, een diertje dat buiten de Melkweg in leven kon blijven. Hij wist zich atheïstisch en onschuldig, maar even had hij de neiging te denken dat het lichte, stralende dat in zijn lijf begon te trillen, met de Messias van doen had, dat hier de Messias lag te slapen. Hij nam zich voor dat woord nooit meer in zijn leven te gebruiken. Hij ademde langzaam en langdurig uit. Hij keek naar zijn vrouw, die belangstelling had voor wat er met haar onderlijf gebeurde. Alles keerde tot gewone proporties terug. Het was een zaterdag op het midden van de dag. Buiten was de lucht helderblauw.

'En zijn naam is Willem,' bulderde hij door de verloskamer.

Over die naamgeving was heel wat te doen. Zijn vrouw stond op Okke, naar haar grootvader, en hij had het goed gevonden, het paste bij Boele en Rover. Maar op het moment dat hij 'Willem' door de verloskamer bulderde, was er geen weg terug. Bij de eerste blik op het mannetje was hij even van zijn apropos gebracht, was hij weerloos in de ruimte getuimeld, en om zo snel mogelijk tot zijn verlichte en rationele zelf terug te keren en nooit meer zulke gedachten te hebben als op dat ene fatale moment, moest de jongen Willem heten.

Groot, sterk en nobel, een leider van de wereld, een uitdager van alle Willempies op de hele wereld.

Het gezinsleven kwam met Willems komst iets meer in evenwicht. Hij schreeuwde minder tegen zijn vrouw, hij liet haar dollen met het baby'tje en prutteltaal uitslaan waaraan ze zich als een waanzinnige te buiten ging. Hij sprak kalm en volwassen tegen het mannetje, over de maan en de sterren, over tijgers en oude motorfietsen, hij sprak over alles wat hem maar in gedachten kwam. Hij stond erop hem elke avond in zijn badje te doen en verwonderde zich over de broosheid van het lijfje, de lange mooie benen en de wapperende handjes als kolenschoppen. De grote jongens vertelden eerst aan iedereen die het maar wilde horen dat ze een broertje hadden dat Willem de Koene heette maar verloren daarna langzamerhand hun belangstelling.

Hijzelf dacht steeds meer aan de dood.

Hij las Pascal en voelde diens huivering. Hij vormde gedachten over eenzaamheid en eeuwigdurende ontbinding, toegerust met een altijddurend waarnemingsvermogen. Hij sliep een tijdje goed, met als bonus nachtmerries over hoe Willem verdween, gestolen werd, vermorzeld door een vrachtwagen, gewurgd door een zachtaardige collega. Hij ging midden in de nacht rechtop zitten, probeerde zich te bevrijden van de angst van het donkere. Hij zwoer Willem geen seconde te willen overleven.

Zo overleefde de slapeloosheid zichzelf, hij was nu een van de *vigilantes nocti*, iemand die bang is voor de nacht en zich er om die reden niet aan kan overgeven. Iemand moest paraat staan voor Willem. Iemand moest waken, maar de gezonde werkende vader moest ook leven en geld verdienen voor zijn jongens en daarom stemde hij erin toe elke avond een half flesje wodka mee naar bed te smokkelen. Met wat wodka won hij enkele uren slaap. Overdag dronk hij nooit, niet op feestjes, niet bij etentjes, niet tijdens recepties van het bedrijf. Hij taalde er niet naar, integendeel, hij begon een satanisch genoegen te ontwikkelen de dwaas- en potsierlijkheid van andermans gedrag te bezien. De seksuele lust, de afgunst, het streven naar macht, de angst voor verlies ervan, de kuiperijen, de haat tussen de vrouwen, het woelen en wringen in het oerwoud van Darwin. Het was of de massa die hij gadesloeg uit een grote trog aan het drinken was en het geslurp was oorverdovend, verstikte bijna de zachte muziek. 's Nachts maakte de wodka zijn oordeel milder, maar niet de waarheid ervan. Zijn antidotum was Willem. Dat zoiets groeide, dat zoiets zo onschuldig was, dat het leerde kruipen, lachen, zitten, rollen, om en om rollen en nog een keer, dat het onbedwingbaar was en handjes had die alles grepen, hij had zich gewoon nooit gerealiseerd dat de miljoenen jaren, waarin aardlaag op aardlaag werd gestapeld, tot zo'n fijn, lichtbesnaard instrumentarium als Willem kon leiden.

Op deze zomernacht voelde hij een zekere wapenstilstand met het bestaan. De avond zelf was weliswaar stinkend vervelend geweest, met uitzondering van het uitpakken van de cadeaus en de blije gezichten van zijn zoons, en zijn vrouw had heerlijk gekookt, maar ze verstoorde het ritme van de avond door urenlang op haar knieën, haar kont hoog geheven voor wie maar wilde, de geel-zwarte hijskraan voor Willem in elkaar te knutselen, wat zij niet kon, en waar Willem geen geduld voor had. Die liep met hoogrood gekleurde wangen rond om te kijken of er niet toch meer cadeautjes waren, die zingend alle pakjes bij elkaar veegde alsof ze van hem waren.

'Nee, Willem,' riepen zijn broers.

'Cadeautje hoort erbij,' zong Willem boven zijn zenuwen uit. Hij was bang dat alles weg zou zijn als hij naar bed ging. De jongen was verrukkelijk.

Hij dronk langzaam genietend van zijn wodka. Door het raam zag hij de sterren. Het zou een stille zomernacht worden en morgen was het zondag. Mogelijkheid voor een lange tocht door het bos en de grienden. De jongens zouden wel met hun cadeaus willen blijven spelen. Dan ging hij alleen. Kon hij zijn geweer ook weer eens meenemen. Hij zakte weg in zijn herinneringen aan Frank Petri. Bij Minsk hadden ze gejaagd, in de Auvergne, in de Röhn, in het Tatragebergte, in Roemenië – mooie tochten waren dat, verdomd mooie tochten, die werden afgebroken toen Frank Petri van de brug af sprong.

Hij was weer wakker nu en stapte het bed uit om naar de wc te gaan. Buiten begon het grijze waas lichtroze te kleuren. Hij pakte zijn sleutelbos en liep de trap af naar de stalen kast. Hij nam het geweer met doek en al mee naar boven en zette het tegen de vensterbank van het raam aan het eind van de gang. Hij haalde de fles wodka op. In huis bleef het doodstil, iedereen sliep met zijn cadeautjes tegen zich aan gedrukt.

Hij installeerde zich op de vensterbank, pantoffels aan, kamerjas aan, en grinnikte. Nergens om, omdat hij in een licht tevreden stemming was, of omdat de lucht mooi begon uit te waaieren. Hij zette het raam open en zijn zoete wodka-adem was tevreden. Hij monteerde het jachtgeweer, poetste het nog eens glanzend op met de flanellen doek. Hij legde aan en speurde langzaam de velden af. Her en der bewoog zich wat, druk met leven. In het oosten scheidde het grijs zich van het blauw en roze. De vogels hielden zich stil na hun ochtendaubade. Niet ver van het huis ontdekte hij de haas, rechtop, met biddende poten, zijn oren nerveus tegen elkaar. Weer had hij het idee dat het dier hem aankeek. Hij liet het geweer zakken. Hoe had die verdomde Dürer zijn haas kunnen schilderen? Haartje voor haartje van de pels, de oren in vrolijke halfwaakzaamheid? Het was een van de raadsels van de geschiedenis. Zijn eigen haas liep intussen langzaam weg, net als gisteren, een ogenblik later was hij verdwenen. Het stemde hem treurig. Maar een haas schieten vanaf zo'n comfortabele hoogte, een haas zo dicht bij huis, dat was zijn eer als jager te na. Wat deed het dier zo dicht bij een huis met mensen? Wilde het een slachtoffer zijn? Wilde het hem tot een lafaard maken? Hij was al geen jager meer, hij was een hyper-insomniac met een geweer in een kast. Minder vitaliteit kon eigenlijk niemand bereiken. Zijn stemming zakte.

Aan de andere kant van de gang ging voorzichtig een deur open. Willem stak zijn hoofd naar buiten. Hij wenkte de jongen dichterbij te komen. Die rende met plakkende blote voetjes op hem af.

'Wat doe je, papa?' fluisterde hij, alsof hij een orkaan terugblies.

Hij zette het geweer tegen de muur en legde zijn vinger op zijn lippen. Hij tilde hem in zijn pyjamaatje op de vensterbank tegen de muur en beval hem stil naar buiten te kijken, misschien werd hij dan ooit een jager. Hij plaatste het geweer weer tussen zijn knieën en nam een slok wodka. Zo keken ze beiden naar de lucht die als een traag ballet bewoog. Ze zwegen. Zo nu en dan wierp hij een blik op Willem, zijn godvergeten godgelijke, met handen als kolenschoppen, het was het mooiste wat er ooit uit de jungle van Darwin tevoorschijn was gekomen.

Uit zijn ooghoeken zag hij in het oosten twee zwarte vlekjes in het roze strijklicht. Zo vroeg al? Waarschijnlijk twee jongen van het jaar ervoor, nog zonder plannen, nog zonder drang, puur in het plezier hun universum te doorkruisen.

'Kijk, eenden.'

Willem knikte heftig, hij begreep het spannende moment, hij zou stil zijn en kijken.

Nu werden zijn bewegingen bijna automatisch, hij nam een grote slok, schouderde het geweer, wachtte op het juiste moment, legde aan en schoot. Feilloos. In de roerloosheid waartoe het hele landschap vervallen was, viel een jonge eend, eerst de kop, de poten als bij het schoonzwemmen gestrekt, loodrecht naar beneden. De andere eend wijzigde nauwelijks zijn koers, onaangedaan. Eén schot, één tref, hij liet het geweer tussen zijn knieën zakken.

De lucht en het landschap hernamen hun luie, droomachtige ballet.

Willem draaide zijn hoofd naar hem om, de donkerblauwe ogen groot van schrik. Zijn vader glimlachte hem geruststellend toe. 'Is die ene dood?' vroeg de jongen. Hij knikte. Het duurde even voor Willem zijn ronde ogen afwendde naar de roze lucht. In dat kleine moment veranderde de schrik in angst en de angst in leegte. 'Cool,' zei Willem, vier jaar oud, toonloos.

Als door een vergrootglas had hij de veranderingen in zijn zoons ogen gezien. Hij aarzelde. Hij pakte het geweer driftiger dan normaal en deed er twee nieuwe patronen in. Hij legde het op zijn dijen, keek onrustig naar de oostelijke hemel. Hij overwoog om terug naar bed te gaan voor nog een paar kleine uurtjes slaap. Heel snel kroop de ochtendvermoeidheid na een nacht alcohol door zijn lijf. Hij begon te beven, hij wilde niet dat de jongen het zag. Die speurde in zijn pyjamaatje doodstil de lucht af. Op zoek naar 'die andere' waarschijnlijk. Zou Willem de haas hebben geschoten? Hij had iets fouts gedaan met zijn leven. Hij was aan de rand van de nacht geraakt. Het zweet begon hem tappelings langs de slapen te lopen. Hij kromp nu bijna van moeheid. Hij dacht aan Willems eerste levensblikken op zijn schoot. Hij kon geen goede vader zijn voor Willem. Voor Boele, ja. Voor Rover, zeker. Maar tegenover Willem was hij weerloos, vanaf het allereerste begin.

Hij was te moe, hij zou het niet halen. Hij had het gezien zonder het te begrijpen, maar wat had hij gezien? Wat was er zo moe, wat was er zo boordevol nachtmerries? Moe was hij, ja echt en definitief moe...

Willem schrok op uit zijn doodstille concentratie toen naast hem voor de tweede keer de explosie van geweld klonk. Hij keek snel genoeg opzij om zijn vaders gezicht uiteen te zien spatten.

Hoe heeft in deze wetteloze en weerzinwekkende wereld die verdomde Dürer toch haartje voor haartje zijn levendige hazen weten te schilderen?

Het kauwgomkind

Toen het kind vier jaar oud was, besloot de familie de zuidelijke stad te verruilen voor de noordelijke, tien kilometer van de zee. De verhuizing vond plaats op de mooiste dag van mei, 2 mei, en het kind zou zich veel later verwonderen over hoeveel exacte herinneringen ze aan die dag had.

Niet aan de reis die ze met haar peettante in een piepklein Renaultje 4 maakte, een soort schoen was het ding, bruin met blauw, ze zag het autootje vanaf het balkon bij de tuinpoort van het nieuwe huis staan. Maar een aantal andere voorvallen, te klein om die naam te kunnen dragen, stond haar een leven lang bij. Hoe ze met haar moeder door de lege kamers liep, de plankenvloeren die kraakten, het zonlicht in vlekken en banen op het hout, de brede balkondeuren waardoor ze het enorme balkon betraden en keken naar de grote tuin aan hun voeten. Haar vader inspecteerde met haar één jaar oudere broertje het schuurtje en liet de deur openstaan. Aan het eind van de tuin stond een kersenboom in bloei.

Haar moeder bleef op het balkon dralen en toen ze vroeg waarom ze niet naar beneden gingen, zei haar moeder dat ze de komst van de verhuiswagen afwachtte die met het huisraad haar kleinere broertje zou brengen. Hij had met brullen en stampen voor elkaar gekregen dat hij met de grote mannen mee mocht, tussen hen in, hoog in de cabine. De grote mannen waren bij de eerste oogopslag dol op hem. Wie niet?

Dat het een van de laatste keren was dat zij en haar moeder eensgezind hetzelfde afwachtten, kon het kind niet weten. Het genoot in het volste vertrouwen van het nieuwe huis.

Het volgende moment stonden ze allemaal weer bij elkaar in de tuin. Het broertje was onder luid gejuich uit de vrachtwagen getild. In een rood gebreid broekje, het buikje bol vooruit, holde hij de tuinpoort door en danste voor hen allen de verhuisauto-dans. Iedereen lachte en klapte in de handen.

Haar peettante kwam met zachte kadetjes uit de keuken. Er was grenadine. Op het grasveld, onder de jonge berk.

Het laatste voorval van die gelukkige dag die haar een leven lang zou bijblijven was het moment waarop haar oudere broertje tegen het eind van de middag de tuin binnen kwam vallen met de buurjongen. Hij was de eerste van hen die buiten de poort was geweest. Hij rende met gestrekte armen, gierend en brommend, schuin overhellend in de bochten, drie keer om de berk en zette zijn kist op de grond.

Hoe het daarbuiten was, wilde mijn vader weten.

'Leuk,' zei hij, en hij steeg weer op om in de keuken een boterham te halen.

Tegenover het nieuwe huis was het uitzicht vrij. Er lag een gemeentelijk grasveld rond een grote vijver. Er hoorden een molen en een boerderijtje bij. Ze mocht niet alleen naar buiten. Haar vader schoof de grendel van de tuinpoort dicht. Hij had liever niet dat de kinderen zonder begeleiding naar de vijver gingen, zei hij.

'Wat is er dan met de vijver?' vroeg het kind. Het scheen dat er in de vijver de man met de lange haak woonde, die je zo het water in trok. Ze moest er het fijne van weten. Ze belemmerde de vluchtroute van haar broer.

'Wat is er dan met de vijver?' vroeg ze. Hij liet zijn armen zakken en keek haar verbaasd aan, zoals altijd wanneer zij in zijn blikveld kwam: hé, hola, ben jij hier ook? Ze drong bij hem aan dat hij het geheim van de vijver zou verklappen.

'Weet je,' zei hij lijzig, 'uren, dagen, weken, maanden, jaren en eindelijk kwam heer Donald boven water.' Hij weigerde verdere tekst en uitleg.

Het raadsel lag aan haar voeten. Al werd ze honderd, ze zou het niet oplossen. En niet vergeten. Er loerde iets gevaarlijks.

'Rites des petites,' zei haar vader en daarmee bedoelde hij dat het bedtijd was.

De rest van het jaar verliep even gelukkig als de eerste dag. In de winter leerde ze aan haar vaders hand schaatsen op de vijver. Op de stoep verscheen een spiegelgladde glijbaan. Haar vader redde een keer een kind uit een wak. Haar buurmeisje had *Donald Ducks*. Zij werd opgetild en ging van arm tot arm. Ze was het nieuwe kind in de straat. Ze ging naar de Montessori-kleuterschool. Ze leerde de duizendketting leggen en schreef foutloos het woord vliegmachine.

Hun tweede lente in het huis gebeurde er iets. Ze zag het vanaf het grasveld bij de vijver waar ze een armbandje van madeliefjes weefde. Voor haar moeder.

Iemand belde aan hun voordeur. Ze kenden niemand in deze stad. Er belde nooit iemand aan, behalve de melkboer maar dat was vóór schooltijd. En soms manke Willem, die zijn koffer vol onbegrijpelijke waar opende. Haar moeder kocht altijd twee kaartjes stopwol.

Nawoord

Doeschka Meijsing was een verhalenverteller. Er zijn niet veel vrouwen die dat kunnen. Niet dat vrouwen niet van praten houden, dat doen ze vaak graag en veel, maar breeduit gaan zitten, de rug een beetje voorovergebogen, een lange aanloop nemen die de nieuwsgierigheid wekt, en dan een verhaal vertellen, met een spanningsopbouw, een aantal cliffhangers en een clou – je ziet het ze zelden doen. Doeschka goot alles wat ze meemaakte, de grote dingen en de onbenullige, in een verhaal. Als een ander zonder richting maar in het rond praatte, kon ze hem – vooral haar – ongeduldig in de rede vallen. 'De clou!' riep ze dan, 'de clou!'

Als schrijfster mag ze dan bekendstaan om haar romans, Doeschka heeft ook altijd korte verhalen geschreven. Ze debuteerde met een verhaal, 'I've got a bird that whistles, I've got a bird that sings', in een literair tijdschrift in 1969, en daarna, in boekvorm, met een verhalenbundel, *De hanen* (1974). In veel van haar romans worden ook verhalen verteld, soms bestaan ze vooral daaruit. Ze publiceerde in 1994 de verhalenbundel *Beste vriend* en aan wat het eind van haar leven zou blijken te zijn liep ze met verhalen in haar hoofd rond die samen *Het kauwgomkind* moesten gaan vormen.

Natuurlijk zijn die geschreven verhalen anders van aard dan de verhalen die ze in gezelschap opdiste. Maar wat ze gemeenschappelijk hebben is de zelfverzekerde toon. In haar eerste verhalen heeft Doeschka al een onmiskenbaar eigen stem. De zinnen zijn lichtvoetig en trefzeker, de verhaalwendingen grillig en vaak geestig, maar onder de lichtheid proef je een groot verlangen en grote melancholie. Wat de vertelde en geschreven verhalen ook delen is de doelgerichtheid. Zoals ze in 'Terug in het laboratorium' schrijft: 'Ik heb in de loop van mijn jaren geleerd hoe een verhaal moet worden verteld. Eigenlijk is er maar één regel: verlies je doel niet uit het oog. Begeef je in alle mogelijke speculaties, gedraag je als een jonge hond in vers zwemwater, maar vergeet nooit wat je bedoelt, ook al zul je het nooit zeggen, ook al formuleer je je doel nooit, zelfs al ken je het niet eens – de stelregel blijft: verlies het niet uit het oog.'

Een jonge hond in vers zwemwater, dat is ze in haar verhalen. Ze springt heen en weer in de tijd, van heden naar verleden, en weer terug, duikelt van gedachte naar herinnering, van filosofische uitspraak naar anekdote, van reflectie naar verbeelding. In de meeste van haar verhalen zijn vertelling en idee even belangrijk. Je kunt niet goed zien of gebeurtenissen aan het denken zetten en tot filosofische overpeinzingen leiden, of dat, omgekeerd, ideeën verhalen oproepen. Want hoe doelgericht de verhalen ook zijn, ze zijn zeker niet zomaar anekdotisch. Er wordt ook altijd iets in onderzocht. Ze verwijzen naar de wereldliteratuur (Borges, Nabokov, Kafka) en de filosofie (Plato, Aristoteles, Augustinus), zijn dus in zekere zin essayistisch, maar altijd is er ook de grote emotionele lading.

Neem het verhaal 'Temporis acti' (de titel verwijst

naar 'laudator temporis acti', hij die de voorbije tijd prijst) dat, met het aanhalen van Augustinus en Borges, over de tijd gaat en wel over onze constructie van de tijd, die maakt dat we gebeurtenissen als chronologisch ervaren, als dingen die na elkaar plaatsvinden, terwijl er in de ervaring ook de eindeloze tijd bestaat, een gemoedstoestand waarin alles er tegelijkertijd is. Dat is de filosofische inhoud. En die is soepel verweven met een verhaal van verlangen en gemis en van het zich ontheemd voelen in het heden. De ik-vertelster, een bibliothecaresse, vertelt over haar vriendschap met Elsa, een vrouw die onbeduidend is, maar lichte ogen heeft, waar het zonlicht zo in valt dat de ik wordt teruggeworpen in de tijd, naar haar eerste verschrikkelijke verliefdheid op de gymnastieklerares. Het enige dat de ik bij Elsa zoekt is die lichtval in haar ogen, die haar kan doen denken dat 'er geen tijd bestaat, dat wat vroeger gebeurd is ook nu nog plaats heeft'.

De verhalen lieten zich anders schrijven dan de romans. Als Doeschka aan een roman begon, gebeurde er eerst lang niets. Ze kocht een mooi nieuw schrift, stapels daarvan had ze, en begon aantekeningen te maken. De personages moesten namen krijgen, de namen waren cruciaal, om uit te kunnen groeien tot mensen van vlees en bloed, er moest helderheid zijn over de thematiek en er moesten de nodige bouwstenen van de te vertellen geschiedenis zijn bedacht. Vooral was er een lange periode van wat Doeschka de marinade noemde, van op bed liggen en de roman laten rijpen, totdat er eindelijk geschreven kon worden en dat ging dan eigenlijk best in grote vaart. Bij de verhalen begon het met een thema, een beginzin, later eerder een beeld, en dan ging het schrijven als vanzelf.

In een interview over *De hanen* licht ze dat toe. Er is eerst een thema: de tijd, de herinnering, de wraakneming of het denken. Dan is er een beginzin, zoals die van het verhaal 'De hanen': 'Hanen zijn merkwaardige dieren. Zij missen de gemoedsrust van kippen.' Het is volstrekt onlogisch en niet beredeneerbaar hoe zo'n zin zich opdringt. Ze legt uit: 'Dat bedenk je niet, het komt in je op, zoals een dichtregel in je opkomt. Dichters hebben dan dieren en gaan op dieren een rijmwoord zoeken. Ik denk dan: ik zit nu met hanen, maar ik wil eigenlijk ook de omkering. Wat is de meest evidente omkering? De omkering van goed en kwaad. Hoe kun je hanen daarin passen? Nou, dat lukt ook nog wel. Dan bedenk je een scène, een omgeving waarin hanen passen. En zo komt langzamerhand alles op z'n pootjes terecht.' Het thema roept een beginzin op en zo'n beginzin dicteert hoe het verhaal verdergaat.

De vroege verhalen zijn in de ik-vorm geschreven, een dagboekachtige vorm die volgens Doeschka 'de goddelijkste manier van schrijven' is, je hoeft er nauwelijks trucs bij uit te halen, maar de ik-figuren lijken in niets op haarzelf. Ze zijn boswachter, politieagent, bibliothecaresse, student theologie, een oude hotelhoudster of de mondaine vrouw van een bokser. Alleen in het verhaal 'I've got a bird that whistles, I've got a bird that sings' is dat anders. De ik daarvan doet denken aan de ik-vertelster van de latere roman *100% chemie*, die de geschiedenis van haar familie probeert te reconstrueren. Ze wordt daarbij voor de voeten gelopen door haar moeder, die zwijgt over het verleden, alleen af en toe een tipje van de sluier oplicht, en de ik voor leugenaarster en fantaste uitmaakt als zij van de toegeworpen puzzelstukjes een groter geheel probeert te maken. Die ik reist net als de vertelster van *100% chemie* naar Würzburg af. Het vogeltje in het speeldoosje van de grootmoeder in het verhaal roept het echte vogeltje uit de roman in herinnering dat de reis van Duitsland naar Nederland niet overleeft. Er keert wel meer terug, zoals de gymnastieklerares uit 'Temporis acti' in *Over de liefde*, de verhuizing naar Haarlem en het jongere broertje dat in de vrachtwagen mee mocht duikt zelfs op verschillende plaatsen in haar werk op, de laatste keer in het onaf gebleven titelverhaal 'Het kauwgomkind'.

De latere verhalen ('Ik ben niet in Haarlem geboren' en die uit *Beste vriend*) zijn onmiskenbaar autobiografischer dan die uit de jaren zeventig, al is moeilijk te zeggen waar de waarheid eindigt en de verdichting begint. Wezenlijk anders zijn ze ook niet. Er zijn weer de lichtvoetige zinnen, de jonge hond in vers zwemwater (de hond speelt ook een belangrijke rol in *Beste vriend*), dat wil zeggen het dartel heen en weer springen tussen heden en verleden, anekdote en filosofie. De verhalen uit *Beste vriend* bevatten ook een zoektocht naar een groter idee, namelijk naar het wezen van vriendschap, naar hoe je je, ondanks de eenzaamheid waartoe de mens nu eenmaal is veroordeeld, kunt verbinden met een ander. Het is een zoektocht waarin het absolute idealisme van Plato botst op de meer pragmatische filosofie van Aristoteles, maar waarin vooral de nodige 'kleine onregelmatigheden' in de vriendschap maken dat de vertelster telkens weer op zichzelf en de eenzaamheid wordt teruggeworpen.

In *Beste vriend* verwoordt Doeschka verschillende keren wat de spankracht van haar verhalen, of breder: van haar werk, uitmaakt. In het verhaal 'Dromen van honden' realiseert de ik zich na een gesprek met haar beste vriend over zo'n 'kleine onregelmatigheid' dat 'de onverstoorbaarheid waarmee je dingen tot hun heldere staat terugbrengt' haar tegenpool heeft in 'een donkere, intense stroom, die sommige mensen niet kennen, die anderen willen vergeten ter wille van een hanteerbare harmonie, een welwillende acceptatie van de gastvrijheid die de ander immers ook te bieden heeft'. De lichte toon en de grote luciditeit waarmee filosofische kwesties te lijf worden gegaan gaat altijd vergezeld van de tegenpool: de donkere onderstroom.

Die spanning tussen ratio en emotie, tussen orde en de niet te beteugelen kracht van het gevoel vangt ze ook in het verhaal 'De nacht van Altea', waarin ze Plato's *Phaedrus* aanhaalt. In die dialoog vat Socrates het wezen van de ziel in het beeld van twee gevleugelde paarden en een menner. Van het wagenspan van de menselijke ziel is het ene paard nobel en gehoorzaam aan de wil van de voerman, het andere is echter wild en onbeheerst, waardoor de rit uiterst grillig verloopt. Het heldere verstand wordt in Doeschka's werk altijd uitgedaagd door emoties die nauwelijks of niet te temmen zijn.

Het kauwgomkind is onvoltooid gebleven. Doeschka had de verhalen wel al in haar hoofd, maar zoals altijd wanneer ze aan een boek werkte wilde ze er niet al te veel over vertellen, dat zou de magie van het schrijven breken. Vertelde verhalen konden in haar ogen eindeloos worden herhaald, maar een geschreven verhaal moest vers blijven. Het moesten familieverhalen worden, dat vertelde ze wel, en anders getoonzet dan de familieromans *100% chemie* en *Moord & Doodslag*, de dubbelroman die ze samen met haar broer Geerten schreef. De verhalen moesten hard en kaal zijn, genadeloos.

In de laatste verhalen is er geen ik-verteller, er is meer afstand tot de personages, ze zijn inderdaad killer en strakker dan de eerdere verhalen en de familieromans. Er is ook minder sprake van hond in vers zwemwater. De kilte en dramatische ontwikkelingen erin vormen een groot contrast met de feesten die erin worden opgevoerd – kerstavond in 'De oude man & het zwijgen' en 'De kinderen', en het zomerfeest in 'Cadeautje hoort erbij'.

Het titelverhaal is het laatste dat Doeschka heeft geschreven, buiten zittend in de schaduw van het Spaanse huis waar wij vakantie hielden. Het 'kauwgomkind' refereert aan het bekende gedicht van Jac. van Hattum: 'Het kauwgomkind weet nog niet goed, / hoe of het zich gedragen moet.' Het zou gaan, dat is zo ongeveer het enige concrete wat ze over de bundel losliet, over een meisje dat een weerspannige verhouding met haar moeder heeft. Uit een kauwgomfamilie, zoals Van Hattum die in zijn gedicht schetste, komt ze niet. Van haar moeder mág ze helemaal geen kauwgom kauwen en dus ontwikkelt ze de stiekeme gewoonte uitgespuugde kauwgom van de stoep te pulken en in haar mond te stoppen. Hoe het verder met dat meisje en haar moeder ging is onduidelijk. Het verhaal is in een aanzet blijven steken.

Xandra Schutte
Amsterdam, mei 2012

Verantwoording

Met het verhaal 'I've got a bird that whistles, I've got a bird that sings' debuteerde Doeschka Meijsing in 1969, in het tijdschrift *Podium*.

De verhalen 'De hanen', 'Temporis acti', 'De gemeenschap der heiligen', 'Königshof', 'Het denken cadeau', 'Joey Santa's dood' en 'De zaak Judith Reiss' werden gebundeld in *De hanen en andere verhalen* (1974).

'De doedelzakspeler' werd gepubliceerd in *Vrij Nederland*, 20 december 1975.

Drie verhalen verschenen in *De Revisor* : 'Kleine geschiedenis van het slaan' (jrg. 3, nr. 2, april 1976), 'Het meisje met de vogelhoed' (jrg. 3, nr. 3, juni 1976), 'Zwaardemakers paarden' (jrg. 3, nr. 6, dec. 1976).

'Ik ben niet in Haarlem geboren' verscheen bij uitgeverij De Vrieseborch, Haarlem, met illustraties van Joost Swarte, 1985.

De verhalen 'Tegen jezelf. Tegen wie?', 'De dromen van honden', 'Verhaal voor de regen uit geschreven', 'Terug in het laboratorium', 'De nacht van Altea' en 'Het einde van het jaar' werden gebundeld in *Beste vriend* (1994). Het eerste verhaal werd al eerder gepubliceerd in SIC en het laatstgenoemde verhaal in NRC *Handelsblad*.

'De oude man & het zwijgen' werd gepubliceerd in het kerstnummer van *Vrij Nederland* in 2004, en was door de schrijfster bedoeld voor opname in de bundel *Het kauwgomkind*.

Doeschka Meijsing schreef de niet eerder gepubliceerde verhalen 'De kinderen', 'Cadeautje hoort erbij' en 'Het kauwgomkind' (onvoltooid) voor *Het kauwgomkind*, het boek dat oorspronkelijk aangekondigd was voor januari 2012.